दूसरा पक्ष

दूसरा पक्ष

तसलीमा नसरीन

अनुवाद
कल्लोल चक्रवर्ती

वाणी प्रकाशन

वाणी प्रकाशन

4695, 21-ए, दरियागंज, नयी दिल्ली 110 002

फ़ोन : +91 11 23273167 फ़ैक्स : +91 11 23275710

शाखाएँ

अशोक राजपथ, पटना 800 004, बिहार

कॉफ़ी हाउस कैम्पस, महात्मा गांधी मार्ग, इलाहाबाद 211 001, उत्तर प्रदेश

महात्मा गांधी अन्तरराष्ट्रीय हिन्दी विश्वविद्यालय, वर्धा 442 001, महाराष्ट्र

सुल्तानिया रोड, मोतिया पार्क, भोपाल 462 001, मध्य प्रदेश

www.vaniprakashan.com
marketing@vaniprakashan.in
sales@vaniprakashan.in

DOOSRA PAKSH
by Taslima Nasreen
Translated by Kallol Chakravarti

ISBN : 978-93-88684-07-1
Feminism

प्रथम संस्करण 2020

मूल्य : ₹ 299

सिटी प्रेस, दिल्ली-110 095 में मुद्रित

वाणी प्रकाशन का लोगो मक़बूल फ़िदा हुसेन की कूची से

मेरी किताब

'अमर उजाला' अख़बार में प्रकाशित मेरे लेखों का यह संग्रह पुस्तकाकार में प्रस्तुत है। 'दूसरा पक्ष' नामक इस पुस्तक में प्रकाशित ये लेख स्त्री अधिकारों, साम्प्रदायिक सौहार्द, धर्मनिरपेक्षता एवं मानवता केन्द्रित हैं।

मैं वाणी प्रकाशन व अमर उजाला की हार्दिक आभारी हूँ जिन्होंने मेरी आवाज़ को उस समय बुलन्द करने व पाठकों तक पहुँचाने का बीड़ा उठाया जब मुझे निर्वासित करने, प्रतिबन्धित करने, मेरा मुँह बन्द करवाने तथा मेरे लेखन पर प्रतिबन्ध लगाने की साज़िश की जा रही थी।

—तसलीमा नसरीन

अनुक्रम

औरत के हक़ में नहीं

लोकतन्त्र बहुत ही सभ्य व्यवस्था है। लेकिन इस तन्त्र में असभ्य और मूर्खों का भी ऐसा अबाध प्रवेश है कि कई बार लगता है, लोकतन्त्र की स्थापना पर ही हमें रुक नहीं जाना चाहिए, बल्कि उसे और बेहतर करने के बारे में भी सोचना चाहिए। बचपन में मैंने दुर्गम गाँवों के कुछ मतदाताओं को नाव चिह्न पर वोट देने जाते देखा था। वे सोचते थे कि नाव चिह्न पर वोट डालने से मुफ़्त में एक नाव मिल जायेगी। उस दौर में मैंने नेताओं और उनके कार्यकर्ताओं को जनता को यह कहकर धमकाते हुए भी देखा है कि धान की बाली पर वोट न देने पर टाँगें तोड़ दूँगा। मतदान करने का मेरा अनुभव बहुत अधिक नहीं है। अपने जीवन में मैंने दो बार वोट डाला है। वतन में एक बार और स्वीडन में दूसरी बार।

भारत में चुनावी लड़ाई अभी ज़ोरों पर है। केन्द्र की सत्ता हासिल करने के लिए भाजपा और कांग्रेस के बीच मुक़ाबला हो रहा है। आम आदमी पार्टी इस चुनावी जंग में कहीं नहीं दिखती। अरविन्द केजरीवाल ने आम आदमी पार्टी बनाकर व्यापक लोकप्रियता हासिल की थी। दिल्ली विधानसभा के चुनाव में उनकी पार्टी को बहुत वोट मिले थे, और कांग्रेस के समर्थन से केजरीवाल मुख्यमन्त्री भी बने थे। भ्रष्टाचार ख़त्म करने का उद्देश्य लेकर वह राजनीति में आये, पर बँगला नहीं लूँगा, गाड़ी नहीं लूँगा, किसी की बात नहीं सुनूँगा, क़ानून नहीं मानूँगा—कहने के साथ मुख्यमन्त्री के महत्त्वपूर्ण पद पर रहते हुए वह धरने पर बैठे, और आख़िरकार इस्तीफ़ा देने जैसी बचकानी हरक़त भी कर बैठे। इस कारण अनेक लोग उनसे नाराज़ हैं। नरेन्द्र मोदी और राहुल गाँधी के बीच व्यस्त मीडिया अरविन्द केजरीवाल पर तभी फ़ोकस करता है, जब उन पर हमला होता है।

चारों ओर मैं जो देख रही हूँ, उससे लगता है, नरेन्द्र मोदी का पलड़ा भारी है। हालाँकि शहरों में ज़्यादातर शिक्षित मध्यवर्ग ही मोदी का

समर्थन कर रहा है। मगर पूरे भारत में केवल यही वर्ग तो नहीं रहता। दिल्ली विधानसभा चुनाव में ही साफ़ हो गया था कि लोग अब कांग्रेस पर भरोसा नहीं कर रहे। कांग्रेस के दौर में हुए बड़े–बड़े घोटाले इसकी वजह हैं। लोकसभा चुनाव में मोदी अगर जीत जाते हैं, तो यह उनकी लोकप्रियता का उतना नहीं, जितना कांग्रेस के प्रति गुस्से का प्रमाण होगा। जैसे पश्चिम बंगाल के विधानसभा चुनाव में मतदाताओं ने तृणमूल से जुड़ाव के कारण वोट नहीं दिया, बल्कि वाम मोर्चे की निरंकुशता से नाराज़ होकर उसे वोट दिया।

लोकसभा चुनाव में भारत की दोनों बड़ी राजनीतिक पार्टियों ने नारी सशक्तिकरण की बातें कही हैं। कांग्रेस तो दिन–रात यही कह रही है। भाजपा ने अपने इश्तहार में समान नागरिक संहिता की बात कही है–यानी सभी धर्मों के लोगों के लिए एक क़ानून होना चाहिए। धार्मिक क़ानून महिलाओं को ही निशाना बनाते हैं, ऐसे में, क़ानून से धर्म को निकाल देने पर सबसे बड़ी राहत औरतों को ही मिलेगी।

भारत एक धर्मनिरपेक्ष लोकतान्त्रिक देश है। इसलिए यहाँ समान नागरिक संहिता होना बहुत ज़रूरी है। लेकिन स्त्रियों के समानाधिकार की बात करती भाजपा ने लोकसभा चुनाव में मात्र पैंतीस महिलाओं को टिकट क्यों दिया है, जबकि उसके कुल प्रत्याशियों की संख्या चार सौ से अधिक है? कांग्रेस के इरादों पर भी सवाल उठते हैं। नारी सशक्तिकरण में यक़ीन करने वाली पार्टी ने विगत दस वर्षों में कितनी महिलाओं को सामाजिक रूप से सशक्त बनाया है? उसके कुल 417 लोकसभा प्रत्याशियों में महिला उम्मीदवार सिर्फ़ 53 हैं। आप एक छोटी पार्टी है, लेकिन उसके कुल प्रत्याशियों में 15 प्रतिशत महिलाएँ हैं।

कई पार्टियों ने सिनेमा के नायक–नायिकाओं को टिकट दिये हैं। इनमें सबसे आगे हैं ममता बनर्जी। फ़िल्म, नाटक, संगीत, चित्रकारी, साहित्य–उन्होंने सभी क्षेत्र के लोगों को जोड़ा है। यानी राजनीति का 'र' न जानने वाले लोग भी चुनाव में अपना चेहरा दिखाकर वोट लेंगे। वोट बटोरने के लिहाज़ से यह फ़ॉर्मूला कितना भी अच्छा हो, लेकिन भविष्य के लिए भयावह है।

मज़हब की राजनीति ने ही भारत का विभाजन करवाया था। विभाजन के छह दशक बाद भी वह राजनीति बरकरार है। राजनेता आज भी बुखारी से बरकती तक का समर्थन लेने के लिए दौड़ते हैं।

सबसे अधिक मुस्लिम वोट हासिल करने की होड़ मचती है। यहाँ यह सामान्य सोच हावी है कि मुस्लिम कट्टरपन्थियों को ख़ुश करने से मुस्लिम वोट थोक में मिल जायेंगे। मुस्लिम समुदाय को शिक्षित, सजग और ज्ञान सम्पन्न बनाना न तो कट्टरपन्थियों के एजेंडे में है, और न इनका वोट हासिल करने वाली पार्टियों के एजेंडे में।

मुझे नहीं लगता कि केन्द्र की सत्ता में आने के बाद नरेन्द्र मोदी साम्प्रदायिक हिंसा को हवा देंगे या राम मन्दिर निर्माण के काम में लग जायेंगे। यह नहीं कह सकते कि 2002 की सोच 2014 में नहीं बदली है। भाजपा में मुस्लिमों की सदस्यता बढ़ी है। मोदी ख़ुद मुस्लिम वोट हासिल करने की कोशिश में लगे हैं। सत्ता में बने रहने की राजनीति सब करते हैं, मोदी भी करेंगे।

इस चुनाव में मैं एक पक्षपातहीन, निरीह दर्शक हूँ। मैं चाहती हूँ, जो भी सत्ता में आये, वह नारी उन्नयन और उसके सशक्तिकरण के लिए काम करे। जो भी सत्ता में आये, वह बलात्कार, बाल–अपहरण, बाल–विवाह, वेश्यावृत्ति, औरतों का दमन आदि की बेड़ियों से महिलाओं को मुक्त करे। भारत बहुत विशाल देश है। भारतीय गणतन्त्र पड़ोसी गणतन्त्रों की तुलना में बहुत मज़बूत है। भविष्य में यह और मज़बूत होगा, धर्म और पुरुष वर्चस्ववाद तभी ख़त्म होगा। तब मैं नहीं रहूँगी। लेकिन हमारी सन्ततियाँ रहेंगी। उन सबको यह परेशानी, दंगा और उत्पीड़न नहीं सहना पड़ेगा।

21 अप्रैल, 2014

उदार लोकतन्त्र की ताक़त

भारतीय लोकतन्त्र के लिए आज का दिन बहुत ख़ास है। आज यह पता चलेगा कि केन्द्र की सत्ता में अगले पाँच साल तक कौन रहने वाला है। भारत में पिछले क़रीब डेढ़ महीने तक चली चुनावी प्रक्रिया में अनेक मुद्दे उठाये गये। बांग्लादेशी घुसपैठियों का मुद्दा भी उठाया गया। भाजपा नेता नरेन्द्र मोदी का कहना था, घुसपैठिये अपना सामान समेट लें। जबकि पश्चिम बंगाल की मुख्यमन्त्री ममता बनर्जी कह रही थीं, बांग्लादेशियों को छूने की कोई हिम्मत भी न करे। लेकिन इस आधार पर ममता बनर्जी को बांग्लादेशियों का दोस्त नहीं मान लेना चाहिए। बांग्लादेशी मुसलमानों के लिए उनका प्रेम दरअसल राजनीतिक स्वार्थ से उपजा है। उनके प्रति ममता बनर्जी के मन में इतना ही सम्मान होता, तो वह पश्चिम बंगाल से मुझे बाहर नहीं करतीं। बांग्लादेश के प्रति ममता बनर्जी को अगर इतना ही स्नेह होता, तो वह तीस्ता के जायज़ पानी से बांग्लादेश को वंचित नहीं करतीं।

बांग्लादेशी मुस्लिमों के उलट वहाँ से भारत आने वाले हिन्दुओं के बारे में कहा जाता है कि वे उत्पीड़ित हैं। यह तथ्य ग़लत नहीं है लेकिन क्या मुस्लिम पीड़ित नहीं हो सकते? क्या उन्हें निशाना नहीं बनाया जा सकता? और वैसी स्थिति में क्या वे राजनीतिक शरणार्थी नहीं हो सकते? संयुक्त राष्ट्र के 1951 के शरणार्थी समझौते के अनुसार, इसके किसी भी सदस्य देश में किसी को भी राजनीतिक शरण लेने का अधिकार है। अगर वे आर्थिक शरणार्थी हैं, तब भी उन्हें खदेड़ना उचित नहीं। मानवता के तकाज़े में दुनिया के ज़्यादातर देश आर्थिक शरणार्थियों को अपने यहाँ पनाह देते ही हैं फिर भारत क्यों न दे? अगले कुछ दशकों में जब बांग्लादेश समुद्र के बढ़ते जलस्तर के कारण जलमग्न होगा, तब शेष दुनिया को जलवायु परिवर्तन के इन शरणार्थियों को पनाह देना सीखना ही होगा।

बेहतर जीवन जीने के लिए मनुष्य हमेशा ही एक जगह से दूसरी जगह जाता है। यह मनुष्य के स्वभाव में है। बांग्लादेश एक ग़रीब देश है इसलिए मौक़ा मिलने पर वहाँ के लोग यूरोप–अमेरिका जाते हैं। वहाँ जाना सम्भव न हुआ, तो मध्य पूर्व या पूर्व के दूर के देशों में जाते हैं। वहाँ भी जाना सम्भव न हुआ, तो वे भारत आते हैं। यह समझने की बात है कि भारतीय अगर बांग्लादेश जैसे किसी मुल्क के बाशिन्दे होते, तो वे भी ऐसा ही करते। वैसी स्थिति में वे भी शरण लेने के लिए, रोज़गार के लिए, बेहतर जीवनयापन के लिए पड़ोसी देशों में घुस पड़ते। भारतीय भी बेहतर अवसर की तलाश में बाहर जाते ही हैं। अमेरिका में अवैध घुसपैठियों के मामले में पहले नम्बर पर चीन, दूसरे नम्बर पर फिलीपींस और तीसरे नम्बर पर भारत है। मैं किसी सरहद पर यक़ीन नहीं करती। यह पूरी पृथ्वी दूसरे जीवों की तरह मनुष्य के लिए भी है। दूसरे प्राणियों की तरह मनुष्य को भी पृथ्वी के किसी भी इलाक़े में जाने और बसने का अधिकार है। लेकिन मनुष्य ही मनुष्य को इस अधिकार से वंचित करता है। इस विशाल ब्रह्माण्ड में सम्भवतः पृथ्वी ही एकमात्र ग्रह है, जहाँ मनुष्य का निवास है लेकिन यहाँ मनुष्य ही मनुष्य का सबसे बड़ा दुश्मन है।

भारत के चुनावी नतीजों के बारे में सम्भावना यह जतायी जा रही है कि नरेन्द्र मोदी केन्द्र की सत्ता में आ रहे हैं। उनके समर्थक जहाँ भाजपा के बहुमत में आने की बात कर रहे हैं, वहीं एक दूसरा वर्ग है, जिसका मानना है कि चाहे गठजोड़ के सहारे ही सही, नरेन्द्र मोदी के नेतृत्व में एनडीए सरकार बनाने जा रहा है। ऐसे में बड़ा सवाल यह है कि सत्ता में आने पर नरेन्द्र मोदी क्या सचमुच बांग्लादेशी मुसलमानों को भारत से बाहर करेंगे। इस पर यक़ीन नहीं होता। क्योंकि अगर वह ऐसा करेंगे, तो वह पूरी दुनिया की निन्दा के पात्र बनेंगे। गुजरात में वर्ष 2002 में मुसलमानों को निशाना बनाने के कारण उनकी छवि पहले ही धूमिल है। अमेरिका ने अभी तक उन्हें वीजा नहीं दिया है। इस बार के चुनाव में भारतीय उद्योगपतियों के समुदाय ने मोदी को जिताने के लिए पानी की तरह पैसा बहा दिया है।

पर घुसपैठियों पर नरेन्द्र मोदी का कठोर रुख़ नुक़सानदेह हो सकता है। मध्य पूर्व के मुस्लिम देशों में लाखों भारतीय हिन्दू नौकरी कर रहे हैं। मध्य पूर्व के देश अगर मोदी के विरोधी हो जाये तो भारत के लिए नयी मुसीबत पैदा होगी। सत्ता में आने से पहले बहुत कुछ कहा जा सकता है,

लेकिन भारत जैसे विशाल लोकतान्त्रिक देश में सत्ता में आने पर ठण्डे दिमाग से काम करना पड़ता है। इसलिए लम्बे समय तक केन्द्र की सत्ता में रहने के लिए मोदी को मज़हब की राजनीति बन्द करनी पड़ेगी।

भारत के चुनावी नतीजे पर दूसरे देश भी नज़र रखे हुए हैं। बांग्लादेश में खालिदा जिया भारत के बदलते घटनाक्रम से बेहद ख़ुश हैं। हों भी क्यों न, इतने समय बाद भारत में कांग्रेस की विदाई की सम्भावना जो दिख रही है। कांग्रेस अवामी लीग का समर्थन करती आयी है। नरेन्द्र मोदी प्रधानमन्त्री बनते हैं, तो शेख हसीना को भारत की मदद नहीं मिलेगी। इसीलिए बांग्लादेश नेशनलिस्ट पार्टी (बीएनपी) और जमात–ए–इस्लामी की ख़ुशी का ठिकाना नहीं है। कट्टर मुसलमान और कट्टर हिन्दू में फ़र्क़ नहीं है। ये दोनों समाज को पीछे ले जाना चाहते हैं, इसलिए दोनों भाई–भाई हैं। मज़हब पर आधारित राजनीतिक पार्टियों का जब तक भारतीय उपमहाद्वीप में वजूद रहेगा, तब तक वास्तविक प्रगति का रास्ता बन्द ही रहेगा। शिक्षित, सजग और प्रगतिशील लोगों को चाहिए कि वे इन नारी विरोधी, धर्मान्ध दलों को जड़ जमाने न दें। तलवार से नहीं, मार–काट से नहीं, बमबारी करके नहीं, मनुष्य को तर्क, बुद्धि, विवेक और वैज्ञानिक चेतना से लैस करना ही समस्या का समाधान है।

16 मई, 2014

आतंक के नये रंगरूट

अब्दुल रक़ीब अमीन ने मुझे जोखर जर्नाएब की याद दिला दी है। बोस्टन मैराथन के दिन वह सुनसान फुटपाथ पर बैग में प्रेशर कुकर बम चुपचाप रख आया था।

बम फटने पर मैराथन देखने आये कुछ निरपराध लोगों की जानें गयीं। जोखर की करतूत का पता चलने पर उसके स्कूल के छात्र, शिक्षक, उसके दोस्त और पड़ोसियों ने कहा था कि उसकी तरह भला लड़का दूसरा नहीं है। वह बास्केटबॉल का खिलाड़ी था।

उसके कोच का भी कहना था कि ऐसे प्रतिभाशाली लड़के कम हैं। इस तरह का लड़का बर्बाद कैसे हुआ? वह मोहल्ले की मस्जिद में गया, कट्टरवादियों के संसर्ग में आया और बर्बाद हो गया।

अब्दुल रक़ीब के बारे में भी स्कॉटलैंड के अबर्डीन में उसके तमाम परिचित यही कहते हैं कि वह लड़का बहुत अच्छा है। उसके बहुत दोस्त थे। वे सब हँसते थे। गप्पें मारते थे। फुटबॉल खेलते थे। इंजीनियरिंग की पढ़ाई करते थे। हिपहॉप गाते थे। रक़ीब के दोस्तों में केवल मुस्लिम ही नहीं, ईसाई और यहूदी भी थे।

मित्रमण्डली में रक़ीब बेहद लोकप्रिय था। सोचने पर भी आश्चर्य होता है कि यह लड़का अब इराक में है और आई.एस.आई.एस. (इस्लामिक स्टेट्स ऑफ़ इराक एंड सीरिया) से जुड़ गया है। रक़ीब के एक दोस्त का कहना है, वह एक बार कहीं बाहर गया था, लौटकर आया, तो उसके चेहरे पर घनी दाढ़ी और बदन पर ढीली पोशाक थी। अल–क़ायदा की पोशाक। वह बार–बार कहता था, चलो, जेहाद के लिए चलें।

रक़ीब के दोस्त न उसके जेहाद का रहस्य समझ पाये, न ही उसमें आये आमूल बदलाव का। इसीलिए उन लोगों ने उससे यथासम्भव दूरी बनाये रखी।

आई.एस.आई.एस. में रक़ीब का नाम अबू बारा अल–हिन्दी है। उसे नया नाम क्यों दिया गया, यह जानने की इच्छा होती है। जब वीडियो में उसका चेहरा साफ़ दिख रहा है, तब उसका असली नाम और दूसरी सूचनाओं के सामने आते बहुत देर नहीं लगेगी।

रक़ीब के परिचित एक आदमी की टिप्पणी थी, 'वह थोड़ा ग़ुस्सैल ज़रूर था, पर मज़हब से जुड़ जाने पर वह बेहद शान्त हो गया है।' बताते हैं कि मोहल्ले की मस्जिद में वह मुअज्जिन का काम करता था, अजान देता था। उसी रक़ीब को अब आतंकवादियों के नये वीडियो में देखा जा रहा है।

आतंकवादी संगठन से जुड़ने के लिए जो तीन लड़के वीडियो में लोगों से अनुरोध करते दिखते हैं, उसमें तीसरा लड़का अब्दुल रक़ीब अमीन है। वह बंगाली है और उसका जन्म बांग्लादेश के सिलहट में हुआ है। उसका कहना है कि वह इंटरनेट के ज़रिये आतंकवाद से जुड़ा है।

पिछले कुछ दिनों में मैंने आई.एस.आई.एस. के जो वीडियो देखे, उनमें काले कपड़ों से चेहरा ढँके हुए कुछ बन्दूक़धारियों को एकदम सहज तरीक़े से विरोधियों का गला काटते या सिर पर गोली दागते दिखाया गया। उनमें रक़ीब भी रहा होगा। उसकी उम्र छब्बीस साल है। हैरत होती है कि अमेरिका से सोलह–सत्रह साल के मुस्लिम युवा इराक के आतंकी गुट में शामिल होने जा रहे हैं। बीस साल का मेडिकल का छात्र नासिर मुथाना इराक चला गया है।

आतंकियों के उस वीडियो में मुथाना भी था। उसके माता–पिता यमन से आये हैं। नासिर अमेरिका के कैर्डिफ़ में पैदा हुआ और वहीं पला–बढ़ा। वहीं उसे और उसके सत्रह वर्षीय छोटे भाई आसिल मुथाना को आतंकवाद से जुड़ने के लिए दुष्प्रेरित किया गया।

आतंकियों के वीडियो में जो पहला युवा दिखा, वह बीस वर्षीय रियाद ख़ान है। वह भी कैर्डिफ़ का है और नासिर मुथाना का दोस्त है। दोनों कैर्डिफ़ के अल–मनार सेंटर में कट्टरवादियों की तक़रीर सुनने जाते थे। उस सेंटर में अल–गामा अल–इस्लामिया नाम की एक कट्टरवादी संस्था से जुड़े मुस्तफ़ा अल मुकरी–तक़रीर करने आते थे। एक–दूसरे वक्ता सऊदी अरब के मोहम्मद अल–आरिफ़ी थे।

आरिफ़ी युवाओं को कहते थे, सीरिया जाओ, वहाँ जेहाद में हाथ बँटाओ। उनकी तक़रीर से आकर्षित होकर कितने युवा जेहाद से जुड़े,

यह नहीं कह सकते। अभी कुछ ही युवाओं की शिनाख़्त हुई है। बाद में हालाँकि अमेरिका की ओर से कहा गया कि सीरिया और इराक में जेहाद से जुड़ने हज़ारों युवा गये हैं। डॉक्टर या इंजीनियर बनने के सपनों को तिलांजलि देकर ये युवा अब मज़हब के नाम पर ख़ून कर रहे हैं।

मैं नहीं जानती कि बांग्लादेश से कुल कितने युवा पश्चिम एशिया में जेहाद से जुड़े हैं। पर अनुमान लगा सकती हूँ कि अमेरिका से सीरिया जाकर जेहाद से जुड़ने वाले बंगाली युवाओं की संख्या काफ़ी होगी।

बांग्लादेश के जो युवा अमेरिका में उच्च शिक्षा प्राप्त करने जाते हैं, आज वे दिग्भ्रमित और बर्बर हैं। एक से एक धुरन्धर कट्टरवादी इन्हें आतंकवादी के तौर पर तैयार कर रहे हैं। जीवन की शुरुआत में ही ये युवा मृत्यु का वरण कर रहे हैं।

आई.एस.आई.एस. के आतंकियों के हाथ हज़ारों इराकी सैनिकों और पुलिस के ख़ून से रँगे हैं। इनकी नृशंसता कई बार नाज़ी जर्मनी के हत्याकाण्डों को भी पीछे छोड़ती लगती है। इन्होंने बगदाद के स्थापत्य और इतिहास को ध्वस्त कर दिया है। शियाओं की तमाम मस्जिदों को बम से उड़ा दिया हैं।

आई.एस.आई.एस. का समर्थन न करने वाले सुन्नी भी उनके निशाने पर हैं। वे स्पेन पर क़ब्ज़ा करने की बात कर रहे हैं। इस्लामी राष्ट्र का महान ख़लीफ़ा अबू बकर अल–बगदादी आख़िर चाहते क्या हैं?

सवाल यह है कि जो मुस्लिम हत्या की राजनीति और आतंक के मज़हब में यक़ीन नहीं करते, इस्लाम जिनके लिए शान्ति का मज़हब है, वे लोग एकजुट होकर सड़कों पर क्यों नहीं उतर रहे? इस्लाम के नाम पर यहाँ–वहाँ जो बर्बरता शुरू हुई है, उसके ख़िलाफ़ वे आवाज़ क्यों नहीं उठा रहे? अल–शबाब ने केन्या में, बोको हराम ने नाइज़ीरिया में और आई.एस.आई.एस. ने सीरिया और इराक में जो किया है, उसके ख़िलाफ़ शान्तिप्रिय मुस्लिम समुदाय खड़ा क्यों नहीं हो रहा?

22 जुलाई, 2014

जिसकी लाठी उसकी भैंस

मैं अगर यहूदी होती, तो हज़ारों वर्षों से जो लोग जिस ज़मीन पर रह रहे हैं, उन्हें वहाँ से हटाकर उस ज़मीन पर अपना देश नहीं बनाती। अगर मैं इस्राइली होती, तो फ़िलिस्तीनियों को ख़त्म कर देने की साज़िश का, इस्राइली सत्ता के वर्चस्ववादी तौर–तरीक़े का विरोध करती। अगर मैं फ़िलिस्तीनी होती, तो उस देश को निशाना बनाकर पेट्रोल बम, रॉकेट, पत्थर, बोतल और पटाखे नहीं फेंकती, जिसके पास दुनिया में सबसे उन्नत तरीक़े के बम, अत्याधुनिक शस्त्रास्त्र, लड़ाकू विमान तो हैं ही, ताक़तवर सेना है, यहाँ तक कि परमाणु हथियार भी उसकी पहुँच में हैं, और जो पड़ोसी देश की बस्तियों में घुसकर ताक़त का प्रदर्शन करने, उनके घरों, स्कूलों और अस्पतालों को ध्वस्त करने में हिचकता नहीं है, बमबारी कर सैकड़ों शिशुओं की हत्या कर देने में जिसे गुरेज़ नहीं है। अगर मैं फ़िलिस्तीनी मुस्लिम होती, तो ख़ुद को फिदायीन बम में तब्दील नहीं करती, न ही किसी को आत्मघाती हमलावर बनने के लिए उकसाती।

मैंने जब–जब इस्राइल के हवाई हमले देखे, उसे तोप दागते देखा, सैकड़ों निर्दोष नागरिकों को मरते हुए देखा, मैं समझ ही नहीं पायी कि फ़िलिस्तीनी अपने जीवन को दाँव पर लगाकर ज़मीन के एक छोटे टुकड़े से चिपककर क्यों बैठे हैं। मिट्टी जीवन से क़ीमती तो नहीं है। जन्मभूमि छोड़ देने, पूर्वजों की ज़मीन छोड़ कहीं दूर जा बसने का मतलब हार जाना नहीं है। जीने के लिए मनुष्य ने हमेशा ही गाँव–घर छोड़े हैं।

टेलीविज़न पर हिंसा के भीषण दृश्य देखते हुए, मृत्यु और ध्वंसस्तूप के बीच सब कुछ खो चुके लोगों को देखकर मैं ख़ुद को उनसे एकमेव पाती हूँ। तब मैं समझती हूँ कि हमास का रवैया कितने क्षोभ और ग़ुस्से से उपजा है। किन्तु एक छोटे और अत्यन्त ताक़तवर के बीच युद्ध तो सम्भव नहीं। हमास को यह पता है। इसके बावजूद वह हमले करता है।

हालाँकि कहने को दोनों के बीच संघर्ष विराम पर समझौता हुआ है। लेकिन क्या यह स्थायी समाधान है?

इस समझौते के लिए नेतन्याहू की इस्राइल में जैसी आलोचना हो रही है, और मुस्लिम देशों में इसे जिस तरह हमास की जीत बताया जा रहा है, उससे भला कौन मानेगा कि इन दोनों के बीच फिर हिंसा नहीं होगी? हमें और कितनी मौतें देखनी होंगी? और कितने शिशुओं की हत्या? और कितना ख़ून? और कितनी वीभत्सता? इस्राइल की शिकायत है कि हमास आवासीय इलाक़ों में रॉकेट छिपाकर रखता है। उसका यह भी कहना है कि हमास शिशुओं को ढाल की तरह इस्तेमाल करता है, और उसी की वजह से पिछले दिनों इतने निर्दोष, निहत्थे फ़िलिस्तीनी मारे गये।

इस्राइल के तर्कों से ऐसा लगता है कि फ़िलिस्तीनी नागरिकों को निशाना बनाने के सिवा उसके पास और कोई विकल्प नहीं था। जबकि उसके पास विकल्प था। जो बम निर्दोष नागरिकों को निशाना बनाते हों, उन बमों का इस्तेमाल क्यों करना चाहिए? हमास ने सम्भवतः उन जगहों में रॉकेट छिपा रखे थे, जहाँ बम फेंकना युद्ध के क़ानून के मुताबिक़ भी निषिद्ध है। पर क्या हमास नहीं जानता कि इस्राइल किसी क़ानून की परवाह नहीं करता? क़ानून की परवाह करने पर क्या वह समुद्र तट पर खेलते फ़िलिस्तीनी बच्चों को निर्दयतापूर्वक मारता? वहाँ तो हमास का कोई सदस्य नहीं था।

पैदा होने के बाद से ही मैं सुन रही हूँ कि फ़िलिस्तीनियों पर इस्राइल नाम का एक देश क़हर ढा रहा है। मैं किसी एक पक्ष की बात सुनकर यक़ीन कर लेने वाली नहीं हूँ। मैंने पश्चिम एशिया के इस विवाद का पूरा अध्ययन किया है। फ़िलिस्तीन में बच्चों को इस्राइल से घृणा करने की जो सीख दी जाती है, अपने लोगों पर आत्मघाती बम में तब्दील होने के लिए फ़िलिस्तीन में जिस क़िस्म का दबाव बनाया जाता है, मैं उसकी घनघोर आलोचक हूँ। इसी तरह, इस्राइल सामूहिक रूप से फ़िलिस्तीन को ध्वस्त करने की जिस रणनीति पर चलता रहा है, मैं उसकी भी निन्दा करती हूँ।

पिछले दिनों इस्राइल की एक दीवार पर यह लिखा देख मैं चौंक गयी थी–फ़िलिस्तीनी अरबों को गैस चैंबर में भेज देना चाहिए। नाज़ियों ने यहूदियों को गैस चैंबर में मारा था। विश्व इतिहास में ऐसी क्रूरता और कहीं नहीं दिखी, जब क़रीब साठ लाख यहूदियों की हत्या की गयी थी।

उन्हीं यहूदियों के वंशज आज अगर अपने विरोधियों को गैस चैंबर में भेजना चाहते हैं, तो हैरत होगी ही। इस्राइल ने गाजा में डाइम बम फेंके हैं। उसने यूरेनियम लगे वे बम भी फेंके हैं, जिनका उपयोग अमेरिका ने इराक पर किया था। इन दोनों बमों से कैंसर फैलता है। स्वाभाविक ही इससे फ़िलिस्तीनियों की भारी क्षति हुई है। हमने शायद यह मान लिया है कि मरते–मरते फ़िलिस्तीनी एक दिन विलुप्त हो जायेंगे। तब इस्राइली बग़ैर किसी ख़तरे के अरब भूखण्ड में रह पायेंगे।

बचपन में एक कहावत सुनती थी–जिसकी लाठी उसकी भैंस। इस्राइल का रवैया इसका ज्वलन्त उदाहरण है। ज़ोर–ज़बर्दस्ती करने वाले क़ानून नहीं मानते। धन और मारक हथियार हों, तो क़ानून न मानने से कुछ बिगड़ता नहीं है। वैसे देशों के सामने संयुक्त राष्ट्र भी चुप रहता है। इस्राइल और फ़िलिस्तीन को दो देश बना दो। इराक को तोड़कर तीन टुकड़े कर दो। सद्दाम हुसैन को गद्दी से उतारकर परिवार समेत मार डालो। अमेरिका ने इराक को लोकतन्त्र का उपहार दिया है। इराकी लोकतन्त्र का हाल देखकर दुख और क्रोध से फट पड़ने का जी करता है। वही इराक अब एक और भीषण ख़ून–ख़राबे का मंच बना हुआ है। साम्राज्यवादी देशों ने क्या कभी भलाई के लिए किसी दूसरे देश में पाँव पसारे हैं?

अगर मैं इस्राइली यहूदी या फ़िलिस्तीनी मुस्लिम होती, तो वह ज़मीन छोड़ हमेशा के लिए चली जाती। यह पृथ्वी हमारी है, कहीं–न–कहीं तो जगह मिलती मुझे। इतनी मारामारी, इतनी लड़ाई, इतनी हिंसा, इतना रक्तपात देख मैं मनुष्य होने की शर्म से मुँह छिपाती हूँ। जगह के लिए लड़ाई करूँ, आत्मघाती बम बनकर अपने साथ दो लोगों को मार डालूँ, बम बरसाकर शहरों को ध्वंस कर दूँ, पड़ोसियों को चींटी की तरह मसल दूँ–मनुष्यता का इतिहास इस पर क़तई गर्व नहीं करेगा।

28 अगस्त, 2014

पोशाक अश्लील है या मानसिकता

बांग्लादेश के लक्स टेलीविज़न चैनल की 'आई सुपरस्टार' प्रतियोगिता के एक एपिसोड में एक लड़की साड़ी के ऊपर ब्लाउज़ पहनकर आयी, तो हंगामा मच गया। साधारणतः महिलाएँ ब्लाउज़ के ऊपर से साड़ी पहनती हैं। लेकिन ब्लाउज़ को साड़ी के ऊपर पहनना, जिससे वह अलग दिखे, मुझे अच्छा लगा। यह नया चलन है। बांग्लादेश की वह लड़की फ़ैशन डिजाइनर बताई जाती है। शायद इसीलिए उसे यह आइडिया आया होगा। लेकिन उस लड़की को जिस तरह निशाना बनाया गया, वह ग़लत है।

कपड़े कई तरह से पहने जा सकते हैं, और इसमें कुछ भी ग़लत नहीं है। उन दुर्वासाओं को शायद नहीं मालूम कि पेटीकोट पहनने का चलन भी बहुत पुराना नहीं है। साड़ी में चुन्नट डालने की परम्परा भी नयी है।

इस पूरे इलाक़े में साड़ी का चलन भी बहुत नया नहीं है। एक समय स्त्री–पुरुष, दोनों धोती बाँधते थे। दक्षिण भारत की औरतें पुरुषों की तरह ही लूँगी पहनती थीं। प्राचीन भारत में महिलाएँ वक्ष के ऊपर ओढ़नी या वक्षबन्धिनी डाल लेती थीं। ऐसे कपड़ों में सिलाई नहीं होती थी। उस समय हिन्दुओं में बग़ैर सिले कपड़े पहनने की परम्परा थी। इसकी वजह मुझे ठीक–ठीक मालूम नहीं, लेकिन हिन्दू परम्परा में तब सिले वस्त्र पहनना अपवित्र माना जाता था।

भारतीय उपमहाद्वीप की महिलाएँ धीरे–धीरे धोती से साड़ी तक पहुँचीं। साड़ी को भी तब संस्कृत में सात्तिका बोलते थे। ओडिशा में सत्रहवीं शताब्दी में साड़ी बाँधने की 'मछली की पूँछ' शैली आयी, जिसमें आंचल को मछली की पूँछ की तरह कन्धे से नीचे झुला दिया जाता था। यानी महिलाओं की धोती ही धीरे–धीरे साड़ी में रूपान्तरित हुई।

अंग्रेज़ों के आने के बाद यहाँ ब्लाउज़–पेटीकोट की शुरुआत हुई। मुस्लिम महिलाएँ अपने साथ घाघरा ले आयी थीं। उस घाघरा को देखकर ही पेटीकोट सिलने की शुरुआत हुई। भारत में साड़ी का इतिहास हम लोगों की ही साड़ियों का इतिहास है। हिन्दू ही हमारे पूर्वपुरुष और हमारी पूर्वनारी हैं। बंगाली जाति के रूप में हम 1971 में पैदा नहीं हुए। बंगालियों की परम्परा हज़ारों वर्ष पुरानी है। इस उपमहाद्वीप में साड़ी के इतिहास से जो वाक़िफ़ हैं, वे इसे पहनने के बदलते तौर–तरीक़े पर कभी ऐतराज़ कर ही नहीं सकते।

हमारी पूर्वनारियाँ नग्न रहती थीं, वृक्ष की छाल और पशुओं के चमड़े से अपना शरीर ढँकती थीं। इस युग की नारियाँ ब्लाउज़ पर आँचल डालती हैं। आज के दौर का हमारा पहनावा हमेशा के लिए चलन में नहीं रह सकता। यह पहनावा भी आने वाले दिनों में विदा होगा। तब कपड़े पहनने की कोई नयी शैली, कोई नया तरीक़ा आयेगा। मनुष्य के दिमाग़ में हमेशा ही नये–नये विचार आते हैं। अगर लड़कियाँ साड़ी के ऊपर अलग से ब्लाउज़ पहन रही हैं, तो उन्हें पहनने दीजिए। अगर आपको पसन्द नहीं, तो आप मत पहनिये।

कोई पोशाक अश्लील नहीं है। इसी तरह वस्त्रहीनता भी अश्लीलता नहीं। अमेजन के जंगलों या अण्डमान द्वीप में नग्न घूमते आदिवासियों को क्या कोई अश्लील कह सकता है? अश्लीलता का तर्क हमने गढ़ा है। अश्लीलता शब्द अश्लील है। मनुष्य का कुत्सित मस्तिष्क अश्लील है। जो मर्द यह सोचता है कि हमारी पसन्द के कपड़े न पहनने वाली औरत चरित्रहीन है, वह पुरुष अश्लील है। जो यह तर्क गढ़ता और उसे नियम के तौर पर लागू करवाने की कोशिश करता है, कि कम कपड़े पहनने वाली लड़कियाँ बलत्कृत होने के लिए ऐसा करती हैं, वह मनुष्य और वह व्यवस्था अश्लील है। जो इस सोच पर यक़ीन करता है कि पुरुष जो चाहे पहन सकता है, पर औरतों को ऐसा नहीं करना चाहिए, वह सोच अश्लील है।

कुछ वर्ष पहले गर्मियों में मैं बर्लिन में थी। एक शाम को तैराकी के उद्देश्य से मैं एक झील के पास पहुँचकर स्तब्ध रह गयी। सड़क किनारे एक फैले हुए मैदान में सैकड़ों स्त्री–पुरुष और बच्चे 'सन बाथ' कर रहे थे। धूप सेंकते हुए बीच–बीच में वे झील में उतरकर तैराकी का मज़ा ले रहे थे। हम लोग जैसे पिकनिक मनाते हैं, वैसे ही दिन–भर के भोजन

और पानी का इन्तज़ाम सबके पास था। मुझे पूरे वस्त्रों में देखकर वे न सिर्फ़ चकित थे, बल्कि कुछ की आँखों में घृणा के भाव भी थे। पूरे कपड़ों में होने के बावजूद मैं वहाँ शर्मसार और सिर झुकाये खड़ी थी। साफ़ है कि अश्लीलता बोध एक मानसिकता है। इसका हमारी पोशाक से कोई सम्बन्ध नहीं। कोई पूरे वस्त्रों में अश्लील लग सकता है, तो कोई बग़ैर वस्त्रों के।

मैं किसी पोशाक को अश्लील नहीं मानती। लेकिन कथित अश्लीलता दूर करने के लिए जो पोशाक तैयार कर लड़कियों के शरीर पर जबरन डाले गये हैं, जिन पोशाकों ने लड़कियों और महिलाओं की चलने–फिरने की स्वाभाविकता छीन ली है, मैं उन पोशाकों को अश्लील मानती हूँ; जैसे हिजाब या बुर्क़ा, जिनके कारण महिलाओं का चलता–फिरता जीवन कारागार में तब्दील हो गया है।

कहते हैं, औरतों को 'बुरी नज़रों' से बचाने के लिए इन पोशाकों का ईज़ाद हुआ है। पर नज़र अगर सचमुच बुरी होगी, तो वह बुर्क़े में ढँकी औरतों पर भी टिकेगी, और नीयत साफ़ होगी, तो कम कपड़ों में लड़कियों–महिलाओं को देखकर भी ग़लत ख़याल नहीं आयेंगे। अगर वाक़ई कम कपड़े बलात्कार जैसी दुर्घटना को आमन्त्रित करने की वजह होते, तो बलात्कार के बढ़ते आँकड़ों की हम कल्पना नहीं कर सकते थे, क्योंकि आज भारत जैसे देशों में भी कम कपड़ों में घर से दफ़्तर तक जाने वाली लड़कियों–महिलाओं की संख्या बहुत है। यह लड़कियों–महिलाओं को ही तय करने का अधिकार दीजिए न कि वे क्या पहनती हैं, क्या पहनना चाहती हैं!

बांग्लादेश के समाज में अब भी अज्ञान का अन्धकार है। वहाँ बड़ी–बड़ी अट्टालिकाएँ और गगनचुम्बी शॉपिंग सेंटर तो हैं, लेकिन स्वस्थ मानसिकता का विराट् अभाव है। इसी कारण कोई लड़की साड़ी के ऊपर ब्लाउज़ पहन लेती है, तो तूफ़ान खड़ा हो जाता है। वहाँ स्कूल, कॉलेज और विश्वविद्यालयों की कमी नहीं है, लेकिन वास्तविक 'शिक्षा' से शिक्षित लोग कम ही हैं। उन संस्थाओं से निकलकर युवा या तो डिग्रीधारी अशिक्षित बनते हैं या फिर कट्टरवादी।

29 अक्टूबर, 2014

कहाँ ले जायेगी यह कट्टरता

बांग्लादेश के पूर्व डाक और दूरसंचार मन्त्री अब्दुल लतीफ़ सिद्दीक़ी ने पिछले दिनों कहा कि वह हज और तबलीगी जमात के विरोधी हैं। इस तरह की टिप्पणी के बाद स्वाभाविक ही उनका मन्त्री पद चला गया है। उनके ख़िलाफ़ बांग्लादेश की सड़कों पर कट्टरवादियों के जुलूस निकले हैं। उनकी फाँसी की माँग की गयी है, और उनका सिर क़लम करने की क़ीमत पाँच लाख टका रखी गयी है। सिद्दीक़ी की लानत–मलामत करने में बांग्लादेश की राजनीतिक पार्टियाँ भी पीछे नहीं हैं। वे कह रही हैं कि लतीफ़ सिद्दीक़ी को बांग्लादेश में घुसने नहीं दिया जायेगा। वहाँ का मीडिया भी उन्हें निशाना बना रहा है।

बांग्लादेश की नब्बे फ़ीसदी आबादी मुस्लिम है। इनमें से ज़्यादातर का मानना है कि लतीफ़ सिद्दीक़ी ने मुसलमानों की धार्मिक भावना को चोट पहुँचायी है। किसी व्यक्ति को ऐसी टिप्पणी नहीं करनी चाहिए थी, जिससे किसी की भावनाओं को चोट पहुँचे। मन्त्री पद पर होते हुए तो व्यक्ति से और भी संवेदनशीलता की उम्मीद की जाती है। पर उनके ख़िलाफ़ सड़कों पर अचानक जो भीड़ उमड़ आयी, उसके बारे में क्या कहें, उसे किस तरह जायज़ ठहरायें? मुस्लिम कट्टरवादी पत्थर मारकर महिलाओं की हत्या कर दे रहे हैं। एक वार में लोगों का सिर धड़ से अलग कर दे रहे हैं, और उसे दुनिया–भर में लाइव दिखा भी रहे हैं। ट्राउज़र पहनने के जुर्म में लड़कियों पर कोड़े बरसाये जा रहे हैं। कार चलाने के जुर्म में महिलाओं को पीटा और दण्डित किया जा रहा है। पूरी दुनिया के लोग इस बर्बरता के साक्षी हैं। एक समय पूरे विश्व में इस क़िस्म की बर्बरताएँ थीं। पर कमोबेश सभी जगह इन्हें ग़ैर–क़ानूनी घोषित कर दिया गया है।

कोई माने या न माने, लेकिन सच यह है कि पिछले दो दशकों में कट्टरवादियों और आतंकवादी संगठनों की संख्या चिन्ताजनक रूप से बढ़ गयी है। तालिबान, अल–कायदा, लश्कर–ए–तैयबा के बाद बोको हराम और आई.एस. जैसे अनेक छोटे–बड़े आतंकी संगठनों ने अपनी जड़ें जमायी हैं। ये संगठन पूरी दुनिया को दारूल इस्लाम बनाने का ख़्वाब पाले हुए हैं। इस दारूल इस्लाम में सिर्फ़ मुसलमान रहेंगे, दूसरे मज़हबों को मानने वालों के लिए इसमें जगह नहीं होगी! प्यू रिसर्च की ताज़ा रिपोर्ट बता रही है कि दुनिया के अधिकांश मुसलमान शरिया क़ानून चाह रहे हैं। आज पूरी दुनिया में मुस्लिमों के प्रति एक अजीब क़िस्म की धारणा बन रही है। मुसलमानों के साथ दोस्ती करने, उन्हें नौकरी देने, उन्हें कारोबार में भागीदार बनाने या उनके साथ सामाजिक रिश्ते रखने के मामले में एक क़िस्म की हिचक देखी जा रही है। पूरे विश्व में मुस्लिम समुदाय के प्रति अविश्वास जन्म ले रहा है। चूँकि पश्चिमी देशों में मानवाधिकार क़ानून सख़्त हैं, इसलिए मुसलमान वहाँ अपने रीति–रिवाजों का पालन करते हुए भी रह पा रहे हैं। मानवाधिकार क़ानूनों का यह सहारा नहीं होता, तो पश्चिम में मुस्लिम समाज का क्या हश्र होता, इसकी सिर्फ़ कल्पना की जा सकती है।

यदि मनुष्य को अभिव्यक्ति का अधिकार न मिले, तो लोकतन्त्र का कोई अर्थ नहीं है। और समाज को बदलने के लिए लोगों की सोच और भावनाओं को भी कई बार निशाना बनाना पड़ता है। राष्ट्र से धर्म को अलग करने और महिला–विरोधी क़ानूनों को ख़त्म करने के क्रम में भी लोगों और संस्थाओं की सोच पर चोट करने की ज़रूरत पड़ती है। बल्कि इतिहास के आईने में देखें, तो समाज के हित में उठाये गये ज़्यादातर क़दम धर्म को निशाना बनाने के बाद ही सम्भव हुए। यूरोप में धर्म का वर्चस्व ख़त्म करते समय भी कई लोगों की धार्मिक भावनाओं को आघात लगा था। गैलीलियो की स्थापनाओं और डार्विन के निष्कर्षों ने भी धार्मिक भावनाओं को आहत किया था। विज्ञान ने तो अन्धविश्वासों को लगातार आघात पहुँचाया है। पर यदि हम समाज के आहत होने की चिन्ता कर अभिव्यक्ति पर रोक लगा दें, विज्ञान के आविष्कार और उसके इस्तेमाल पर प्रतिबन्ध लगाकर सभ्यता के पहिये को रोक दें, तो हमारा समाज बन्द तालाब जैसा हो जायेगा।

मज़हबी कट्टरता आज बांग्लादेश में ख़ूब फल–फूल रही है। कट्टरवादियों की इसमें पौ बारह है। जब–जब वे सड़कों पर उतरकर किसी की फाँसी की माँग करते हैं, कुछ लोगों की सम्पत्ति और घर नष्ट करने की शुरुआत करते हैं, तब–तब सरकार उनका पक्ष लेकर भिन्न धर्मावलम्बियों का उत्पीड़न शुरू कर देती है। ऐसा करके जहाँ कट्टरवादियों के हाथ मज़बूत किये जाते हैं, वहीं समाज को दशकों पीछे धकेल देने का काम किया जाता है। मेरे मामले में भी सरकार ने तब यही किया था। अगर तत्कालीन खालिदा जिया सरकार कट्टरवादियों का पक्ष नहीं लेती, तो उनका दुस्साहस आज इतना नहीं बढ़ता, और मैं भी अपने वतन में रह पाती। बांग्लादेश की मज़हबी कट्टरता के लिए सिर्फ़ मौलवी नहीं, सरकारें भी ज़िम्मेदार हैं। अगर प्रधानमन्त्री शेख हसीना ने लतीफ़ सिद्दीक़ी को बर्ख़ास्त नहीं किया होता, तो वह वतन लौट सकते थे। लोगों का ग़ुस्सा भी धीरे–धीरे ठण्डा हो ही जाता। तब मज़हबी कट्टरवादियों को भी यह अहसास होता कि शेख हसीना के दौर में उन्हें अपनी मर्ज़ी के मुताबिक़ चलने की छूट नहीं मिल सकती। इससे बाहर भी बेहतर सन्देश जाता।

लतीफ़ सिद्दीक़ी के बारे में मुझे किसी ने अच्छी बात नहीं बतायी। हो सकता है, वह अच्छे आदमी नहीं हों। यह भी हो सकता है कि सरकार में रहते हुए उन्होंने अच्छा काम नहीं किया हो। हालाँकि सत्ता से बाहर होने पर किसी की छवि ख़राब करने में भला कितना समय लगता है! इसके बावजूद लोकतन्त्र में अभिव्यक्ति की स्वतन्त्रता का इस्तेमाल कर उन्होंने ग़लती नहीं की थी। उनकी टिप्पणी से असहमति थी, तो उसे अभिव्यक्त करने का भी लोकतान्त्रिक तरीक़ा है। लेकिन उसका इस्तेमाल न कर उनकी फाँसी की माँग करने या उनके सिर की बोली लगाने का इस आधुनिक सभ्य युग में क्या कोई औचित्य है?

21 नवम्बर, 2014

मज़हब बदलने की आज़ादी

ज़बर्दस्ती, प्रलोभन और ख़ून–खराबे के ज़रिये ही इतिहास में कुछ धर्मों ने दुनिया–भर में अपनी जड़ें फैलायी हैं। लोगों को किसी भी तरीक़े से अपने धर्म में ले आने की मानव प्रवृत्ति आज की नहीं है, यह बहुत पुरानी है। पिछले कुछ समय से भारत में सामूहिक धर्मान्तरण का ज़ोर है। मुस्लिम सम्प्रदाय के लोगों को हिन्दू बनाने की बात हो रही है। ईसाइयों की भी 'घर वापसी' हो रही है! कई जगह इसकी शुरुआत भी हुई। क्रिसमस के दिन उत्तर प्रदेश में धर्मान्तरण का उतना हल्ला बेशक नहीं हुआ, लेकिन केरल में कुछ ईसाई ज़रूर हिन्दू बने हैं। लेकिन ईसाइयों से भी अधिक मुस्लिमों को हिन्दू धर्म में लाने पर ज़ोर है। मुसलमान क्या हिन्दू धर्म के प्रति आकृष्ट होकर हिन्दू बन रहे हैं? यदि हिन्दू धर्म के प्रति वे आकृष्ट हैं, तब तो कोई बात नहीं। किन्तु ऐसा अगर दबाव में हो रहा है, तो इसका समर्थन नहीं किया जा सकता।

ऐसा सुनने में आ रहा है कि धर्मान्तरण के लिए मुसलमानों पर दबाव डाला जा रहा है। जीवन धर्म से बड़ा है। इसलिए अपनी जान बचाने के लिए कोई भी दूसरे धर्म में चला जाना ज़्यादा सुरक्षित मानेगा। धर्मान्तरण के लिए सुना है, पैसे भी दिये जा रहे हैं। यानी इसके पीछे प्रलोभन भी है। यह हू–ब–हू सूफ़ी मुसलमानों और ईसाई मिशनरियों की पद्धति जैसी है। इसे 'घर वापसी' नाम दिया गया है। इसका अर्थ यह है कि पहले तुम विवश होकर हिन्दू से मुस्लिम बने थे, अब तुम्हारी भलाई इसी में है कि अपने धर्म में यानी अपने घर लौटो। घर वापसी के इसी अभियान के दौरान मैंने एक हिन्दुत्ववादी नेता से पूछा कि यह घर वापसी कितने वर्षों बाद हो रही है? इस पर वह चुप रहे। मैंने ही उन्हें जवाब दिया, आठ सौ वर्षों के बाद।

यह सच है कि भारत के अधिकांश मुसलमान धर्मान्तरित हैं। छोटी और नीची जाति के दरिद्र हिन्दू, मानसिक रूप से तैयार किये जाने के कारण हो, रुपये–पैसे के लालच में हो, सूफ़ियों के आचरण से मुग्ध होने के कारण हो, ब्राह्मणों की घृणा के कारण हो या मुसलमानों के हाथों पिटकर हो, मुस्लिम बने थे। सैकड़ों वर्षों से भारतीय उपमहाद्वीप में हिन्दुओं का धमान्तरण हो रहा है। आज हिन्दू कट्टरवादी जब इसका बदला लेना चाहते हैं, तो दिल्ली की सत्ता काँप रही है। हिन्दुओं को मुस्लिम या ईसाई बनाया जा सकता है, लेकिन उन्हें हिन्दू नहीं बनाया जा सकता। क्यों? इस तरह की विषमता स्वीकार्य नहीं है। हालाँकि अब हिन्दू धूमधाम के साथ मुस्लिमों को धर्मान्तरित करने के काम में लगे हैं। लेकिन क्या पच्चीस करोड़ मुसलमानों का धर्मान्तरण मुमकिन है? पच्चीस लोगों की घर वापसी से तो विवाद पैदा हो गया है। कुछ समय पहले आगरा में जो हुआ, वह इसी का नमूना है।

धर्म परिवर्तन करने का अधिकार सबको होना चाहिए। बाल की स्टाइल बदली जा सकती है, पोशाक और फ़ैशन में तब्दीली की जा सकती है, राजनीतिक दल, नीति–आदर्श, पति और पत्नी बदले जा सकते हैं, तो धर्म क्यों नहीं बदला जा सकता? इसमें आख़िर बुराई क्या है? धर्म ऐसा कौन–सा निश्चल पत्थर है कि उसे हटाया नहीं जा सकता? मनुष्य जब चाहे, तब उसे अपना धर्म बदलने की इजाज़त मिलनी चाहिए। असल में, धर्म परिवर्तन व्यापक अर्थ में मानवाधिकार का ही हिस्सा है। इसलिए मनुष्य धर्म बदलना चाहता है, या धर्म के बन्धन से मुक्त होकर नास्तिक बन जाना चाहता है, यह उसका अधिकार है, और होना चाहिए। मैं तो बचपन से ही धार्मिक विश्वासों से मुक्त हूँ। किसी भी शिशु को वस्तुतः उसकी धार्मिक पहचान से देखने की कोशिश नहीं होनी चाहिए। शिशु किसी धार्मिक विश्वास के साथ पैदा नहीं होता। उस पर उसके माँ–पिता का धर्म लाद दिया जाता है। सभी बच्चे विवश होकर अपने माँ–पिता के धर्म को ही अपना धर्म मान लेते हैं। अच्छा तो यह होता कि बच्चे के बड़े होने पर, उसके समझदार होने पर उसे पृथ्वी के समस्त धर्मों के बारे में बताया जाता, और फिर वह अपनी इच्छा और विवेक से अपने धर्म का चयन करता अथवा अनिच्छा होने पर नहीं करता। जब राजनीति में दीक्षित होने के लिए बालिग होना ज़रूरी है, तो धर्म से जुड़ने के लिए भी ऐसा कोई प्रावधान होना चाहिए।

यह सुनने में भले ही अजीब लग रहा है, लेकिन धर्मान्तरण के मामले में हिन्दू समाज के लोग आज मुस्लिमों का ही अनुकरण कर रहे हैं। मुस्लिम समाज के कट्टरवादी तत्त्व हिन्दुओं और ईसाइयों को अपने समाज में लाने की कोशिश करते रहे हैं, तो अब हिन्दू भी ऐसा कर रहे हैं। अपने धर्म में लाने के लिए मुस्लिम हिंसा और दबाव की रणनीति बनाते रहे हैं, हिन्दू भी ऐसा कर रहे हैं या करने की बात कह रहे हैं। फिर उनमें और आपमें फ़र्क़ क्या रहा? पाकिस्तान से बांग्लादेश तक मुस्लिम कट्टरवादियों की निन्दा की जाती है। दोनों जगहों पर हिन्दुओं और ईसाइयों को समाज में डर–डरकर रहना पड़ता है। इसी कारण पाकिस्तान में रह रहे हिन्दू भागकर भारत आ जाते हैं और वापस अपने वतन नहीं लौटना चाहते। पाकिस्तान और बांग्लादेश में कट्टरवादियों के हावी होने के कारण ही ये दोनों मुल्क विकास के रास्ते पर आगे नहीं बढ़ सके। भारत तो इन दोनों देशों की तुलना में बहुत–बहुत आगे है। ऐसे में अगर भारत भी उसी रास्ते पर चलकर आगे बढ़ेगा, तो वह दुनिया को क्या सन्देश देगा?

ऐसा सुनने में आया है कि भारत में धर्मान्तरण विरोधी एक क़ानून बनाने की बात हो रही है। यह कुछ ज़्यादा ही है। जीवन में किसी भी मत या वैचारिकता को बदलने का अधिकार मनुष्य को है, फिर लाजिमी तो यही है कि धर्म बदलने का अधिकार भी रहे। जो संविधान गणतन्त्र और मानवाधिकार की बात करता है, वह धर्मान्तरण विरोधी क़ानून की बात नहीं कहेगा। मैं यही समझ नहीं पाती कि लोगों में धर्म के विलुप्त हो जाने का इतना भय क्यों है। धर्म को क्या ताक़त से रोका जा सकता है? अगर ऐसा सम्भव होता, तो कई प्राचीन धर्म आज इतिहास बनकर नहीं रह जाते। मानवता को धर्म नहीं, बल्कि मनुष्य के प्रति मनुष्य की संवेदना और प्रेम ही बचायेगा। क्या इसके लिए हम तैयार हैं?

26 दिसम्बर, 2014

हम उन्हें बचा नहीं पाये

अभिजीत (राय) से मेरा परिचय पन्द्रह–सोलह वर्ष पहले हुआ था। तब वह सिंगापुर में रहते थे। थोड़े दिनों की बातचीत और उनके कुछ ब्लॉग पढ़ने के बाद मुझे लगा कि ब्रह्माण्ड, दुनियावी परिवर्तन, दर्शन, धर्म और अन्धविश्वास जैसे मुद्दों पर अभिजीत और मेरी सोच में कोई फ़र्क़ नहीं है। हम मूलतः एक ही आदर्श से चालित हैं। अभिजीत मेरी किताबें पहले ही पढ़ चुके थे, इसलिए नारीवाद, मानवतावाद और अस्तित्ववाद के प्रति मेरे नज़रिये से वह परिचित थे। उस समय उन्होंने 'मुक्तमना' नाम से एक ब्लॉग की शुरुआत की थी। खुली सोच और तर्कवाद का समर्थक कोई भी आदमी उस ब्लॉग में लिख सकता था। ख़ासकर मेरे लिए इससे अच्छी चीज़ और क्या हो सकती थी, जिसके पास अभिव्यक्ति की स्वतन्त्रता का अधिकार तक नहीं है! तब तक बांग्लादेश के प्रकाशकों ने मेरी किताबें छापना बन्द कर दिया था। हालत यह थी कि पश्चिम बंगाल में मेरी किताब आज छपती, तो अगले ही दिन बांग्लादेश में वह प्रतिबन्धित हो जाती थी। बांग्लादेश से बाहर कर दिये जाने के बाद से ही वहाँ की पत्र–पत्रिकाओं ने भी एक तरह से मुझे 'निषिद्ध' कर दिया। ऐसे में अभिजीत का 'मुक्तमना' मेरे लिए ज़रूरी प्लेटफॉर्म था। मैं देखती थी कि 'मुक्तमना' में मेरे जैसे अनेक लोग थे। इनमें से ज़्यादातर मज़हबी सोच के मामले में उदार बंगाली मुसलमान थे। प्रगतिशील सोच के किसी भी व्यक्ति से मुलाक़ात होने पर मैं उनसे 'मुक्तमना' पढ़ने का अनुरोध करती थी।

अभिजीत मुझसे आठ–नौ वर्ष छोटे रहे होंगे। किन्तु स्नेह नहीं, मैं उन्हें श्रद्धा की नज़रों से देखती थी। विज्ञान और दर्शन के दुरूह तत्त्वों को साधारण पाठकों के लिए सरल और उपयोगी बनाकर अभिजीत राय जिस तरह एक के बाद एक किताब लिख रहे थे, वह मेरे लिए कभी

सम्भव नहीं था। उनकी तरह धैर्य मुझमें नहीं है। उनसे मैं रू–ब–रू हालाँकि कभी नहीं हुई। लेकिन ऐसा कभी लगा नहीं कि हमारी मुलाक़ात न हुई हो। अगर एक–दूसरे के प्रति विश्वास अटूट हो, तो एक–दूसरे से दूर होने पर भी दूरी का अहसास कभी नहीं होता।

विगत दिसम्बर में जब उनसे फ़ोन पर बात हुई थी, तब मैं न्यूयॉर्क में थी। उस समय उन्होंने मुझे जॉर्जिया के उनके घर पर घूमने आने के लिए भी कहा था। मैंने वायदा किया था कि एक बार वहाँ ज़रूर जाऊँगी और अभिजीत के साथ–साथ उनकी पत्नी और बेटी के साथ जमकर बातचीत करूँगी। अभिजीत के साथ मेरी कभी मुलाक़ात नहीं होगी, वह इस बातचीत के तीन महीने बाद जीवित नहीं रहेंगे, यह मैं भला कैसे जान पाती! अभिजीत के साथ मुलाक़ात भले न हुई हो, पर उनके पिता अजय राय से मेरी भेंट हुई है, जो ढाका विश्वविद्यालय में भौतिकी के प्रोफ़ेसर थे। कोलकाता के मेरे घर पर भी वह आ चुके हैं। वह मेरे लिए हमेशा चिन्तित रहते थे। उनकी चिन्ता यह थी कि मौक़ा मिलने पर कट्टरवादियों का समूह मुझे काट न डाले। कट्टरवादियों ने काट तो डाला ही, पर मुझे नहीं, मुझसे बहुत अधिक प्रतिभाशाली, ज्ञानी और तर्कबुद्धि–विश्लेषक अभिजीत राय को।

पिछले दो–तीन साल से ही इस्लामी कट्टरवादी अभिजीत को मार डालने की धमकी फ़ेसबुक पर दे रहे थे। फ़ेसबुक से हत्यारों की शिनाख़्त कर उन्हें गिरफ़्तार करने में बांग्लादेश सरकार को बहुत ज़्यादा समय नहीं लगेगा। लेकिन हत्या के दो दिन बाद भी किसी की गिरफ़्तारी नहीं हुई है! प्रधानमन्त्री शेख हसीना ने इस नृशंस हत्या पर एक शब्द कहना तक ज़रूरी नहीं समझा। अभिजीत के हत्यारों को सम्भवतः सज़ा भी न हो, जैसे इससे पहले चर्चित लेखक हुमायूँ कबीर और ब्लॉगर व शाहबाग आन्दोलन के संयोजक राजीव अहमद के हत्यारों को दण्डित नहीं किया गया है।

करोड़ों लोगों की अँधेरी भीड़ में अभिजीत हाथ में रोशनी लिए खड़े थे। वह अमेरिका में रहते ज़रूर थे, पर बांग्ला में किताब और ब्लॉग लिखते थे, तथा फ़ेसबुक पर भी सक्रिय थे। वर्षों से वह अशिक्षितों को तर्क और ज्ञान का प्रकाश बाँट रहे थे। बांग्लादेश के धर्मान्धों को उनका लिखा हुआ समझ में नहीं आता था, लेकिन वहाँ की सरकार को तो उनके लेखन का महत्त्व समझना चाहिए था। अभिजीत को सुरक्षा व्यवस्था मुहैया

कराना उसका कर्तव्य था। इस बार अभिजीत अपनी माँ को देखने, पुस्तक मेला में घूमने और अपनी दो किताबों के लोकार्पण समारोह में हिस्सा लेने बांग्लादेश गये थे। बांग्ला का कोई भी लेखक बंगाल का पुस्तक मेला देखने के लिए ललचा उठेगा। मैं दोनों बंगाल से (बांग्लादेश और पश्चिम बंगाल) बाहर कर दी गयी एक बंगाली लेखिका हूँ, इन दोनों जगहों पर आयोजित होने वाले पुस्तक मेलों में जाने का मुझे कोई अधिकार नहीं है।

अभिजीत की हत्या के बाद बांग्लादेश के कट्टरवादी, सुना है, यह कह रहे हैं कि वह हिन्दू होकर मुस्लिम धर्म की निन्दा कर रहे थे, इसलिए उसकी हत्या उचित है। पर अब तक तो इन कट्टरवादियों के निशाने पर उनके मज़हब के ही लोग रहे हैं। जबकि भारत में कुछ लोगों ने इस हत्या पर टिप्पणी करते हुआ कहा है कि ढाका की सड़क एक हिन्दू के ख़ून से रँग गयी है। धर्म की बेड़ियों से मुक्त मानवतावादी अभिजीत सच में क्या उस अर्थ में हिन्दू थे? नहीं, जिस अर्थ मैं ख़ुद को एक मुस्लिम नहीं मानती। हमारी चिन्ताओं में सम्पूर्ण मानवता है।

बांग्लादेश के लोकप्रिय ब्लॉगर आसिफ़ मोहिउद्दीन पर कट्टरवादी और फिर सरकारी हमले के विरोध में मैंने बांग्ला और अंग्रेज़ी में कुछ ब्लॉग लिखे थे। एक दिन अभिजीत ने मुझसे वे तमाम लेख माँगे थे। उसके बाद दुनिया–भर के चर्चित उदारवादियों के दस्तख़त के साथ उन्होंने आसिफ़ के पक्ष में एक बयान जारी किया था। आज यदि आसिफ़ अनिश्चय और असुरक्षा के माहौल से दूर एक–दूसरे देश में रहकर लिख–पढ़ पा रहे हैं, तो इसके पीछे अभिजीत का योगदान सर्वाधिक है। आसिफ़ बच गया, पर अभिजीत ख़ुद को बचा नहीं पाये। हम सब भी उन्हें नहीं बचा पाये। कुछ लोग दूसरों को ज़िन्दा रखने के लिए पृथ्वी पर आते हैं, ख़ुद को बचाने के लिए नहीं। अभिजीत ऐसे ही व्यक्ति थे।

04 मार्च, 2015

उदारवादियों की चुप्पी

पिछले दिनों चर्चित विज्ञान लेखक अभिजीत की बांग्लादेश में नृशंस हत्या के बाद स्वदेश लौटने की मेरी दुर्दमनीय इच्छा जैसे मर–सी गयी है। लम्बे इक्कीस वर्षों से अपने देश में न होने के कारण मैं अपने हृदय में निरन्तर दुखों का बोझ लिए घूमती हूँ। वे दुख हालाँकि अब हवा में मिल गये हैं। सौभाग्यवश बांग्लादेश की किसी भी सरकार ने मुझे देश में घुसने नहीं दिया। पहले भले ही यह अहसास न हुआ हो, लेकिन अब ऐसा लगता है कि अगर किसी सरकार ने मुझे स्वदेश लौटने की इजाज़त दी होती, तो सम्भवतः मेरी लाश भी वहाँ किसी कोने में उसी तरह पड़ी होती। आजकल सुनती हूँ, बांग्लादेश में विश्वविद्यालय के छात्र फ़ेसबुक पर लोगों को सीधे–सीधे मार डालने की धमकी देते हैं। धमकी देने के कुछ दिनों के भीतर सचमुच हमला करके जान भी ले ली जाती है। क़ानून–व्यवस्था की तो जैसे किसी को परवाह ही नहीं है। पिछले कुछ वर्षों से बांग्लादेश में कट्टरता और असहिष्णुता के ये भीषण दृश्य देखे जा सकते हैं।

बाहर के लोगों को ये ब्योरे निश्चय ही भयभीत करेंगे। लेकिन यह भी सच है कि बांग्लादेश में मज़हबी उन्माद एक दिन में पैदा नहीं हुआ है। मैंने बांग्लादेश में 1969 का आन्दोलन देखा है, बांग्लादेश का मुक्तियुद्ध देखा है, मगर कट्टरवादियों की ऐसी उछलकूद कभी नहीं देखी। अस्सी के दशक में मेरे जो कलाम बांग्लादेश की राष्ट्रीय पत्रिकाओं में छपते थे, आज उनके प्रकाशित हो पाने की कल्पना भी नहीं कर सकते। मेरे उन कलामों में मज़हब के बारे में अलग राय थी। लोग उनसे असहमत होते थे, लेकिन उन्हें तवज्जो दी जाती थी। आज के बांग्लादेश में मज़हब पर अलग मत की कोई जगह ही नहीं है। कोई क्या खाये, क्या पिये, कौन–सा गाना सुने, कैसे चित्र बनाये, क्या सोचे, क्या पढ़े–लिखे, क्या पहने,

यह सब बताने वालों की संख्या दिनोदिन बढ़ती ही जा रही है। अगर निर्देश देने वाले लोगों की अनसुनी करो, तो राजपथ पर अपने ही ख़ून में गिरकर मर जाने के लिए तैयार होना पड़ेगा।

बांग्लादेश में यह स्थिति कोई एक दिन में पैदा नहीं हुई है। वहाँ के प्रगतिशील लोग अगर शुरू से ही धर्मान्ध कट्टरवादियों की बात मानने से दो टूक इनकार कर देते, तब आज उनका इतना दुस्साहस न होता। मैं यह कैसे भूल सकती हूँ कि नब्बे के दशक की शुरुआत में क्या हुआ था! तब मेरे सिर की क़ीमत लगायी गयी थी, मेरी फाँसी के लिए कट्टरवादी समूचे बांग्लादेश में एकजुट हो गये थे। यह स्तब्ध करने वाली बात थी कि कट्टरवादियों के ख़िलाफ़ कोई क़दम न उठाकर सरकार मेरे ख़िलाफ़ क़दम उठा रही थी। मेरी गिरफ़्तारी के निर्देश जारी हो रहे थे–बांग्लादेश में किसी भी लेखक के लिए इतना बुरा वक़्त इससे पहले नहीं आया था। तब बांग्लादेश के ज़्यादातर प्रगतिशील इस घटनाक्रम पर ख़ामोश थे। हालाँकि प्रोफ़ेसरों ने कट्टरवादियों के ख़िलाफ़ ढाका विश्वविद्यालय से जुलूस निकाला था, लेकिन उसमें किसी ने मेरे नाम का उच्चारण तक नहीं किया! वे क्यों करते? नास्तिक नारीवादी के ख़िलाफ़ सिर्फ़ कट्टरवादी नहीं, बल्कि वे भी थे, जो ख़ुद को उदारवादी कहते थे।

मेरा मानना है कि बांग्लादेश में कट्टरवाद के उभार की एक बड़ी वजह पढ़े–लिखे लोगों और उदारवादियों की चुप्पी भी रही है। कट्टरवादियों से समझौता कर लेने का यही हश्र होता है। इससे समाज में सड़ांध पैदा हो जाती है। मुझे लगता है, बांग्लादेश की हालत आज इस तरह है। अस्सी के दशक में तत्कालीन राष्ट्रपति इरशाद ने इस्लाम को राष्ट्रधर्म घोषित किया था, हालाँकि उन्हें किसी ने इसके लिए कहा नहीं था। उसी समय से समाज में मज़हब की जय–जयकार शुरू हो गयी–इस्लामी बैंक, इस्लामी स्कूल, इस्लामी विश्वविद्यालय, इस्लामी नर्सिंग होम, इस्लामी अस्पताल...। जहाँ विभिन्न धर्मों के लोग रहते हैं, वहाँ आप किसी एक धर्म को राष्ट्रधर्म नहीं बना सकते। जैसे ही आप यह क़दम उठाते हैं, वैसे ही दूसरे धर्म राष्ट्रधर्म की तुलना में कम महत्त्वपूर्ण हो जाते हैं। ऐसे में राष्ट्रधर्म से जुड़े लोगों को दूसरे धर्मों के लोगों की तुलना में स्वाभाविक ही अधिक महत्त्व मिलने लगता है। इस्लाम को राष्ट्रीय धर्म घोषित करने के बाद से बांग्लादेश में दूसरे धर्मों का महत्त्व भी घटने लगा है और उनकी आबादी भी। बांग्लादेश से ग़ैर–मुस्लिमों के चले जाने से क्या मुसलमान

ज़्यादा सुखी होंगे? मुझे तो ऐसा नहीं लगता। मुस्लिमों में भेदभाव से उपजी हिंसा कितनी भयावह हो सकती है, यह आई.एस. के उभार से समझा जा सकता है।

पहले मैं मृत्युदण्ड का समर्थन नहीं करती थी। लेकिन अभिजीत जैसों का हश्र देखकर मुझे लगता है कि उनके हत्यारों के लिए फाँसी ही उपयुक्त सज़ा है। बल्कि आई.एस., बोको हराम और अल–शबाब के सिरफिरों तथा बांग्लादेश में मुक्त सोच की हत्या करने वालों को मृत्युदण्ड के सिवा कुछ और दिया ही नहीं जा सकता।

अभिजीत के हत्यारों को यदि सज़ा हो जाती है, तो भी वह लौटकर नहीं आने वाले। लेकिन कुछ ठोस क़दम उठाकर बांग्लादेश सरकार उस हत्या के शोक को कम ज़रूर कर सकती है। मसलन, जिस फुटपाथ पर अभिजीत की हत्या हुई, वहाँ एक स्मारक बनाया जाये, जिसका नाम हो–मुक्तमना स्मारक। अभिजीत ने जीवन–भर लोगों को अन्धविश्वासों से मुक्त करने की मुहिम ही तो चलायी थी। मनुष्य का यह स्वभाव है कि वह बहुत जल्दी भूल जाता है। बांग्लादेश में ऐसा कोई स्मारक होगा, तो लोग अभिजीत को नहीं भूल पायेंगे। वे नहीं भूल पाएँगे कि उस शख़्स ने बांग्लादेश के नागरिकों को तर्क और विज्ञान से लैस करने का आन्दोलन चलाया था। इस तरह का एक स्मारक लोगों को यह याद दिलायेगा कि जब तक धर्मान्धता, कट्टरतावाद, अन्धविश्वास, नारी–विद्वेष और हर प्रकार की विषमता को ख़त्म करके मुक्तचिन्ता, वैज्ञानिक सोच और समानता की स्थापना नहीं होगी, तब तक बांग्ला समाज इसी तरह अपनी मौत मरता रहेगा।

19 अप्रैल, 2015

असहिष्णु समाज में मैं एक प्रतिबन्धित नाम

मेरे साथ जो बीती है, उसका वर्णन करने से ही यह अनुमान लगाया जा सकता है कि अभिव्यक्ति की स्वतन्त्रता का हाल क्या है। जिस दिन वाक् स्वाधीनता के हक़ में सर्वोच्च न्यायालय का फ़ैसला आया, यह कहा गया कि अभिव्यक्ति की स्वतन्त्रता का विरोधी क़ानून 66–ए आईटी ऐक्ट अब निरस्त किया जाता है, ठीक उसी दिन 'निर्वासित' को सर्वश्रेष्ठ बांग्ला फ़िल्म का पुरस्कार देने की ख़बर आयी। यह फ़िल्म अभिव्यक्ति की स्वतन्त्रता पर है। धीरे–धीरे सम्मान समारोह का दिन आ पहुँचा। चूर्णी (इस फ़िल्म की निर्देशक) ने मेरे लिए एक आमन्त्रण पत्र की व्यवस्था की थी, इसलिए मैं समारोह में जा पायी। विज्ञान भवन के विशाल ऑडिटोरियम में समारोह हुआ। राष्ट्रपति प्रणब मुखर्जी ने फ़िल्म निर्देशक, निर्माता और कलाकारों को पुरस्कार दिया।

यह फ़िल्म सचमुच बन पायेगी, यह मैंने नहीं सोचा था। कुछ साल पहले पश्चिम बंगाल के स्वनामधन्य फ़िल्म निर्देशक कौशिक गांगुली ने कहा था कि वह मेरी बिल्ली मीनू को लेकर एक कॉमेडी फ़िल्म बनाना चाहते हैं। अनुबन्ध–पत्र पर दस्तख़त करने के बाद मैंने महसूस किया कि फ़िल्म आगे नहीं बढ़ रही। इस पर मुझे आश्चर्य नहीं हुआ। मेरी कहानियों पर कई लोगों ने फ़िल्म बनाने की इच्छा जतायी थी। लेकिन इस तरह के शुरुआती प्रस्ताव बाद में कोलकाता में ख़ारिज हो जाते रहे हैं। दरअसल पश्चिम बंगाल सरकार नहीं चाहती कि कोई मेरे जीवन या कृतियों पर फ़िल्म बनाये। मेरे नाम पर ही उसे आपत्ति है।

दो साल पहले पश्चिम बंगाल के आकाश–8 टेलीविज़न चैनल ने पूरे कोलकाता महानगर में मेरे नये मेगा सीरियल दुःसहवास का ज़ोर–शोर से प्रचार किया था। उसकी कहानी किसी को पता नहीं थी, क्योंकि उसका प्रचार नहीं हुआ था। इसके बावजूद राज्य की मुख्यमन्त्री ने वह मेगा

सीरियल बन्द करने के लिए टेलीविज़न चैनल में पुलिस भेजी। आपत्ति की वजह क्या थी? यही कि इस मेगा सीरियल के प्रसारण से मुस्लिमों की भावनाओं को ठेस लगेगी। पर जब किसी को कहानी के बारे में पता ही नहीं है, तो फिर भावनाओं को आघात लगने का सवाल ही कहाँ पैदा होता है? उस सीरियल के पचास एपिसोड बनकर तैयार हो गये थे। ऐसे में आकाश–8 चैनल ने उन सभी एपिसोड की सीडी मौलवियों के एक समूह को देखने के लिए दी। उन्होंने देखने के बाद कहा कि इसमें ऐसा कुछ आपत्तिजनक नहीं है। अगले दिन वह चैनल मेगा सीरियल की शुरुआत करने के लिए प्रचार कर ही रहा था कि पुलिस के जवानों ने चैनल के ऑफिस को निशाना बनाया। पुलिस के पास मुख्यमन्त्री का लिखित निर्देश था कि इस मेगा सीरियल को प्रसारित नहीं होने देना है।

जिस दिन 'निर्वासित' को सर्वश्रेष्ठ बांग्ला फ़िल्म का सम्मान मिला, उसी दिन तृणमूल कांग्रेस के एक मुस्लिम सांसद ने कहा कि वह पश्चिम बंगाल में इस फ़िल्म का प्रसारण नहीं होने देंगे। उस सांसद की छवि अच्छी नहीं है। लेकिन ऐसे ही लोग आज यह फ़ैसला लेने की स्थिति में हैं कि पश्चिम बंगाल में कौन रहेगा, कौन नहीं। कौन किसकी किताब पढ़ेगा, किसकी नहीं। किसकी फ़िल्म देखेगा, किसकी नहीं।

बहुत कोशिशों के बाद मेरे जीवन पर आख़िरकार निर्वासित नाम की यह फ़िल्म बनी है। यह फ़िल्म बहुत सतर्कता से तैयार की गयी है। मुझ पर केन्द्रित होने के बावजूद इस फ़िल्म में मेरा नाम नहीं है। मेरे संघर्षों को भी इस फ़िल्म में चित्रित नहीं किया गया है। न ही इस फ़िल्म में इसका ज़िक्र है कि मज़हब और नारी स्वाधीनता के बारे में मेरे विचार क्या हैं। इतनी सावधानी के पीछे उद्देश्य यह था कि फ़िल्म किसी विवाद में न पड़े। लेकिन इतना फूँक–फूँककर क़दम उठाने का भी आख़िर क्या फ़ायदा हुआ! इस फ़िल्म को प्रतिबन्धित करने की माँग तो फिर भी उठी। इस फ़िल्म पर प्रतिबन्ध की माँग इसके कंटेंट पर नहीं उठी। बल्कि इसलिए उठी कि इससे मेरा नाम जुड़ा हुआ है। यह फ़िल्म मेरे जीवन पर बनी है। यानी ऐसे अनेक लोग हैं, जो मेरा नाम नहीं सुनना चाहते।

कोलकाता के कई परिचितों ने मुझे बताया कि निर्वासित को बेशक पुरस्कार मिला, लेकिन कोलकाता में हम इसे देख नहीं पायेंगे। आख़िर वे कौन लोग हैं, जो कोलकाता में मेरी फ़िल्म प्रसारित नहीं होने देना चाहते? क्या मुस्लिम समुदाय को इस फ़िल्म पर आपत्ति है? उन्हें आपत्ति

हो या न हो, इस फ़िल्म पर प्रतिबन्ध लगाकर, तुष्टीकरण की नीति के तहत मुस्लिम समुदाय को बताया जायेगा कि आपकी भावनाओं को ठेस न लगे, इसलिए हमने इस फ़िल्म को राज्य में प्रतिबन्धित किया है।

पश्चिम बंगाल ने मुझे निषिद्ध घोषित किया है। सिर्फ़ वहाँ की सरकार नहीं, तमाम राजनीतिक दल, तमाम संगठन, पूरा मीडिया मेरे विरुद्ध है। जिस बांग्ला अख़बार ने मुझे दो–दो बार सम्मानित किया, मैं आज उसके पन्नों पर भी निषिद्ध हूँ। दुनिया में और कहीं शायद ही कोई आदमी तमाम लोगों और संस्थाओं द्वारा इस तरह प्रतिबन्धित है। इस प्रतिबन्ध की क्या वजह है? क्या मैं इतनी भयावह हूँ? क्या महिलाओं के लिए समान अधिकारों की माँग भयावह है? क्या मानवाधिकार की इच्छा भयावह है? या मुझ पर इस्लाम–विरोधी का ठप्पा लगाकर जो राजनीतिक दल चुनावों में फ़ायदा उठा रहे हैं, वे भयावह हैं?

क्या मुझे अपना नाम बदल देना चाहिए? सम्भव है, इससे बड़े प्रकाशक मेरी किताबें छापें, बांग्ला पत्र–पत्रिकाओं में मेरी रचनाएँ छपें। मेरी कहानियों पर मेगा सीरियल और फ़िल्में बनें। तब शायद मेरे जीवन पर बनी फ़िल्म को प्रतिबन्धित करने की धमकी कोई नहीं देगा। लेकिन नाम बदलने पर तो मुझे मुखौटा लगाना होगा। और मैं मुखौटा ही तो नहीं लगा सकती।

बांग्लादेश में भी मैं एक निषिद्ध नाम हूँ। वहाँ मेरा लिखा हुआ न पढ़कर भी नयी पीढ़ी मुझसे घृणा करती है। यह घृणा इतनी गहरी है कि उन्हें मेरा नाम तक बर्दाश्त नहीं। मेरी जैसी लेखिका ही यह समझ सकती है कि इस तरह का सार्वजनिक प्रतिबन्ध उसे कितना दुखी और हताश करता है।

27 मई 2015

मैं भगोड़ी नहीं हूँ

वायरस की तरह यह ख़बर पूरी दुनिया में फैल गयी है कि मैं भारत छोड़कर अमेरिका चली गयी हूँ। क्यों? अंसारुल्लाह बांग्ला टीम के जिन हत्यारों ने अभिजीत–वाशिकुर–अनन्त की हत्या कर दी है, वे मुझे भी मार डालेंगे, इस डर से। अगर मैं इतनी ही भयभीत होती, तो यूरोपीय नागरिक होते हुए, अमेरिका की स्थायी नागरिकता हासिल कर चुकने के बाद भी बांग्लादेश लौटने की इतनी कोशिश क्यों करती? क्यों मैं भारत में इतने साल न सिर्फ़ रहती रही, बल्कि वहाँ रहने के लिए लड़ती भी रही? इन्हीं दो देशों में तो जीवन पर ख़तरा सर्वाधिक है, इन्हीं दो देशों में मेरे ख़िलाफ़ जुलूस निकले हैं, मुझ पर शारीरिक हमले हुए हैं, और मेरे ख़िलाफ़ फ़तवा जारी हुआ है, मेरे सिर की क़ीमत लगायी गयी है, और इन देशों में कट्टरवादी मुझे मार डालने के लिए तैयार रहते हैं। इतने समय तक जीवन का ख़तरा मोल लेकर ज़िन्दा रहने की अभ्यस्त मैं अब भला डरकर भागूँगी? भगोड़ी मैं कभी नहीं थी।

पिछले क़रीब 21 वर्ष से मैं निर्वासन में हूँ। पहले जब मेरी चर्चा थी, और कट्टरवादी मेरी जान लेने पर तुले हुए थे, तब यूरोप की सरकारों से लेकर ग़ैर–सरकारी संगठन तक मुझसे पूछते थे–आपकी किस तरह सहायता करूँ। मैंने उन सबको कहा था, मेरी नहीं, बांग्लादेश की ग़रीब लड़कियों की मदद कीजिए। मुझे जब देशनिकाला दे दिया गया, तब कुछ दानदाता देशों ने कहा था कि वे बांग्लादेश का अनुदान बन्द कर देंगे। तब मैंने कहा था, ऐसा न करें। आपकी मदद बांग्लादेश की ग़रीब लड़कियों को जीवित रखेगी।

नहीं, मैं अपने लिए नहीं सोच रही। इस बार मैं अमेरिका आयी हूँ, तो उसकी कई वजहों में से एक वजह है, सेक्युलर ह्यूमनिस्ट कॉन्फ्रेंस में बांग्लादेश के लेखकों की भयभीत मानसिकता पर बोलना और उनकी

जान बचाने के लिए यूरोप–अमेरिका की सरकारों–संगठनों से गुज़ारिश करना। अमेरिका में मेरे लिए जो फंड तैयार हो रहा है, वह बांग्लादेश के लेखकों को विदेश ले आने और उनके रहने–खाने पर ख़र्च होगा।

बीती सदी के आख़िरी दशक में मैंने कट्टरवादियों के अनेक जुलूस देखे हैं, जिनमें मुझे फाँसी देने की माँग की जाती थी। उन्हीं कट्टरवादियों के बेटे आज बांग्लादेश के प्रतिभाशाली लेखकों की हत्या करते हैं, पीछे से उनकी गर्दन पर वार करते हैं। बांग्लादेश में कट्टरवादियों के निशाने पर आज अनेक ऐसे लेखक हैं, जो धर्म में नहीं, विज्ञान में विश्वास करते हैं, जो शरिया पर नहीं, औरतों को बराबरी का अधिकार देने पर यक़ीन करते हैं। पर डर के मारे उन लेखकों ने आज लिखना बन्द कर दिया है, वे घरों में छिप गये हैं, भय से देश छोड़ना चाहते हैं, हेल्मेट लगाकर घर से निकल रहे हैं। डरे हुए कुछ लेखक शहर छोड़कर गाँवों में चले गये हैं, चेहरा बदलकर वे लोगों की भीड़ में मिल गये हैं।

बांग्लादेश में लगभग हर महीने एक आदमी कट्टरवादियों का निशाना बन रहा है। धमकियों के बाद कुछ लेखक पुलिस के पास गये, लेकिन उनकी रिपोर्ट नहीं लिखी गयी। उन्हें कहा जा रहा है, ज़िन्दा रहना है, तो देश से बाहर जाओ। हत्यारों की गिरफ़्तारी नहीं हो रही। पूछने पर बताया जाता है, ऊपर से निर्देश नहीं है। यह दुर्दशा केवल लेखकों या ब्लॉगरों की नहीं है। राजशाही विश्वविद्यालय के अध्यापक शफीउल इस्लाम को कट्टरवादियों ने पिछले दिनों मार डाला। उनका जुर्म यह था कि उन्होंने छात्राओं को बुर्क़े में आने से मना किया था। उनका कहना था, बुर्क़े से मुँह ढँके रहने से पढ़ाने में असुविधा होती है।

दुनिया–भर के प्रचार माध्यमों में मेरे अमेरिका आने से भी बड़ी ख़बर यह है कि मैंने भारत छोड़ दिया है। भारत छोड़कर मैं कहाँ जाऊँगी? भारत के उस घर में अब भी मेरी किताब–कॉपियाँ, कपड़े, असंख्य चीज़ें और पालतू बिल्ली है। दिल्ली से मैं एक छोटे–से सूटकेस में दो जींस, दो शर्ट और कुछ टी–शर्ट लेकर निकली हूँ। लैपटॉप और आईपैड तो हाथ में ही रहते हैं, मैं चाहे जहाँ भी जाऊँ।

मेरा भारत छोड़ना निस्सन्देह कोई अच्छी ख़बर नहीं है। लेकिन मेरे बारे में क्या कभी कोई अच्छी ख़बर आती है! दो दशक से भी अधिक समय से यूरोप और अमेरिका की विभिन्न सरकारें, विभिन्न विश्वविद्यालय, मानवाधिकार संगठन और नारीवादी संगठन मुझे भाषण देने के लिए जिस

तरह बुलाते हैं, इन देशों से मुझे जो इतने सम्मान मिले हैं–इतने पुरस्कार, डॉक्टरेट–उपमहाद्वीप में क्या कभी किसी ने इन सबके बारे में बताया? इसके बजाय यही लिखा जाता है कि कितने पुरुषों से मेरी निकटता रही है, मैंने कितनी शादियाँ की हैं, किस देश ने मुझे भगाया है, किस राज्य ने मुझे अपने यहाँ से बाहर किया है, किस राज्य ने अपने यहाँ मेरी किताब, टीवी सीरियल पर प्रतिबन्ध लगाया है, कितने लोग मुझसे घृणा करते हैं। मेरे नाम के साथ एक शब्द जोड़ दिया गया है–विवादास्पद। दोनों बंगाल मुझे सिर्फ़ भगाकर ही चुप नहीं रहे, उन्होंने ऐसी कोशिशें कीं कि मेरी पहचान एक अवांछित नाम, एक निषिद्ध लेखिका के तौर पर हो। इतने दिनों तक जिन लोगों ने मुझसे नहीं पूछा कि मैं कहाँ हूँ, आज वही लोग सवाल कर रहे हैं कि मैंने भारत क्यों छोड़ा। भारत में तुष्टीकरण की राजनीति और लड़कियों की असुरक्षा पर मैं मुँह खोलती थी, तो पुरुषवर्चस्ववादी मानसिकता के लोग मुझे निशाना बनाते थे, भारत छोड़कर बांग्लादेश लौट जाने के लिए कहते थे। बहुतों को आश्चर्य होता था कि भारत में पैदा न होने के बावजूद मैं वहाँ की अव्यवस्था पर इतनी चिन्तित क्यों होती थी।

लेकिन इनसे अलग लोग भी हैं, जो मुझसे प्यार करते हैं। भारत के कितने ही शहरों में कितने ही लोग मेरे पास दौड़े चले आते हैं मेरा ऑटोग्राफ़ लेने, मेरी तस्वीर लेने, मुझसे लिपटने, मुझे स्पर्श करने, रोने। वह प्यार और सम्मान फिर से पाने के लिए मैं लौटकर जाऊँगी ही। मेरा सब्ज़ीवाला जयन्त मेरे लिए प्रतीक्षा करता है। मछली बेचने वाला बनमाली मेरा इन्तज़ार करता है। इसी तरह प्रतीक्षा करता है साड़ी की दुकान का मालिक मजूमदार। यह प्यार ही मेरी सबसे बड़ी सुरक्षा है।

14 जनवरी, 2015

आर्थिक प्रगति का दूसरा चेहरा

वर्ष 1993 में बांग्लादेश में मेरे पास गारमेंट्स फैक्टरियों की कुछ लड़कियाँ आती थीं। वे अपने कामकाज से जुड़ी तमाम शिकायतें करती थीं–जैसे लड़कियों को रुपये–पैसे के मामले में ठगना, उन्हें कम वेतन देना, ऊँचे पदों पर महिलाओं की नियुक्ति न करना, मातृत्व अवकाश न देना, बीमारी में छुट्टी न देना, यौन दुर्व्यवहार करना, ओवरटाइम करने के लिए बाध्य करना, देर रात को फैक्टरी से घर जाने के लिए वाहन की सुविधा न देना आदि। बाईस साल बाद आज देखती हूँ, तो बांग्लादेश में गारमेंट्स फैक्टरियों का चेहरा जरा भी नहीं बदला है, भले ही उनका आकार और उनके लाभ का अंक बहुत बढ़ गया हो।

फैक्टरियों में काम करने वाली लड़कियाँ आज भी बेहद ग़रीबी में जीती हैं, उन्हें ज़्यादा काम करना पड़ता है, जबकि वेतन तुलनात्मक रूप से कम दिया जाता है। वे आज भी यौन हिंसा का शिकार बनती हैं। और बीच–बीच में तो हम सब देखते ही हैं कि किस तरह गारमेंट्स फैक्टरियों में आग लगती है और उसमें जलकर राख हो जाते हैं कपड़े। कई बार तो इन हादसों में महिला कर्मचारियों की मौत भी हो जाती है।

वर्ष 1976 में बांग्लादेश में गारमेंट्स फैक्टरी की शुरुआत हुई। बीती सदी के नवें दशक में वहाँ इसकी लहर–सी आयी और कारोबार भी अचानक बहुत बढ़ गया। आज बांग्लादेश के निर्यात का अस्सी फ़ीसदी हिस्सा वस्त्र ही होते हैं। वहाँ गारमेंट्स फैक्टरियों में काम करने वाले कुल तीस लाख कामगारों में क़रीब 85 फ़ीसदी लड़कियाँ हैं। चूँकि इन लाखों लड़कियों की मेहनत के बल पर ही बांग्लादेश वस्त्रोद्योग में दुनिया के नक़्शे पर आ पाया है, ऐसे में, लाज़िमी तो यही था कि इन महिला कामगारों का सम्मान किया जाता, और उन्हें उनका हक़ दिया जाता।

मगर ऐसा कुछ नहीं है। उलटे ग़रीबी हर साल और लड़कियों को रोज़गार के लिए गारमेंट क्षेत्र में ले आती है। फैक्टरियों को भी कामगार के तौर पर लड़कियाँ ही पसन्द हैं, क्योंकि वे अपेक्षाकृत कम पैसे में काम करती हैं, हर आदेश का पालन करती हैं, वे अपने शोषण पर आँखें नहीं तरेरतीं, वे मज़दूरी और वेतन बढ़ाने के लिए आन्दोलन या हड़ताल का सहारा नहीं लेतीं। रोज़गार को विस्तार देने के लिए इससे अच्छी बात भला और क्या हो सकती है?

हद है कि एक ही काम करने पर पुरुष को ज़्यादा मेहनताना मिलता है, औरत को कम। यह समस्या सिर्फ़ बांग्लादेश में नहीं, कमोबेश दुनिया–भर में है। लड़कियों और औरतों को कम वेतन देने की वजह है, जेंडर स्टीरियोटाइप। यानी किसी को उसके लिंग, उसके चरित्र से जोड़कर देखना। औरतों के बारे में दुनिया–भर में कमोबेश एक जैसी रूढ़ि बनी हुई है। जैसे कि यह मान लिया जाता है कि लड़कियों को रोज़गार की बहुत ज़रूरत नहीं है, क्योंकि उन्हें घर नहीं चलाना पड़ता। चूँकि घर पुरुष के वेतन से चलता है, इसलिए महिलाओं का वेतन पुरुष के वेतन के बराबर हो, यह क़तई ज़रूरी नहीं। उनका वेतन पुरुष की आय के अलावा अतिरिक्त उपार्जन है। औरतें बाहर काम नहीं करेंगी, तो भी चलेगा, किन्तु पुरुष को तो बाहर काम करना ही पड़ेगा। ऐसी भी धारणा है कि औरतों को उच्च पद इसलिए नहीं देना चाहिए, क्योंकि वे तनाव, मुश्किलों आदि का सामना नहीं कर पातीं। वे हिसाब–किताब और बुद्धि–विवेचना में कच्ची होती हैं, थोड़े से दबाव में टूट जाती हैं, भावुक होती हैं और कभी बिना कारण ही रोने लगती हैं। ऐसे में ऊँचे पद की ज़िम्मेदारियाँ भला वे कैसे सँभालेंगी?

इतना ही नहीं, ज़िम्मेदारी वाले पदों पर बैठे लोगों को प्रायः काम के सिलसिले में बाहर जाना पड़ता है। क्या औरतों के लिए यह सम्भव है? यह मान लिया गया है कि महिलाएँ स्वभावतः महत्त्वाकांक्षी नहीं होतीं; उन्हें ऊँचा पद न दीजिए, उनका वेतन न बढ़ाइए, तो भी चलेगा। सिर्फ़ नौकरी करना ही तो उनकी ज़िम्मेदारी नहीं है, उन्हें घर के काम करने हैं, शादी करनी है, माँ बनना है, बच्चे भी पालने हैं। आँकड़ों के साथ यह तर्क भी पेश किया जाता है कि घर का दायित्व सँभालने और बच्चों का पालन–पोषण करने के लिए महिलाएँ लगातार नौकरी कर ही नहीं सकतीं, वे करती भी नहीं।

पिछले दिनों बातचीत के दौरान एक व्यक्ति ने मुझसे कहा कि औरत शारीरिक रूप से कमज़ोर है, पुरुष ताक़तवर, इसलिए समाज में पुरुष का स्थान ऊपर है, औरतों की जगह नीचे है। इसीलिए पुरुष को अधिक और महिला को कम वेतन मिलता है। मैंने उनसे पूछा कि नौकरी करना क्या मल्लयुद्ध करना है, क्योंकि मल्लयुद्ध में ही तो शारीरिक शक्ति की ज़रूरत पड़ती है? मैंने यह भी कहा कि शारीरिक शक्ति से हम परिवार, समाज और देश–कुछ भी नहीं चलाते। मस्तिष्क से चलाते हैं। पुरुष और स्त्री के मस्तिष्क में कोई फ़र्क़ है, यह मैं नहीं जानती। उस व्यक्ति के पास कोई उत्तर नहीं था। शायद वह बुदबुदाते हुए मुझे कोई गाली दे रहा था। ऐसी स्थितियों में गाली ही पुरुषों का अन्तिम हथियार होती है।

बांग्लादेश के फलते–फूलते गारमेंट सेक्टर की चर्चा आज दुनिया–भर में है। पिछले दिनों भारतीय प्रधानमन्त्री नरेन्द्र मोदी ने भी बांग्लादेश की अपनी यात्रा में इसका उल्लेख किया था। लेकिन कोई यह जानने की कोशिश नहीं करता कि जिन असंख्य लड़कियों की निरन्तर मेहनत के कारण बांग्लादेश का वस्त्रोद्योग आज इस मुक़ाम पर पहुँचा है, वे लड़कियाँ किस स्थिति में हैं। कोई यह शायद जानना भी नहीं चाहता कि अन्तरराष्ट्रीय श्रम क़ानूनों का उल्लंघन कर, तमाम विषमता से नारी को मुक्त करने के संयुक्त राष्ट्र के समझौते की धज्जियाँ उड़ाकर सालोसाल से किस तरह बांग्लादेश की लाखों लड़कियों को शोषण का शिकार बनाया जा रहा है।

08 जुलाई, 2015

हिंसा के बीच मानवता का सन्देश

हाल ही में मैंने कबीर ख़ान निर्देशित सलमान ख़ान की फ़िल्म 'बजरंगी भाईजान' देखी। बीती सदी के आठवें दशक के बाद से मैंने हिन्दी फ़िल्में देखनी बन्द कर दी थीं। लेकिन एक मित्र के लगातार अनुरोध पर मुझे यह फ़िल्म देखनी पड़ी। यह स्पष्ट है कि बॉलीवुड में फ़िल्म निर्माण की पद्धति अस्सी के दशक की तुलना में बहुत उन्नत हो चुकी है। लेकिन हिन्दी फ़िल्में अब भी मेलोड्रामा से मुक्त नहीं हो पायी हैं। अब भी हिन्दी फ़िल्में बेवजह नाच–गानों से भरपूर रहती हैं। हाफ़ म्यूज़िकल इसे ही कहते हैं। बजरंगी भाईजान इन्हीं सब का मिश्रण है। किसी एक पात्र ने अगर बहुत गहरी छाप छोड़ी है, तो वह नवाजुद्दीन सिद्दीक़ी हैं। उन्होंने हमेशा की तरह इस फ़िल्म में भी बहुत अच्छा अभिनय किया है।

इसमें शक नहीं कि एक सारगर्भित सन्देश देने के लिए इस फ़िल्म की कहानी लिखी गयी है। अलबत्ता फ़िल्म की कहानी में झोल है, कुछ असम्भव घटनाएँ भी हैं, जिन्हें न रखने से सम्भवतः मूल सन्देश तक इतनी जल्दी नहीं पहुँचा जा सकता था। यह मूल सन्देश है, सीमाएँ मनुष्यों के बीच प्रेम और सद्भावना में बाधक नहीं बन सकतीं। मनुष्यों के बीच विभेद राजनेताओं ने पैदा किये हैं। इन्हीं लोगों ने हिन्दू और मुस्लिमों को अलग किया है। लेकिन आम लोगों के लिए दोनों के बीच कोई बहुत फ़र्क़ नहीं है। इसी कारण इस फ़िल्म में एक निष्ठावान हिन्दू के लिए मानवता की सेवा धर्म से बड़ी हो जाती है। और मानवता के इसी गुण के कारण 'बजरंगी' पाकिस्तान में 'भाईजान' हो जाते हैं।

काश कि ऐसी सद्भावना वास्तविक धरातल पर भी देखने को मिलती। पिछले दिनों मैंने सुना कि वाघा और अटारी की अन्तरराष्ट्रीय सीमाओं पर ईद की शुभकामनाएँ देते भारतीय सैनिकों ने पाकिस्तानी सैनिकों को मिठाइयाँ भेजीं। पर पाक सैनिकों ने वे मिठाइयाँ ग्रहण नहीं कीं।

सैनिक भी तेज़ी से घृणा की राजनीति सीखते जा रहे हैं। यहाँ उल्लेखनीय है कि पाक प्रधानमन्त्री नवाज़ शरीफ़ ने भी नरेन्द्र मोदी को आम भेजे थे। भारतीय प्रधानमन्त्री ने तो वे आम नहीं लौटाये।

दरअसल, भारत और पाकिस्तान के बीच विद्वेष के बीज विभाजन के पहले ही पड़ चुके थे। राजनेताओं ने इसकी शुरुआत की थी, जिसका असर आम जनता पर पड़ा। असर पड़ा, इसीलिए विभाजन के समय दोनों समुदायों के बीच ख़ूनी हिंसा सम्भव हुई। मैं आज भी मानती हूँ कि अगर भारत चाहता, तो सन सैंतालीस में विभाजन रोक सकता था। उस दौरान हुई हिंसा को रोक सकता था।

इकहत्तर के युद्ध में भारत यदि बांग्लादेश की मदद नहीं करता, तब बांग्लादेश के लिए विजय असम्भव थी। तब केवल तीस लाख नहीं, और भी कई लाख बांग्लादेशी मारे जाते। तब बांग्लादेश की अबला नारियों पर पाक सैनिकों का अत्याचार और भी भीषण होता। पर विडम्बना देखिए, भारत जैसे मित्र देश को भी राजनीति के कारण बांग्लादेश अब दुश्मन समझने लगा है। बांग्लादेश का अलग होना इसका सुबूत था कि सिर्फ़ मज़हब किन्हीं दो भाइयों को एक साथ जोड़कर नहीं रख सकता। विद्रूप देखिए, अब वही मज़हब पाकिस्तान और बांग्लादेश के कुछ कट्टरपन्थियों को जोड़ने का काम करता है।

थोड़े दिन पहले नॉर्वे में रह रहे एक बांग्लादेशी युवा से मेरी बातचीत हुई। उसका कहना था कि इकहत्तर के मुक्तियुद्ध में पाकिस्तानी सैनिकों ने बांग्लादेश पर बहुत अत्याचार किये थे। तब बांग्लादेश में जमात–ए–इस्लामी से जुड़े जिन लोगों ने पाक सैनिकों की मदद की थी, उनके ख़िलाफ़ आज बांग्लादेश में मुक़दमे चल रहे हैं, कुछ को मृत्युदण्ड भी दिया गया है। वह सब तो ठीक है, लेकिन विदेशों में बांग्लादेशी आज जब पाकिस्तानियों से घुलते–मिलते हैं, तो मुझे दुख होता है। उस युवा का क्षोभ अपनी जगह सही है। लेकिन मैंने उसे याद दिलाया कि मुक्तियुद्ध के उस दौर में भी आम पाकिस्तानी पूर्व पाकिस्तान के बंगालियों को अपना शत्रु नहीं समझता था। वह आग तो पाकिस्तान के राजनेताओं ने लगायी थी, जिसे वहाँ के सैनिकों ने और प्रज्वलित किया। ऐसे में, आम आदमी को दोष देने का तो कोई मतलब नहीं है।

पर वह युवक अब भी आश्वस्त नहीं था। उसकी शिकायत यह थी कि इकहत्तर में पूर्व पाकिस्तान के बंगालियों पर जुल्म ढाने का कोई

अफ़सोस आज भी इस्लामाबाद को नहीं है। पाकिस्तान ने कभी बांग्लादेश से माफ़ी नहीं माँगी है। उलटे पाकिस्तानी आज भी बांग्लादेश को अपना ही एक हिस्सा मानते हैं। यह शिकायत भी जायज़ नहीं है। सवाल यह है कि पाकिस्तान में ऐसे लोग कितने हैं, जो आज भी बांग्लादेश को अपना हिस्सा मानते हैं। सच यह है कि कुछ पाकिस्तानियों ने इकहत्तर के नरसंहार के ख़िलाफ़ अपनी आवाज़ बुलन्द की है।

देखा जाये, तो भारत–पाकिस्तान और पाकिस्तान–बांग्लादेश की सरकारें एक–दूसरे के ख़िलाफ़ कई बार आक्रामकता दिखाती हैं, जबकि इन तीनों देशों के आम लोग एक–दूसरे के प्रति उतनी ही सहिष्णुता तथा दोस्ताना रुख़ रखते हैं। भारत के लोग पाकिस्तान जाते हैं, तो वहाँ के आम नागरिक उनका स्वागत करते हैं। ऐसी कितनी ही ख़बरें आती हैं कि पाकिस्तान से आये मरीज़ों का भारत में जब बेहतर इलाज होता है, तो वे दुआ देकर जाते हैं। फिर पड़ोसी देशों और सरकारों के बीच दुश्मनी कौन भड़काता है? सीमाओं पर तनातनी किसके इशारे पर होती है?

इन सबके बीच 'बजरंगी भाईजान' एक बेहतर सन्देश के साथ आयी है। पाकिस्तान में भी इस फ़िल्म की ख़ूब चर्चा है। इस फ़िल्म का एक और अच्छा प्रभाव यह है कि दोनों ही देशों में इस तरह के फँसे या छूट गये वास्तविक लोगों को उनके वतन भेजने की चर्चा ज़ोर पकड़ने लगी है। पर अफ़सोस यह है कि घृणा और हिंसा के इस प्रभावी दौर में मानवता की यह भाषा कितने लोग सुन–समझ पायेंगे!

05 अगस्त, 2015

लज्जा नहीं, भय होता है

सभ्य दुनिया में नास्तिक, ब्लॉगर और मुक्त मन का होना गौरव का विषय है। लोग उनकी श्रद्धा करते हैं, उन्हें प्यार करते हैं। जिन्हें लोग जानते हैं, उन्हें देखने के लिए भीड़ इकट्ठा होती है, उनका ऑटोग्राफ़ लेने के लिए मारामारी होती है। लेकिन पृथ्वी की बर्बर जगहों में नास्तिक, ब्लॉगर और मुक्त मन वालों की कदर नहीं है। असभ्य लोगों का मानना है कि जो आदमी प्रगतिशील है, जो ब्लॉग लिखता है, जो स्वतन्त्र चिन्तन में विश्वास करता है, वह नास्तिक है। ऐसे लोगों का यह भी मानना है कि नास्तिकों की हत्या करने से अच्छा काम और कुछ नहीं हो सकता।

ऐसे लोगों को सभ्य बनाने का उपाय क्या है? इन्हें सभ्य बनाने के लिए ही क़रीब तीस साल पहले मैंने लिखना शुरू किया था। लेकिन तीन दशक बाद देखती हूँ कि ये और असभ्य हो गये हैं। सिर्फ़ मेरी कोशिशों से तो पूरे देश (बांग्लादेश) को बदलना सम्भव नहीं है। अगर और भी लेखक इस सन्दर्भ में आवाज़ उठाते, अगर राजनेता कुछ बोलते, यदि सरकारें कुछ क़दम उठातीं, तो स्वतन्त्र चेतना के लोग शायद बांग्लादेश को बदलने में सक्षम होते। कब आज़ाद हुआ था अपना देश! क्या सोचकर आज़ाद हुआ था और आज यह किस मोड़ पर आकर खड़ा है!

प्रधानमन्त्री शेख हसीना और उनके बेटे सजीब अहमद वाज़ेद ने, जो सूचना और प्रसारण तकनीक मामलों में प्रधानमन्त्री के सलाहकार हैं, साफ़ कह दिया है कि वे नास्तिकों के पक्ष में सार्वजनिक तौर पर खड़े नहीं होंगे। ऐसे में सवाल उठता है कि नास्तिक भी तो बांग्लादेश के ही नागरिक हैं; उनके साथ खड़े नहीं होंगे, तो किनके साथ खड़े होंगे। जवाब सीधा है। वे आस्तिकों के पक्ष में खड़े होंगे। नास्तिकों से सभी एक दूरी बनाकर रहना चाहते हैं। यहाँ तक कि वह सरकार भी पक्षपात कर रही है,

जिसका दायित्व है धर्म, वर्ण, लिंग, भाषा, अंचल आदि की दीवारों को दरकिनार कर देश के सभी नागरिकों को एक तरह समझना।

बांग्लादेश में निशाना बन रहे अल्पसंख्यक तर्कवादियों के बगल में सरकार खड़ी नहीं होगी। उन निर्दोषों की हत्या कर दिये जाने के बाद भी सरकार नहीं कहेगी कि हत्या करना अन्याय है। हत्यारों को सज़ा मिले, इस मामले में भी वह प्रतिबद्धता नहीं जतायेगी। कोई संजीदगी नहीं दिखायेगी। दूसरे हत्याकाण्डों के सन्दर्भ में, जैसे कि पेट्रोल बम से कुछ लोगों की जिस तरह हत्या की गयी, तो शेख हसीना ने तत्काल प्रतिक्रिया दी। एक हत्याकाण्ड की वह आलोचना करेंगी, मगर दूसरे की नहीं। कितना भयंकर है यह देश। नास्तिकों के साथ उनका सम्पर्क है, हसीना यह प्रचारित नहीं होने देना चाहतीं। दरअसल उन्हें डर लगता है कि इस तरह की कोशिशों से कट्टरवादियों के वोट कहीं हाथ से निकल न जायें।

बांग्लादेश सचमुच का लोकतान्त्रिक राष्ट्र नहीं है। सच्चे लोकतान्त्रिक राष्ट्र का कोई धर्म नहीं होता। जबकि बांग्लादेश का एक राष्ट्रीय धर्म है। जब तक यह राष्ट्रीय धर्म विदा नहीं होता, जब तक नास्तिक शब्द आस्तिक शब्द जैसा जनमानस में घुल–मिल नहीं जाता, तब तक बांग्लादेश को सचमुच का लोकतान्त्रिक राष्ट्र नहीं कहा जा सकता।

तर्कवादी ब्लॉगरों की हत्याओं पर टिप्पणी न करने के शेख हसीना के बेटे के फ़ैसले पर लेखक–अध्यापक मोहम्मद ज़फ़र इकबाल ने यह कहा है कि सरकार का यह रुख़ कट्टरवादियों के लिए हरी झण्डी है। ज़फ़र इक़बाल ने ग़लत नहीं कहा है। लेकिन अवामी लीग ने कट्टरवादियों को साथ लेकर उनके ख़िलाफ़ सिलहट शहर में जुलूस निकालना शुरू कर दिया है। सुनने में यह भी आया है कि अवामी लीग के कुछ नेता चटगाँव में अमीर शरीफ़ के पास से हिफ़ाज़त की दुआ लेने नियमित रूप से जाते हैं। इन सब पर सहसा यक़ीन नहीं होता। अब भी अवामी लीग को लोग सेक्युलर राजनीतिक पार्टी के तौर पर जानते हैं। वे अब भी मानते हैं कि कट्टरवादियों के ख़िलाफ़ बांग्लादेश में यही एक राजनीतिक दल है। लेकिन जो सच्चाई सामने है, उसे देखते हुए लगता है कि अवामी लीग, बीएनपी और जमात–ए–इस्लामी में कोई अन्तर नहीं है।

आजकल मुझे लगता है कि अपने देश के प्रति उम्मीद जताने के लिए कुछ नहीं है। तमाम राजनीतिक दल बांग्लादेश को एक कट्टर इस्लामी और आतंकवादियों का देश बनायेंगे, और जनता चुपचाप यह

विनाश देखती रहेगी। हालाँकि सभी लोग इसे विनाश मानते हैं, ऐसा भी नहीं है। समाज में कट्टरता जिस तरह बढ़ रही है, उससे लगता है कि ज़्यादातर लोग बांग्लादेश को दारूल इस्लाम बनाना चाहते हैं। बांग्लादेश में जो बुद्धिजीवी, विज्ञान पर भरोसा करने वाले, धर्ममुक्त और मानवतावादी हैं, जिन्होंने अन्याय और अराजकता के विरुद्ध आवाज़ उठाने का साहस दिखाया है, उन्हें बेहद सुनियोजित ढंग से एक–एक कर मार डाला गया है। इन बर्बर हत्यारों को कभी सज़ा नहीं मिलेगी। कारण, ये कट्टरवादियों और राजनेताओं के अपने आदमी हैं।

बांग्लादेश को एक समय दुनिया के लोग एक ऐसे देश के रूप में जानते थे, जहाँ हर साल भीषण बाढ़ आती थी। मगर अब वे बांग्लादेश को एक ऐसे मुल्क के रूप में जान रहे हैं, जहाँ हर महीने धर्म के विरोधियों की हत्या होती है। पहली त्रासदी प्राकृतिक थी। दूसरी त्रासदी मनुष्य निर्मित है। बांग्लादेश का नया परिचय उसके पुराने परिचय से भयंकर है। यह ज़्यादा बर्बर और बीभत्स है। मनुष्य की धार्मिक आस्था का दुरुपयोग कर चुनाव जीतने के हथकण्डे पर अगर रोक नहीं लगायी गयी, तो राजपथ और अनेक प्रतिभाशाली लोगों का ख़ून बहेगा। एक समय शेख मुजीबुर्रहमान ने उस पाक सेना से देश को बचाने की अपील की थी, जिसने बांग्लादेश के बुद्धिजीवियों की सामूहिक हत्या की थी। आज उन्हीं शेख मुजीबुर्रहमान की बेटी शेख हसीना के अनुग्रह पर पल रही बांग्लादेश की सेना बुद्धिजीवियों की हत्या कर रही है। शेख मुजीबुर्रहमान सैन्य तानाशाही के ख़िलाफ़ उठ खड़े हुए थे, जबकि शेख हसीना सैनिकों के समर्थन में हैं। ऐसे बांग्लादेश को देखकर अब लज्जा नहीं आती, बल्कि भय होता है।

28 अगस्त, 2015

वह आतंकी नहीं है

अहमद मोहम्मद रातोरात सेलिब्रिटी बन गया है। पूरी दुनिया से चौदह साल के अहमद को सहानुभूति, समर्थन, अभिनन्दन और प्यार मिल रहा है। इसकी वजह निश्चय ही लोगों का अपराध–बोध है। अहमद जो नहीं है, उसके बारे में वही सोचा गया। वह आतंकवादी नहीं है, लेकिन उसे आतंकवादी मान लिया गया। इसी कारण यह अपराध–बोध है। अहमद ने एक घड़ी बनायी थी, जिसे उसके शिक्षक ने बम समझ लिया। उन्होंने पुलिस बुलायी, पुलिस हथकड़ी लगाकर उस किशोर को ले गयी।

थाने में पूछताछ के बाद अहमद को छोड़ दिया गया, इसके बाद भी लोगों में व्याप्त अपराध–बोध कम नहीं हुआ। उदारवादियों का मानना था, ज़्यादातर मुसलमान अच्छे होते हैं, इसके बावजूद मुस्लिम समुदाय से लोग डरते हैं, उन पर सन्देह करते हैं, उन्हें आतंकवादी मान लेते हैं। इसी कारण उदारवादियों में यह अपराध–बोध है। सच यही है कि मुसलमानों में, ईसाइयों में, यहूदियों में, हिन्दुओं में ग़लत लोग कम ही होते हैं। यह सच सबको पता नहीं है। उदारवादियों की शर्म और अपराध–बोध का कारण यही है।

कितने–कितने निरपराध लोगों को रोज़ हथकड़ी लगायी जा रही है, जेलों में बन्द किया जा रहा है, उम्रक़ैद की सज़ा दी जा रही है। हम इनमें से कितनों को सेलिब्रिटी बनाते हैं? किन्तु पुलिस हिरासत में कुछ समय रखने के बाद ही निरपराध अहमद मोहम्मद को हमने सेलिब्रिटी बनाया। अहमद मोहम्मद सेलिब्रिटी क्यों बना? इसलिए कि वह मुस्लिम है। अहमद अगर ईसाई, हिन्दू या यहूदी होता, तो दुनिया के अच्छे लोग अमेरिका के वर्णवाद के ख़िलाफ़ इतना प्रतिवाद या अहमद का इतना समर्थन नहीं करते।

दुनिया–भर के श्वेत लोगों में अधिकतर मुस्लिम–विद्वेषी हैं। लेकिन वे हिन्दू, बौद्ध, जैन या सिख विद्वेषी नहीं हैं। इसकी वजह है। ज़्यादा दिन नहीं हुए, जब हमारी आँखों के सामने अमेरिका के ट्विन टावर ध्वस्त हुए थे। अभी बहुत समय नहीं गुज़रा, जब बोस्टन मैराथन की भीड़ में दो लड़कों ने प्रेशर कुकर बम फोड़े, जिसमें कुछ लोग मारे गये, कुछ घायल हुए। इस्लामिक स्टेट द्वारा हाल के दिनों में लोगों के क़त्ल के रोज़ विवरण आते हैं। आई.एस. के आतंकी सैकड़ों लोगों को घुटनों पर झुकाकर, सिर में गोली मारकर उनकी हत्या कर रहे हैं, बच्चियों और किशोरियों का अपहरण कर बलात्कार कर रहे हैं। हम देखते हैं कि बोको हराम इस्लाम के नाम पर किस तरह लोगों की हत्या कर रहा है, औरतों का बलात्कार कर उन्हें बाज़ार में बेच रहा है, अल–शबाब सामूहिक हत्या की कैसी तजवीज़ें तलाश रहा है। ये तमाम संगठन इस्लाम के नाम पर बर्बरता, नृशंसता, भयावहता का प्रदर्शन कर रहे हैं।

इस्राइल की सड़कों पर, बस और रेलगाड़ियों में यहूदियों की हत्या के अभियान में उतरे मुस्लिम अपने शरीर पर बम बाँधकर ख़ुद को ख़त्म कर देने से भी नहीं हिचकते। डेनिस कार्टून के कारण मुस्लिम आतंकवादियों ने देश–देश में आग लगायी है। इस्लाम की आलोचना का बहाना बनाकर मुस्लिम कट्टरवादियों ने बांग्लादेश के ब्लॉगरों की हत्या की है। इन घटनाओं के बारे में सबको पता है। इसी कारण लोग मुस्लिम समुदाय से डरते हैं, उनसे दूरी बनाकर चलते हैं। इसी कारण हवाई अड्डों पर मुस्लिम यात्रियों की जाँच–पड़ताल में अतिरिक्त सतर्कता बरती जाती है।

सम्भवतः इसी वजह से किसी मुस्लिम बच्चे के हाथ में घड़ी या उस तरह की कोई चीज़ देखने पर लोग पुलिस बुला लेते हैं। अमेरिका में स्कूली बच्चे बन्दूक़ लेकर कक्षाओं में आते हैं और वे लोगों की हत्या भी करते हैं। वहाँ कई बार ऐसी घटनाएँ हुई हैं। अगर टेक्सास के उस स्कूल में, जहाँ से अहमद मोहम्मद की गिरफ़्तारी हुई, कोई श्वेत छात्र खिलौना राइफ़ल लेकर घुसता, तो सभी भयभीत होकर सिर्फ़ इसीलिए पुलिस बुलाते कि उस राइफ़ल की जाँच की जाये कि वह असली है या नहीं। यह मैं इसलिए भी कह सकती हूँ कि अमेरिका में इस तरह की घटनाएँ भी कई बार हुई हैं। लेकिन अहमद मोहम्मद श्वेत नहीं था, इसलिए उसके हाथ में सन्दिग्ध वस्तु देखते ही शिक्षक ने उसकी गिरफ़्तारी के लिए पुलिस बुला ली।

अहमद मोहम्मद से बराक ओबामा ने मुलाक़ात की, अनेक नामी–गिरामी लोगों ने उसका समर्थन किया। अहमद कितना बुद्धिमान है, यह मैं नहीं जानती। वह बड़ा होकर कितना बड़ा वैज्ञानिक होगा, इसका मुझे पता नहीं। मैंने सुना है, घड़ियों के अलग–अलग पार्ट्स ख़रीदकर उसने उन्हें जोड़ा भर है। पर उसने जो भी किया, जितना भी किया, मैं उसे धन्यवाद देती हूँ, क्योंकि उसने बम न बनाकर घड़ी बनाने की कोशिश की। अमेरिका के अनेक मुस्लिम किशोर आई.एस. से जुड़ चुके हैं, जो इराक़ और सीरिया में आतंकवादियों के साथ मिलकर लोगों की हत्या कर रहे हैं।

आईएस की पोशाक न पहनकर अहमद ने नासा की टी–शर्ट पहनी, इसलिए मैं उसे धन्यवाद देती हूँ। हमें अहमद को प्रोत्साहित करना चाहिए, ताकि वह वैज्ञानिक चेतनासम्पन्न और शिक्षित बने। किसी भी मज़हब का या किसी भी रंग का आदमी आतंकवादी हो सकता है। लेकिन अगर कोई मज़हब के नाम पर आतंकवाद फैलाता है, तब उसके मज़हब को ही सन्देह की दृष्टि से देखा जाता है। यह हमें समझना होगा। इस सन्देह से ख़ुद को मुक्त करने के लिए मुस्लिम समुदाय के लिए ज़रूरी यह है कि जो लोग धर्म के नाम पर जेहाद कर रहे हैं, उनके ख़िलाफ़ उतरा जाये, ख़ुद को धर्मान्धता से मुक्त किया जाये तथा वैज्ञानिक चेतना से लैस हुआ जाये। मुस्लिम आतंकवादियों ने मुस्लिम समुदाय की जितनी क्षति की है, उतनी आज तक किसी ने नहीं की है।

29 सितम्बर, 2015

असहिष्णु समाज में हम

जो लोग दूसरों के विचार, आदर्श, विश्वास और व्यवहार मानने में दिलचस्पी नहीं दिखाते, हम उन्हें ही असहिष्णु कहते हैं। पिछले कुछ समय से भारत में यह बहस चल रही है कि क्या यहाँ असहिष्णुता बढ़ रही है। असहिष्णुता पर बहस के बावजूद समाज में असहिष्णुता कमोबेश बरकरार है। जैसे–अब भी नारी के प्रति पुरुष असहिष्णु हैं। ग़रीब के प्रति धनी असहिष्णु हैं। एक धर्म के प्रति दूसरे धर्म का आदमी असहिष्णु है।

एक राजनीतिक विचारधारा के प्रति दूसरी राजनीतिक विचारधारा असहिष्णु है। मनुष्य मूलतः असहिष्णु है। वह प्रेम करना जानता है, तो घृणा करना भी उसे आता है। असहिष्णुता पर हो रही बहस से कोई मुश्किल नहीं है। ऐसी स्वस्थ बहस स्वस्थ लोकतन्त्र के प्रतीक हैं। पर ऐसी असहिष्णुता के साथ जो हिंसा जुड़ती है, वह चिन्तनीय है।

सिर्फ़ ख़ून–ख़राबा करना ही असहिष्णुता नहीं है। अभिव्यक्ति की स्वतन्त्रता पर रोक लगाना भी असहिष्णुता है। पिछले दिनों पूर्व केन्द्रीय मन्त्री पी. चिदम्बरम ने माना कि राजीव गाँधी के प्रधानमन्त्री काल में सलमान रुश्दी की किताब 'सैटेनिक वर्सेज़' पर प्रतिबन्ध लगाना ग़लत था। पश्चिम बंगाल की कम्युनिस्ट सरकार ने मेरी किताब पर प्रतिबन्ध लगाया था। वहाँ की मौजूदा मुख्यमन्त्री ममता बनर्जी ने मुझे राज्य से निष्कासित कर दिया, कोलकाता पुस्तक मेले में मेरी किताब के लोकार्पण को प्रतिबन्धित किया, टेलीविज़न पर मेरा मेगा सीरियल प्रसारित नहीं होने दिया। क्या यह असहिष्णुता नहीं है? कुछ लोगों का कहना है कि सलमान रुश्दी की किताब पर जब प्रतिबन्ध लगा था, जब उन्हें कोलकाता या जयपुर लिटरेचर फ़ेस्टिवल में भाग नहीं लेने दिया गया, या तस्लीमा नसरीन पर जब हैदराबाद में हमला किया गया, उन्हें जब कोलकाता और भारत से बाहर कर दिया गया, तब असहिष्णुता का विरोध करने वाले ये

लेखक कहाँ थे? हालाँकि यह वही तर्क है, जो केन्द्र की मौजूदा सरकार या उसके समर्थक दे रहे हैं।

लेकिन इस सच से इनकार नहीं कर सकते कि भारत में हिन्दू कट्टरवाद का जितना विरोध होता है, उतना मुस्लिम कट्टरवाद का विरोध नहीं होता। सभी समाज में असहिष्णु लोग रहते हैं। अमेरिका–यूरोप में भी असहिष्णु लोग हैं, एशिया–अफ्रीका में भी। भारत में असहिष्णुता इसी सरकार के दौर में दिख रही हो, ऐसा भी नहीं है। बल्कि गहराई में जाकर देखें, तो देश और मनुष्य धीरे–धीरे पहले की तुलना में अधिक सभ्य हो रहे हैं। अभी कहीं बलात्कार होता है, हत्या होती है, असहिष्णुता की कोई घटना होती है, तो हमें जल्दी ही पता चल जाता है।

आज न तो पहले की तरह साम्प्रदायिक दंगे होते हैं, न ही मृतकों का आँकड़ा पहले जितना होता है। आज के लोग जानते हैं कि लड़कियों से बदसलूकी करना ग़ैर–क़ानूनी है। कन्या भ्रूण–हत्या की घटनाओं की लोग आज निन्दा करते हैं। समाज में एक समय सवर्णों का अत्याचार काफ़ी होता था, अब इन पर काफ़ी हद तक अंकुश लगा है। कई बार ऐसे मामले सामने आते हैं, तो दोषियों के ख़िलाफ़ क़ानूनी कार्रवाई होती है। कुल मिलाकर, आज का भारत मानवाधिकार, महिला अधिकार, समता और समानाधिकार में यक़ीन करता है। यह परिवर्तन एक दिन में नहीं आया है। यह दशकों के संघर्ष का परिणाम है।

इसके बावजूद भारत समेत पूरी दुनिया में एक लड़ाई चल रही है। यह विभिन्न धर्मों के बीच की लड़ाई नहीं, बल्कि दो मतवादों की लड़ाई है। यह संघर्ष धर्मनिरपेक्षता और कट्टरवाद के बीच, वैज्ञानिक चेतना और धर्मान्धता के बीच, तर्कवाद और अन्धविश्वास के बीच, ज्ञान और अज्ञान के बीच, स्वतन्त्रता और ग़ुलामी के बीच है।

भारत में भी कट्टरवादी हिन्दुओं में यह चिन्ता घर कर रही है कि हिन्दू धर्म और संस्कृति कहीं ख़त्म न हो जाये। उनकी आशंका यह भी है कि मुस्लिम कट्टरवाद या इस्लाम ही हिन्दू धर्म की विलुप्ति का कारण होगा। इसलिए धर्म को बचाये रखने के लिए हिन्दू कट्टरवादी भी उसी रास्ते पर चलने का संकेत दे रहे हैं, जिस रास्ते पर मुस्लिम कट्टरवादी पहले ही चल पड़े हैं। भारत में तर्कवादियों को निशाना बनाने की यही वजह है।

लेकिन धर्म क्या इस तरह टिका रह पायेगा? एक समय पृथ्वी पर सैकड़ों धर्म थे। उनमें से अधिकतर विलुप्त हो चुके हैं। अलिमापिया* पहाड़ पर स्थित वे सर्वशक्तिमान यूनानी देवतागण आज कहाँ हैं? रोमनों के नामी–गिरामी देवताओं का आज नामोनिशान नहीं है। मिस्र में फराओ लोगों के ईश्वर कहाँ हैं? सब आज इतिहास बन चुका है। यह कौन कह सकता है कि इस्लाम, ईसाई, यहूदी, बौद्ध और हिन्दू धर्म भी एक समय इतिहास नहीं बन जायेगा?

ऐसा भी नहीं है कि लोग व्यक्तिगत स्तर पर असहिष्णु होते हैं। राजनेता भी कम असहिष्णु नहीं होते। पी. चिदम्बरम ने सलमान रुश्दी की किताब पर लगे प्रतिबन्ध की ग़लती मान ली है। लेकिन कांग्रेस के कई नेताओं ने चिदम्बरम को काटते हुए किताब पर लगे प्रतिबन्ध को जिस तरह जायज़ ठहराया, उसे क्या कहेंगे? चिदम्बरम की तरह पश्चिम बंगाल के पूर्व मुख्यमन्त्री बुद्धदेव भट्टाचार्य और मौजूदा मुख्यमन्त्री ममता बनर्जी ने भी क्या अपनी ग़लती स्वीकारी है? नहीं, वे अपनी ग़लती क़तई नहीं मानेंगे। ये ग़लतियाँ ही तो आज के राजनेताओं के लिए वास्तविकता है, जिसके बग़ैर चुनाव जीतना उनके लिए सम्भव नहीं।

जिस तरह यह देश चल रहा है, उसी तरह चलेगा। इसी तरह यह पृथ्वी चलेगी। शिक्षा और सजगता के साथ–साथ मूर्खता, अशिक्षा, जड़ता भी चलेगी। धर्मान्ध लोग और राजनेता अपना स्वार्थ देखेंगे, और समाज को अन्धकार में रखेंगे। केवल कुछ स्वस्थ, सजग मनुष्य ही इस समाज को बदलने के लिए आगे आयेंगे। कुछ मुट्ठी–भर लोग ही समाज को बदलते हैं। हमेशा ऐसा ही होता आया है।

मनुष्य मूलतः असहिष्णु है। वह प्रेम करना जानता है, तो घृणा करना भी उसे आता है। केवल कुछ स्वस्थ, सजग मनुष्य ही इस समाज को बदलने के लिए आगे आयेंगे। कुछ मुट्ठी–भर लोग ही समाज को बदलते हैं।

17 दिसम्बर, 2015

---

* माउंट ऑलिम्पस यूनान का सबसे ऊँचा पहाड़।

यह वह बांग्लादेश नहीं

अचानक बांग्लादेश की याद दो कारणों से आयी। एक तो चौवालीस साल पहले 16 दिसम्बर, 1971 को मुक्तियुद्ध में पाकिस्तान की हार हुई थी और बांग्लादेश नाम का एक नया देश दुनिया के मानचित्र पर उभरा था। बांग्लादेश की याद आने का दूसरा कारण जमात–ए–इस्लामी के मुखिया और हत्यारे मोतीउर रहमान निज़ामी की फाँसी की सज़ा पर सर्वोच्च न्यायालय की मंज़ूरी है। पाकिस्तानपरस्त निज़ामी ने मुक्तियुद्ध के समय असंख्य हिन्दुओं और हिन्दू समर्थक मुस्लिमों को मौत के घाट उतारा था। निज़ामी जैसे अनेक लोग थे, जो पाकिस्तान के एजेंट के तौर पर तब काम कर रहे थे। उस समय आज के बांग्लादेश में ऐसा अत्याचार और इस कदर निर्ममता देखी गयी थी कि उसकी याद आज भी दिल दहला देती है। विडम्बना देखिए कि निज़ामी को फाँसी देने का फ़ैसला कर लेने के बावजूद आज का बांग्लादेश ऐसे निज़ामियों से मुक्त नहीं हो पाया है।

पाकिस्तान के ख़िलाफ़ नौ महीने तक युद्ध करने के बाद बांग्लादेश दिसम्बर, 1971 में विजयी हुआ था। उस जीत के क़रीब साढ़े चार दशक बीत चुके हैं। लेकिन आज भी लगता है कि वह कल की घटना है। उस युद्ध में एक तरफ़ ख़ून की नदियाँ बह रही थीं, उदारमना लोगों को पाकिस्तान के सैनिकों द्वारा चुन–चुनकर मौत के घाट उतारा जा रहा था, दूसरी तरफ़ ऐसे लोगों की बड़ी आबादी थी, जो इसे मुक्तियुद्ध मानते थे; सैन्य तानाशाही और नस्ल तथा भाषा के वर्चस्व से मुक्ति का युद्ध।

ज़्यादातर भारतीयों का दावा है कि इकहत्तर का वह युद्ध भारत और पाकिस्तान के बीच का युद्ध था, जिसमें भारत विजयी हुआ। बंगाली गोरिल्लों ने उस लड़ाई में हिस्सेदारी अवश्य की थी, लेकिन उसके ज़रिये युद्ध में विजयी होना सम्भव नहीं था। इकहत्तर में बांग्लादेश नाम के एक

नये मुल्क ने जन्म लिया, और पैदा लेते ही उसने स्वाधीनता, धर्मनिरपेक्षता, गणतन्त्र आदि शब्दों का उच्चारण करना सीख लिया। पर विडम्बना यह है कि इन शब्दों के ठीक–ठीक अर्थ वह आज भी नहीं जानता। जिस दिन वह इन शब्दों के अर्थ समझेगा, इन पर विचार करेगा, उस दिन मुक्तियुद्ध की याद करते हुए वह मसखरा जैसा नहीं दिखेगा। मैं विजय दिवस का पालन नहीं करती, क्योंकि पाकिस्तान और बांग्लादेश में आज मुझे कोई फ़र्क़ नहीं दिखता। पाकिस्तान में भी उदार विचारकों का दमन होता है, बांग्लादेश में भी। मेरे विचार से बांग्लादेश विजय दिवस मानने की योग्यता उसी दिन हासिल करेगा, जिस दिन वह देश के उदार चिन्तकों की हत्याओं को रोक पायेगा और निर्वासित तमाम उदार व्यक्तित्वों को देश में लौटा ला पायेगा। उससे पहले विजय दिवस पर धूमधाम दिखावे के अतिरिक्त और कुछ नहीं है।

धूमधाम से विजय दिवस मनाते बांग्लादेश से यह सवाल करने की इच्छा होती है कि मुझे वहाँ रहने का अधिकार क्यों नहीं है। पिछले इक्कीस वर्षों से मैं निर्वासित जीवन बिता रही हूँ। बांग्लादेश का दरवाज़ा आज भी मेरे लिए बन्द है। मेरा अपराध क्या था? क्या मैंने किसी की हत्या की थी? मैं एक डॉक्टर और लेखिका थी। अपनी इन दोनों भूमिकाओं में मैंने देशवासियों की सेवा ही की। देश और समाज की भलाई के लिए मैंने मेहनत की थी, मनुष्य की मानवीयता बची रहे, इसलिए मैं लगातार लिखती रही।

पृथ्वी का मानचित्र मूलतः राजनेताओं ने तैयार किया है। अगर हम लेखकों को इसका दायित्व मिला होता, तो दुनिया का नक़्शा निश्चय ही अलग होता। तब धर्म के आधार पर मानचित्र नहीं बदले जाते। धर्म के कारण देश के विभाजित होने जैसा दुखद और कुछ हो ही नहीं सकता। पृथ्वी क्रमशः अब छोटी होने लगी है न? आज का मनुष्य अन्तरराष्ट्रीय भाषाओं में बात करना सीख चुका है, अन्तरराष्ट्रीय पोशाक पहनना सीख चुका है, दुनिया–भर का खानपान अपना चुका है। ऐसे में भाषा और संस्कृति के आधार पर ख़ुद को अलग–थलग करने का कोई कारण नहीं है। राजनेताओं ने अपने स्वार्थ से दुनिया को जिस तरह अलग–अलग हिस्सों में बाँटा, उनकी सीमाएँ तय कीं, उन्हें मिटा देने का समय आ गया है। यह बाड़ेबन्दी हटा देने का, दीवारें ध्वस्त कर देने का समय है। देशों को अलग करने के बजाय उन्हें एक कर देने का समय है।

इकहत्तर के उस युद्ध में मुसलमान मुसलमानों के ख़िलाफ़ लड़ रहे थे। वह लड़ाई शिया–सुन्नी के बीच नहीं थी। सुन्नी–अहमदिया या कादियान के ख़िलाफ़ भी वह युद्ध नहीं था। वह लड़ाई सुन्नी–सुन्नी के बीच थी। जिस भाषा और संस्कृति को बचाने के लिए इकहत्तर के बहादुर बंगालियों ने सुन्नी होते हुए सुन्नियों के ख़िलाफ़ लड़ाई लड़ी, मैं उसी भाषा की लेखिका हूँ। उसी सेक्युलर संस्कृति के पक्ष में मैंने क़लम पकड़ी थी। पर आज मेरा जीवन विपन्न है। औरतों के हक़ में और कट्टरवाद के विरुद्ध तनकर खड़ी होने वाली एक महिला को गर्दन पकड़कर देश से बाहर कर देने वाली और कट्टरवादी ताक़तों को गले लगाने वाली व्यवस्था कितनी निर्बोध, कितनी तानाशाह, मानवाधिकार और गणतन्त्र की कितनी विरोधी है, इसकी कल्पना की जा सकती है। बांग्लादेश की सत्ता व्यवस्था में तनिक भी बदलाव नहीं आया है, इसी का नतीजा है कि मुक्तियुद्ध की उस चेतना के समर्थक लोग एक के बाद एक वहाँ से बाहर निकलने के लिए विवश हुए हैं।

देश का मतलब मेरे लिए एक ऐसी भूमि है, जो आपकी अपनी हो, जहाँ आपको सुरक्षा मिले। बांग्लादेश देश की मेरी इस परिभाषा में फिट नहीं बैठता। जहाँ की मिट्टी में लेखकों, शिल्पियों, बुद्धिजीवियों को अपनी बात कहने की स्वाधीनता नहीं है, उसे भला मैं देश कैसे कहूँ? स्वाधीन, सार्वभौम राष्ट्र बनना आसान है, देश बनना कठिन। ठीक वैसे ही, जैसे मनुष्य की तरह दिखना आसान है, सच में मनुष्य बनना बेहद मुश्किल।

07 जनवरी, 2016

वर्षों बाद दिल्ली से बाहर

मेरे पैर में ज़ंजीर थी। सख़्त ज़ंजीर। पिछले दिनों मैंने वह ज़ंजीर तोड़ी। ज़ंजीर तोड़कर मैं दिल्ली से निकली, भारत के दूसरे शहर में गयी। अब तक दिल्ली से मेरे बाहर निकलने का अर्थ होता था भारत से बाहर होना। दिल्ली छोड़कर भारत के दूसरे किसी राज्य में प्रवेश करने का मुझे अधिकार नहीं मिलेगा, अधिकार मिलने पर भी उस राज्य के मुस्लिम मेरे विरुद्ध जुलूस निकालेंगे, और राज्य सरकार मुझे तत्काल बाहर निकालेगी—अब तक मैं यही समझती थी। किन्तु मेरी इस सोच को जिस राज्य ने पिछले दिनों ग़लत साबित किया, वह केरल है।

हैदराबाद प्रेस क्लब में मेरे ऊपर हुए हमले के बाद वर्ष 2007 में मुझे इस ज़ंजीर से जकड़ा गया था। हमलावरों को हालाँकि किसी ने दण्डित नहीं किया। मुझे ही सज़ा दी गयी। तब कोलकाता के अपने निवास पर मुझे चार महीने तक नज़रबन्द रहना पड़ा था। दबाव डाला गया था कि मुझे कोलकाता से, पश्चिम बंगाल से, भारत से बाहर निकाल दिया जाये। अन्ततः एक गढ़े हुए दंगे का आरोप लगाकर मुझे पश्चिम बंगाल सरकार ने भगा दिया था। तीन साल बाद हालाँकि भारत में रहने की राजनीतिक अनुमति मिली।

मुझे लगा था कि शायद अब दिल्ली से बाहर कभी जाना नहीं होगा। अनेक आमन्त्रण मैंने ठुकरा दिये थे। दिल्ली विश्वविद्यालय में भाषण देने के लिए मुझे बुलाया गया था, मैंने मना कर दिया। लेकिन कुछ दिन पहले दिल्ली में टाइम्स लिटरेरी फ़ेस्टिवल और दिल्ली लिटरेचर फ़ेस्टिवल में भाग लेने के बाद मेरी आशंका कुछ कम हुई। हालाँकि इन दोनों समारोहों में भागीदारी की शर्त मैंने यह रखी थी कि किसी भी ख़बर या विज्ञापन में मेरा नाम नहीं जायेगा, मैं अचानक उपस्थित होऊँगी। आयोजकों ने मेरी शर्त मान ली थी।

इतने दिनों में पहली बार मैंने दिल्ली से कहीं बाहर जाने की तैयारी की। केरल लिटरेचर फ़ेस्टिवल में भागीदारी के लिए प्रख्यात मलयाली लेखक और कवि के. सच्चिदानन्दन का आमन्त्रण देखकर महसूस हुआ कि बाहर जाने का समय हो गया है, एक जगह रहकर शरीर में जैसे जंग लग गयी है। मैंने कह दिया, जाऊँगी। पैरों की ज़ंजीर झनझना उठी। कुछ घनिष्ठ मित्रों ने वहाँ न जाने की हिदायत दी। कहा, कालीकट में काफ़ी मुस्लिम आबादी है, कुछ भी हो सकता है। पर मैंने किसी की बात नहीं सुनी। के. सच्चिदानन्दन ने भी मुझे भरोसा दिलाया। उन्होंने कहा, कालीकट अच्छी जगह है, यहाँ के मुस्लिम शान्तिप्रिय हैं। कालीकट हवाई अड्डे पर पुलिस का भारी पहरा था। टोपी लगाये सैकड़ों मुस्लिमों को भी मैंने वहाँ देखा। मुझे भय हुआ, पर हवाई अड्डे के अधिकारियों ने बताया कि हैदराबाद से कोई मुस्लिम धर्मगुरु आये हैं, उन्हीं के दर्शन के लिए ये लोग आये हैं।

होटल में पुलिस का भारी जमावड़ा देख मुझे अच्छा नहीं लगा। मैंने कहा, मैं वीआईपी नहीं हूँ। पुलिस पहरा तो ठीक है, पर पुलिस के इतने जवान क्यों? कुछ महिला पुलिस के जवान मेरी सुरक्षा में थे, जिनकी कमर से पिस्तौल लटक रही थी। होटल में मुझे इलायची और लौंग की माला पहनाई गयी। ललाट पर चन्दन का टीका लगा दिया गया। केरल मैं इससे पहले भी गयी हूँ, वहाँ मैंने देखा, लोग या तो मलयालम बोलते हैं या अंग्रेज़ी, पर हिन्दी नहीं बोलते।

कालीकट के समुद्र तट पर आयोजन था। अगले दिन समारोह स्थल तक पहुँचने के रास्ते में पत्रकारों और फ़ोटोग्राफ़रों की भारी भीड़ थी। क्यों? क्या उन्हें पता था कि मैं आ रही हूँ? मेरे नाम का तो कहीं ज़िक्र नहीं था। सम्भवतः पुलिस की भीड़ से उन्होंने अनुमान लगाया हो।

साहित्य समारोह में तिल धरने की जगह नहीं थी। मंच पर समारोह के अध्यक्ष के. सच्चिदानन्दन के साथ साहित्य, नारी, समाज, राजनीति जैसे मुद्दों पर क़रीब डेढ़ घण्टे तक बातचीत हुई। अपनी कुछ कविताओं का अंग्रेज़ी अनुवाद मैंने पढ़ा। सच्चिदानन्दन ने भी मेरी कुछ कविताएँ पढ़कर सुनायीं। दर्शकों में अनेक शिक्षित लोग थे, मुस्लिम भी थे। भीड़ में किसी ने नारा नहीं लगाया, मुझे मारने के लिए कोई उठकर नहीं आया।

कालीकट से आने से पहले इंटरव्यू, सेल्फ़ी, ऑटोग्राफ़, समुद्र दर्शन के साथ चाय–पान और सुबह समुद्र के किनारे चहलक़दमी–सब कुछ हुआ।

'मीडिया वन' नामक एक टीवी चैनल ने मेरा लम्बा इंटरव्यू लिया। वे लोग होटल के मेरे कमरे में इंटरव्यू लेने आये थे। इंटरव्यू ख़त्म होने के बाद मेरे पूछने पर पत्रकार ने अपना नाम सोहेल बताया। यह भी पता चला कि 'मीडिया वन' जमात–ए–इस्लामी का चैनल है। पर उन्होंने मेरा अहित नहीं किया।

कालीकट में मैंने टोपी और बुर्क़े में अनेक मुस्लिमों को देखा। ठीक है, वे अच्छे हैं, और हिंसा में विश्वास नहीं करते। लेकिन मिस्र से आये कालीकट के बोहरा मुसलमानों में औरतों में खतने की प्रथा है। मैंने महसूस किया कि साहित्य समारोह के आयोजकों में से ज़्यादातर को इस बारे में पता नहीं था।

केरल का खानपान मुझे कभी बहुत अच्छा नहीं लगा। लेकिन आयोजन की रात वहाँ के एक रेस्टोरेंट का डिनर मुझे स्वादिष्ट लगा। वहाँ से बाहर निकलते हुए देखा, कुछ कम उम्र मुस्लिम महिलाएँ बाहर खड़ी थीं, सम्भवतः भीतर जगह न होने के कारण बाहर इन्तज़ार कर रही थीं। उन महिलाओं के सिर पर हिजाब था। मेरे निकलते समय वे मेरे पास आ गयीं। उन्होंने मुझसे कुछ कहने के बजाय दो छोटी बच्चियों को मेरे सामने कर दिया। ऑटोग्राफ़ माँगते हुए उन बच्चियों ने कहा, हम आपके फ़ैन हैं, आपकी रचनाएँ पढ़ते हैं।

मैं समझ गयी, ये बच्चियाँ मेरे लेखन से परिचित नहीं होंगी। उन महिलाओं ने उन्हें जो कहा होगा, वही ये मुझे कह रही हैं। ऑटोग्राफ़ देते हुए मैंने उम्मीद की कि ये बच्चियाँ एक दिन प्रतिवाद की भाषा बोलने का साहस अर्जित करेंगी। एक दिन वे खतने की प्रथा और हिजाब के ख़िलाफ़ खड़ी होंगी।

17 फरवरी, 2016

वह धर्मनिरपेक्षता अब कहाँ है

धर्मनिरपेक्ष देश का क्या कोई धर्म होता है? इसका उत्तर हम सब जानते हैं कि नहीं होता। बांग्लादेश की प्रधानमन्त्री शेख हसीना ने किस आधार पर अपने देश को एक सेक्युलर देश बताया है, यह मैं नहीं जानती। धर्म के आधार पर क़ानून होने के बावजूद बांग्लादेश को धर्मनिरपेक्ष कहने का कोई तुक नहीं है। बांग्लादेश में विवाह, तलाक़, उत्तराधिकार आदि पारिवारिक क़ानून अब भी धर्म पर ही आधारित हैं। मैं उम्मीद करती हूँ कि बांग्लादेश जैसे एक इस्लामी राष्ट्र को सेक्युलर बताकर प्रधानमन्त्री अपनी हँसी नहीं उड़ायेंगी। वर्ष 2011 में बांग्लादेश की सरकार से वहाँ की सर्वोच्च अदालत ने जानना चाहा था कि संविधान के आठवें संशोधन को, जिसके ज़रिये बांग्लादेश के राष्ट्रधर्म को इस्लामी घोषित किया गया है, क्यों न ग़ैर–क़ानूनी घोषित कर दिया जाये। पर अफ़सोस, अब ऐसी स्थिति नहीं है।

बांग्लादेश के नब्बे फ़ीसदी लोगों का धर्म इस्लाम है। राष्ट्र का कोई धर्म न होने पर भी वहाँ के नब्बे प्रतिशत मुस्लिमों का धर्म इस्लाम ही होगा। लेकिन बेहद आत्मविश्वासहीन और दुर्बल चित्त होने पर ही मनुष्य राष्ट्र को अपना धर्म अपनाने के लिए कहता है।

याद है, बांग्लादेश के राष्ट्रधर्म की शुरुआत कैसे हुई थी? राष्ट्रपति मोहम्मद इरशाद को पद से हटाने के लिए जनता तब सड़कों पर उतर आयी थी। उस दबाव को इरशाद ने आध्यात्मिक तरीक़े से ख़त्म करने की चाल चली। किसी से कोई बात किये बग़ैर अचानक इरशाद ने संविधान में एक नयी चीज़ घुसा दी। उसका नाम था राष्ट्रधर्म। तब क्या किसी ने माँग की थी कि इस्लाम को राष्ट्रधर्म बनाया जाये? जहाँ तक मुझे मालूम है, किसी ने ऐसी माँग नहीं की थी। क्या बांग्लादेश में मुस्लिमों को अपने धार्मिक क्रियाकलापों में समस्या आ रही थी कि राष्ट्रधर्म की ज़रूरत पड़ी?

राष्ट्र को क्या वाक़ई धर्म की ज़रूरत पड़ती है? मनुष्य को धर्म की ज़रूरत पड़ती है, लेकिन राष्ट्र तो मनुष्यों का होता है। राष्ट्र तो सभी संस्कृतियों के लोगों को सुरक्षा देने के लिए है। राष्ट्र अगर निरपेक्ष न हो, राष्ट्र अगर कई सम्प्रदायों में से किसी एक सम्प्रदाय का पक्ष ले, तो उस राष्ट्र के मनुष्यों में क्षोभ पैदा होना स्वाभाविक है।

वर्ष 1971 में बंगाली मुस्लिमों ने शोषक ग़ैर–बंगाली मुस्लिमों के ख़िलाफ़ लड़ाई लड़कर साबित कर दिया था कि मुस्लिम होना ही एकजुट होकर रहने की गारंटी नहीं है। वर्ष 1971 में बंगालियों ने यह भी प्रमाणित कर दिया कि द्विराष्ट्रवाद के आधार पर भारत का विभाजन एक ग़लत सिद्धान्त था। इकहत्तर में आज़ादी के आन्दोलन में कूद पड़े बंगालियों का स्वप्न था कि वे ग़ैर–बंगाली मुस्लिमों को भगाकर बांग्ला भाषा और संस्कृति के आधार पर बांग्ला नाम से एक नया देश बनायेंगे। नौ महीने चले युद्ध के बाद एक स्वाधीन देश बना। शेख मुजीबुर्रहमान ने उस देश को दिशा देनी भी शुरू की। उनकी असंख्य ग़लतियाँ रही हो सकती हैं, राजनेता के तौर पर अत्यन्त जनप्रिय होने के बावजूद राष्ट्र को दिशा–निर्देश देने में वह अनुभवहीन साबित हुए, लेकिन उन्होंने बांग्लादेश को एक मज़बूत संविधान दिया था। उस संविधान में बंगाली राष्ट्रवाद और समाजतन्त्र के साथ धर्मनिरपेक्षता को जगह मिली थी।

वह धर्मनिरपेक्षता अब कहाँ है? न जाने कहाँ से सत्ता में आकर मेजर ज़िया ने धर्मनिरपेक्षता को बाहर कर दिया। ज़िया का अनुसरण करते हुए एक और सेनानायक ने संशोधन के नाम पर संविधान में धर्म को घुसाकर उससे भी बड़ा अनर्थ किया। अब राष्ट्रधर्म अगर इस्लाम होगा, तो हिन्दू–बौद्ध–ईसाई धर्मावलम्बियों को स्वाभाविक ही दूसरे दर्जे का नागरिक बनकर रहना होगा।

7 जून, 1988 का दिन बांग्लादेश के इतिहास में एक धर्मनिरपेक्ष समाज निर्माण की सम्भावना को गला दबाकर मार डालने के लिए याद किया जायेगा। उसने बांग्लादेश को एक–दो नहीं, हज़ार वर्ष पीछे कर दिया। उस समय शेख हसीना मददगार हो सकती थीं। वर्ष 1981 में वह बांग्लादेश में लौट आयी थीं और अवामी लीग की अध्यक्ष बन चुकी थीं। उनके लौटने पर मुक्तियुद्ध की चेतना से लैस उन लोगों ने सुखद बदलाव की उम्मीद की थी, जो ज़ियाउर्रहमान से क्षुब्ध थे। पर इन्हीं हसीना ने मोहम्मद इरशाद के बुने जाल में फँसते हुए वर्ष 1986 में

जमात–ए–इस्लामी के साथ चुनाव में उतरने का फ़ैसला किया। तब खालिदा ज़िया ने आश्चर्यजनक रूप से इरशाद के हथकण्डे से दूरी बनाये रखी थी। जब–हसीना ने समझा कि इरशाद ने अपनी सत्ता को वैध रूप देने के लिए चुनाव का आयोजन किया था, तब तक बहुत देर हो चुकी थी। हसीना ने तब हालाँकि संसद का बहिष्कार किया, लेकिन जमात–ए–इस्लामी के साथ खड़े होकर अपनी छवि उन्होंने जिस तरह धूमिल की, उससे उबरना आसान नहीं था। उसके बाद भी प्रगतिशील सोच वाले लोगों को भरोसा था कि सत्ता में आने पर हसीना संविधान के खोये हुए गौरव को लौटायेंगी!

जिन लोगों ने शेख हसीना से उम्मीदें पाली थीं, आज वे बेहद हताश हैं। वर्ष 1972 के धर्मनिरपेक्ष संविधान को दोबारा बहाल करने की जो प्रतिबद्धता उन्होंने जतायी थी, वह आज तक पूरी नहीं हुई। आज से अट्ठाईस वर्ष पहले बांग्लादेश के बुद्धिजीवियों ने संविधान से राष्टधर्म को हटाने के लिए जो याचिका दायर की थी, उसका फ़ैसला आ चुका है। सर्वोच्च न्यायालय ने कह दिया है कि बांग्लादेश में राष्ट्रधर्म रहेगा। राष्ट्रधर्म रहने का मतलब है कि जल्दी ही बांग्लादेश में इस्लाम ही एकमात्र क़ानून होगा। जिस तरह की स्थितियाँ हैं, उसमें मेरा मानना है कि मैं जीते–जी बांग्लादेश में इस्लामी क़ानून को क़ाबिज़ होते देख पाऊँगी।

27 अप्रैल, 2016

जब समाज चुप्पी साधता है

बांग्लादेश में लेखक–बुद्धिजीवियों की हत्या का सिलसिला जारी है। उदारवादियों को तो निशाना बनाया ही जा रहा है, सांस्कृतिक सोच के लोगों का भी जीना मुहाल है। मुस्लिम–ग़ैरमुस्लिम का कोई भेद भी नहीं है। फ़ेसबुक में कुछ लिखने, गाना गाने, सितार बजाने, कविता लिखने, कविता पत्रिका प्रकाशित करने के जुर्म में भी मार डाला जा रहा है। बुर्क़े के ख़िलाफ़ दो शब्द बोल लेने को भी दुस्साहस मान लिया जाता है। इस्लामी कट्टरपन्थी अगर किसी को निशाना बनाते हैं, तो यह मान लिया जाता है कि मारा गया आदमी नास्तिक था। पर नाजिमुद्दीन, रिजाउल, ज़ुलहास, ये लोग नास्तिक नहीं थे, इस्लाम के आलोचक नहीं थे, ब्लॉगर भी नहीं थे। इसके बावजूद उन्हें नृशंसता से मार डाला गया।

थोड़े समय पहले तक बांग्लादेश में यह माना जाता था कि कट्टरवादी इस्लाम के आलोचकों और नास्तिक ब्लॉगर्स को ही निशाना बना सकते हैं। यह किसी के ख़याल में नहीं था कि प्रगतिशील होना भी किसी के मारे जाने का कारण बन सकता है। नाजिमुद्दीन समद नास्तिक ब्लॉगर नहीं, बल्कि प्रगतिशील छात्र थे और धार्मिक कट्टरवाद का विरोध करते थे। रिजाउल करीम सिद्दीक़ी सितार बजाते थे, एक साहित्यिक पत्रिका प्रकाशित करते थे और सांस्कृतिक काम–काज में उत्साही थे। उन्होंने धर्म के ख़िलाफ़ कभी कुछ नहीं कहा, पर अपने सांस्कृतिक मूल्यों की क़ीमत उन्हें जान देकर चुकानी पड़ी। ज़ुलहास मन्नान को उनके उदारवादी होने के कारण निशाना बनाया गया।

बांग्लादेश में जब एक के बाद एक ब्लॉगर्स की हत्या की जा रही थी, तब नागरिक समाज ने इसका प्रतिरोध करने के बजाय चुप्पी साधना उचित समझा था। उन्हें लगा कि निशाने पर सिर्फ़ उन्हें ही लिया जा रहा है, जो धर्म की आलोचना कर रहे हैं। चूँकि हम ख़ुद ऐसा नहीं कर रहे,

इसलिए सुरक्षित हैं। लेकिन आज ऐसे लोग ग़लत साबित हो रहे हैं। कट्टरवादियों का दुस्साहस इतना बढ़ गया है कि वे उदारवादियों तक की हत्या करने में नहीं हिचक रहे।

आलम यह है कि अनेक ब्लॉगर्स बांग्लादेश छोड़कर बाहर चले गये हैं। जो लोग वहाँ हैं भी, वे छिपे हुए हैं। उनमें से कइयों ने ब्लॉग लिखना बन्द कर दिया है। ऐसे में, दहशत जारी रखने को आमादा कट्टरपन्थियों ने उदारवादियों को चुन–चुनकर मारना शुरू किया है। अब भी अगर वहाँ के लोग चुप रहें और सरकार निष्क्रियता दिखाये, तो कट्टरपन्थियों का दुस्साहस और बढ़ जायेगा। वैसे में, आने वाले दिनों में आस्तिक भी मारे जायेंगे। पिछले दिनों यूरोपीय संसद में अपने व्याख्यान में मैंने बांग्लादेश की इसी समस्या की ओर लोगों का ध्यान दिलाया। यह बेहद ख़तरनाक है कि लोग सिर्फ़ अलग विचार रखने के कारण मारे जा रहे हैं, और न्याय नहीं मिल रहा। संसद के सदस्यों ने मुझसे सवाल पूछा कि सिविल सोसाइटी क्या कर रही है? इस पर थोड़ी देर तक मैं कुछ कह नहीं पायी।

लेकिन अगर बांग्लादेश की मौजूदा स्थिति को गहराई से देखें, तो ख़तरनाक निष्कर्ष निकलता है। वहाँ का नागरिक समाज क्या केवल कट्टरवादियों के भय से चुप है? यह पूरी तरह सच नहीं है। नागरिक समाज का एक बड़ा हिस्सा है, जो दबे–छिपे शब्दों में मानता है कि अगर लोग व्यवस्था के अनुरूप चलें, अधिक साहस का परिचय न दें, धारा के विपरीत न तैरें और चुपचाप रहें, तो कट्टरवादी उन्हें नुक़सान नहीं पहुँचायेंगे। यानी पिछले कुछ समय से बांग्लादेश में कट्टरवादियों का जो निरन्तर ताण्डव चल रहा है, उसे बहुतेरे लोग ग़लत नहीं मानते। वे इस पर भी विचार नहीं करते कि कुछ लोगों को किसी की हत्या करने का अधिकार किसने दिया। कौन सही है, कौन ग़लत, इसका फ़ैसला समाज के कुछ कट्टरवादी तत्त्व भला कैसे कर सकते हैं? जब समाज अन्याय पर चुप रहता है, जब वह कुछ लोगों के ग़लत काम को प्रकारान्तर से सही ठहराने की कोशिश करता है, जब वह कट्टरवादियों के एक समूह द्वारा दी जाने वाली सज़ा को अदालत द्वारा दी जाने वाली सज़ा के बराबर मान लेने का भ्रम पाल बैठता है, तब उस समाज का रसातल में जाना तय है।

बांग्लादेश के नागरिक समाज में यह स्थिति अचानक नहीं आयी है। इसके पीछे दरअसल सरकारी उदासीनता का भी हाथ है। सच यह है कि इतनी हत्याओं के बावजूद बांग्लादेश की शेख हसीना सरकार ने

अभी तक कट्टरपन्थियों के ख़िलाफ़ ज़रूरी सख़्ती नहीं दिखाई है। सरकार कहे या न कहे, लेकिन उसकी निष्क्रियता से यह सन्देश जाता ही है कि वह भी कमोबेश उदारवादियों को ही उनकी हत्या का ज़िम्मेदार ठहराती है। औरतों का जब बलात्कार होता है, तब अनेक उदारमना लोग और ज़िम्मेदार पदों पर बैठे शख़्स यह कहने से नहीं हिचकते कि इसमें औरत ही दोषी है। वह रात को अकेली क्यों घूम रही थी? उसने वैसे कपड़े क्यों पहन रखे थे? अपनी निष्क्रियता का ठीकरा नागरिकों के सिर फोड़ देना नया नहीं है। इससे सरकारें अपनी ज़िम्मेदारी से बच जाती हैं। लेकिन बांग्लादेश में तो सरकार और समाज, दोनों ने जैसे अपनी ज़िम्मेदारी से मुँह मोड़ रखा है।

जर्मन प्रोटेस्टेंट मार्टिन न्यूमोलर के बारे में अनेक लोग जानते हैं। मार्टिन हिटलर के विरोधी थे। सात साल उन्हें कॉन्सेंट्रेशन कैंप में भी बिताने पड़े थे। दूसरे विश्वयुद्ध के समय जब जर्मन नाज़ी एक के बाद एक जिप्सियों, कम्युनिस्टों और यहूदियों की हत्या कर रहे थे, तब किसी ने उसका विरोध नहीं किया था। मार्टिन की एक चर्चित कविता कहती है–*जब वे सोशलिस्टों के लिए आये/मैं नहीं बोला/क्योंकि मैं नहीं था सोशलिस्ट/फिर वे ट्रेड यूनियनिस्टों के लिए आये/मैं कुछ नहीं बोला/क्योंकि मैं नहीं था ट्रेड यूनियनिस्ट/उसके बाद वे यहूदियों के लिए आये/और मैं कुछ नहीं बोला/क्योंकि मैं नहीं था यहूदी/फिर वे मेरे लिए आये/और कोई नहीं था जो मेरे लिए बोलता।*

आज बांग्लादेश की मौजूदा स्थिति को देखते हुए न्यूमोलर की यह कविता बेहद याद आती है।

30 मई, 2016

सऊदी लड़की को सलाम

वह रियो ओलम्पिक के अद्‌भुत दृश्यों में से था। करीमन अबुलजदायल ओलम्पिक की 100 मीटर दौड़ में हिस्सा ले रही थीं। लेकिन वह उस स्पर्धा में भाग ले रही दूसरी धाविकाओं से अलग दिख रही थीं। करीमन ने सिर पर हिजाब डाल रखा था, और उसका पूरा शरीर काले कपड़े में ढँका था। जबकि दौड़ते हुए शरीर पर कपड़े जितने कम हो, उतना ही अच्छा रहता है। पिछले ओलम्पिक में सारा अख़्तर नाम की सऊदी लड़की ने 800 मीटर की दौड़ में हिस्सा लिया था। सारा ने भी अपना पूरा शरीर ढँककर प्रतियोगिता में हिस्सेदारी की थी। सारा के बाद ही इस ओलम्पिक में करीमन ने हिस्सा लिया। करीमन ने हालाँकि फ़ाइनल में दौड़ पाने का हक़ खो दिया, लेकिन उन्होंने ओलम्पिक में हिस्सा लिया, यही काफ़ी है।

ऑस्ट्रेलियाई धाविका कैथी फ्रीमैन भी पूरा शरीर ढँककर स्पर्धा में हिस्सा लेती थीं। हालाँकि ऐसा वह धार्मिक रीति–रिवाजों का पालन करने के लिए नहीं करती थीं। जबकि करीमन का मज़हब उन्हें सिर से पैर तक ढँके रहने की सीख देता है। सऊदी अरब में लड़कियों को इसी तरह जीना पड़ता है। उन्हें घर से बाहर जाते हुए बुर्क़े में निकलना पड़ता है। सिर्फ़ आँखों और हाथों को बुर्क़े से मुक्त रखा जाता है। ओलम्पिक में अब तक हमने सारा और करीमन के अलावा भी सऊदी अरब की एक–दो लड़कियों को देखा है। सारा अख़्तर अमेरिका में रहती हैं, वह वहीं पैदा हुईं। अमेरिका में उसे बुर्क़े से मुक्ति मिली हुई है। लेकिन सऊदी सरकार ने नियम बना रखा है कि दूसरे देशों में रहने वाली सऊदी लड़कियों को ओलम्पिक में भाग लेते हुए अपना शरीर ढँकना होगा। यही नहीं, वेबसाइट पर अपनी कम कपड़ों वाली तस्वीरों को भी डिलीट कर देना होगा! कैसा विचित्र देश है सऊदी अरब! ऐसा एक देश अपनी पूरी ठसक के साथ दुनिया के मानचित्र में बना हुआ है, यह सोचकर भी मुझे घृणा होती है।

पहले सऊदी अरब ओलम्पिक में अपने यहाँ की लड़कियों को नहीं जाने देता था। वर्ष 2012 में उसने यह रोक हटा दी। रोक हटने के बाद से सऊदी लड़कियाँ ओलम्पिक स्पर्धाओं में दिखने लगी हैं। करीमन जब दौड़ लगा रही थीं, तब उसकी शर्ट थोड़ी खिसक गयी थी, जिससे उनके पेट का एक हिस्सा दिखने लगा था। इससे यह आशंका भी पैदा हो गयी है कि करीमन के ख़िलाफ़ कहीं फ़तवा न जारी कर दिया जाये। कहीं उन्हें पत्थरों से मार–मारकर हत्या कर देने की सज़ा न सुनायी जाये। ऐसी आशंकाएँ निराधार भी नहीं हैं। जिन सऊदी लड़कियों के साथ बलात्कार होता है, उन्हें जेल में रखा ही जाता है, उन पर कोड़े भी बरसाए जाते हैं।

सऊदी अरब महिलाओं के लिए तो एक भयंकर देश है ही, उदारवादियों के लिए भी वहाँ रहना आसान नहीं। वहाँ के एक ऐसे ही उदारवादी रईफ़ बादावी की पत्नी इंसाफ़ हैदर आज अपने बच्चों के साथ कनाडा में रहती हैं। दरअसल इंसाफ़ हैदर शर्ट–पैंट पहनती हैं। अधिकार सचेतन महिलाएँ सऊदी अरब से बाहर निकलते ही सबसे पहले अपना बुर्क़ा उतार फेंकती हैं। हैदर इंसाफ़ से मेरी कई बार बातें हुई है। उससे लगता है कि अगर सऊदी लड़कियों–महिलाओं के लिए बाहर निकलने का संयोग बने, तो कम ही वहाँ रहना पसन्द करेंगी, जहाँ औरतों को रत्ती भर भी आज़ादी नहीं है। सऊदी अरब के भीतर कराये गये सर्वेक्षणों से पता चलता है कि वहाँ की औरतें औरतों के गाड़ी चलाने के ख़िलाफ़ हैं, वहाँ की ज़्यादातर महिलाएँ पुरुष अभिभावक के अधीन जीवन गुज़ारने को राज़ी हैं। ऐसे सर्वेक्षणों की सत्यता पर सन्देह है।

सऊदी अरब का ओलम्पिक में प्रतिनिधित्व करने वाली सभी लड़कियों की ट्रेनिंग अमेरिका में हुई है। ज़ाहिर है कि वहाँ किसी लड़की ने अपना पूरा शरीर ढँककर ट्रेनिंग नहीं ली होगी। सिर्फ़ सऊदी अरब के डर से वहाँ की लड़कियों ने पैंट–टॉप पर हिजाब डाल लिया होगा। कभी–कभी मुझे आश्चर्य होता है कि सऊदी अरब जैसे एक पुरातनपन्थी और नारी–विरोधी देश को तमाम दूसरे देश इतना महत्त्व क्यों देते हैं। दुनिया के ताक़तवर देश सऊदी अरब से सम्पर्क रखते हैं, इसी कारण वह देश दुस्साहसपूर्वक स्त्री–विरोधी क़दम और क़ानून बरकरार रखता है। शरिया क़ानून के कारण वहाँ की औरतें समानाधिकार से वंचित हैं। औरतें अपने रिश्तेदारों के अलावा किसी के साथ बाहर नहीं निकल सकतीं, यहाँ तक

कि बातचीत भी नहीं कर सकतीं। यानी वहाँ स्त्री–पुरुषों के बीच दोस्ती पर प्रतिबन्ध है। पकड़े जाने पर मौत की सज़ा तय है। जिस देश में प्रेम पर प्रतिबन्ध लगा हुआ हो, वह देश कितना बर्बर होगा, इसकी सहज कल्पना की जा सकती है। सऊदी अरब दुनिया का एकमात्र देश है, जहाँ औरतों के गाड़ी चलाने पर प्रतिबन्ध है। लैंगिक विषमता के मोर्चे पर दुनिया के 145 देशों में सऊदी अरब 134वें नम्बर पर है।

ऐसे एक भयंकर नारी–विरोधी देश से निकलकर करीमन ने ओलम्पिक के मैदान में दौड़ लगायी। पूरी दुनिया ने करीमन को दौड़ते देखा। करीमन इस पृथ्वी की बेटी है, और उसे भी दौड़ने का अधिकार है। वह प्रतियोगिता में हार गयीं, लेकिन दौड़ने के अपने अधिकार का उपयोग किया, यही क्या कम है! अपनी तीखी आलोचनाओं को देखते हुए ही सऊदी अरब सम्भवतः औरतों पर लगे अंकुश में कुछ–कुछ ढील दे रहा है। अब शायद वहाँ की महिलाएँ कुछ मामलों में वोट दे पायेंगी। यदि सऊदी महिलाओं को वोट देने और राजनीति में भाग लेने का अधिकार मिले, तो चीज़ें बदल सकती हैं। इस्लाम के शुरुआती युग में औरतों को जितने अधिकार हासिल थे, वे भी मिल जायें, तो काफ़ी हैं। अरब में इस्लाम के आविर्भाव से पहले औरतों को कितनी आज़ादी थी, यह खदीजा की कहानी पढ़ने से पता चलता है। आज सऊदी की कोई औरत खदीजा की तरह व्यापार करने और अपनी पसन्द की शादी करने की बात सोच तक नहीं सकती। लेकिन उम्मीद करने में हर्ज़ क्या है कि एक दिन सऊदी अरब भी बदलेगा। तब करीमन जैसों को हिजाब बाँधकर ओलम्पिक के मैदान में उतरना नहीं पड़ेगा। उस सऊदी अरब में इंसाफ़ हैदर जैसी उदार महिलाओं की संख्या बढ़ेगी। वह दिन अगर दूर हो, तब भी हर्ज़ नहीं है, लेकिन वह बदलाव कभी आये तो सही।

07 सितम्बर, 2016

हत्तार की हत्या के बाद

जॉर्डन एक धर्मनिरपेक्ष देश था। लेकिन वहाँ भी मज़हबी कट्टरता अचानक इतनी बढ़ गयी है कि सहसा बांग्लादेश का स्मरण हो आता है। जॉर्डन में हाल ही में एक मुस्लिम कट्टरवादी ने चर्चित लेखक नाहेद हत्तार की हत्या कर डाली। नाहेद का जुर्म सिर्फ़ इतना था कि उन्होंने फ़ेसबुक पर एक कार्टून साझा किया था। यह कार्टून किसने बनाया था, फ़ेसबुक पर सबसे पहले इसे किसने डाला था, इस बारे में कुछ मालूम नहीं है। लेकिन इसे साझा करने के जुर्म में एक लेखक को अपनी जान गँवानी पड़ी। जबकि नाहेद ने साझा करने के तुरन्त बाद न सिर्फ़ इसे फ़ेसबुक से हटा लिया था, बल्कि यह कहते हुए माफ़ी भी माँगी थी कि किसी की भावना को आहत करने का उनका इरादा नहीं था। उन्होंने फ़ेसबुक की आईडी भी मिटा दी थी। इतने सब के बाद भी उन्हें धमकियाँ मिलने लगी थीं। उन्होंने सरकार से अपनी सुरक्षा की माँग की थी, पर सुरक्षा देना तो दूर, सरकार के प्रवक्ता का जवाब आया था, आपने अपनी ज़िम्मेदारी से कार्टून शेयर किया था, इसलिए अपनी सुरक्षा की ज़िम्मेदारी भी ख़ुद लीजिए।

कार्टून में ऐसा कुछ था ज़रूर, जिसे लोगों ने पसन्द नहीं किया। लेकिन जॉर्डन की सरकार अगर ख़ुद आगे बढ़कर एक समुदाय विशेष की धार्मिक भावना को आहत करने के जुर्म में नाहेद सत्तार के ख़िलाफ़ मुक़दमा न करती, अगर लेखक को गिरफ़्तार न करती, यदि नाहेद के अनुरोध पर उनकी सुरक्षा की व्यवस्था करती, तब सम्भवतः उन्हें मरना नहीं पड़ता।

कार्टून लोगों को हँसाने के लिए बनाये जाते हैं लेकिन यही कार्टून अब लोगों की मौत की वजह बन रहे हैं। डेनमार्क के कार्टूनिस्ट छिपते फिर रहे हैं, फ्रांस की कार्टून पत्रिका शार्ली हेब्दो के लगभग सभी कर्मचारियों की कट्टरवादियों ने हत्या कर दी थी और अब जॉर्डन में कार्टून

शेयर करने के जुर्म में एक लेखक को मरना पड़ा। लोग ये सब देख रहे हैं, बावजूद इसके मानो यह सोचकर ख़ामोश हैं कि जिन्हें मरना है, वे मरेंगे ही, हमारे शरीर पर कोई खरोंच भी नहीं लगा पायेगा। सच्चाई यह है कि कट्टरवाद की यह बढ़ती लहर उन सबको मिटा डालेगी, जिन्हें वे अपनी कट्टर सोच के लिए चुनौती समझेगी।

नाहेद हत्तार कैथोलिक ईसाई थे, लेकिन उनकी पहचान एक धर्मनिरपेक्ष व्यक्ति की थी। हत्या के समय उनके दो बेटे और भाई उनके साथ थे। उन सबके सामने ही एक कट्टरपन्थी ने उनकी हत्या कर दी। उनके भाई ने झपटते हुए ख़ूनी को पकड़ भी लिया था, लेकिन कहते हैं, पुलिस ने उसे जाने दिया। यानी पुलिस भी चाहती थी कि धार्मिक आस्था को ठेस पहुँचाने वाले व्यक्ति को मार ही देना चाहिए। मुझे याद है, जून, 1994 में बांग्लादेश सरकार ने जब धार्मिक आस्था को ठेस पहुँचाने के जुर्म में मेरे ख़िलाफ़ मुक़दमा दायर किया था, तब मेरे हितैषियों, यहाँ तक कि कुछ वकीलों ने मुझे देश छोड़कर भाग जाने की सलाह दी थी। उन सबका कहना था कि अगर मुझे गिरफ़्तार कर लिया गया, तो पुलिस मेरी जान भी ले सकती है। कुछ लोगों की आशंका तो यह भी थी कि जेल में डाल देने पर साथी क़ैदी भी मेरी जान ले सकते हैं।

नाहेद हत्तार के शरीर में तीन गोलियाँ लगी थीं। उन्हें बचाया नहीं जा सका। उनका हत्यारा जॉर्डन का ही एक जेहादी बताया जाता है। वैसे तो जॉर्डन में जेहादियों की संख्या ज़्यादा नहीं थी, लेकिन अब वहाँ क़रीब साढ़े छह लाख सीरियाई नागरिकों को शरण मिली है। सीरिया के मुद्दे पर जॉर्डन सरकार की भूमिका तटस्थ है। वह न तो सीरिया की पक्षधर है, न आई.एस. की। लेकिन बहुतों की आशंका है कि जॉर्डन में आई.एस. की घुसपैठ अब सिर्फ़ समय की बात है। सीरिया और जॉर्डन एक–दूसरे से सटे हुए ही तो हैं। अभी तक आई.एस. की घुसपैठ न होने के बावजूद जॉर्डन में उसकी कट्टरता प्रवेश कर चुकी है, यह तो नाहेद सत्तार की हत्या से स्पष्ट ही है।

फ़ेसबुक पर विवादास्पद कार्टून शेयर करने के अपराध में नाहेद को क़रीब सौ धमकियाँ मिली थीं। इस विवाद से अपना दामन बचाने के लिए जो कुछ सम्भव हो सकता था, उन्होंने वह किया। नाहेद की पत्नी ने उन्हें देश छोड़कर चले जाने के लिए कहा था लेकिन उन्होंने वह बात नहीं मानी। वह वामपन्थी, मानवतावादी, सेक्युलर लेखक थे। देश से भाग

जाना उन्हें मंज़ूर नहीं था। लोगों को याद होगा कि सीरिया के राष्ट्रपति बशर–अल असद के समर्थन में लिखकर उन्हें जेल तक जाना पड़ा था।

जॉर्डन अमेरिका का मित्र देश है। देश से मज़हबी आतंकवाद को ख़त्म करने के लिए अमेरिका से उसे हर साल भारी आर्थिक मदद मिलती है। लेकिन कट्टरवाद को आख़िर वह कितना ख़त्म कर पाया है! मुस्लिम ब्रदरहुड नाम का जो राजनीतिक दल मिस्र में प्रतिबन्धित है, उसने न सिर्फ़ जॉर्डन के चुनाव में भाग लिया, बल्कि उसे कुछ सीटें भी मिलीं। मुस्लिम ब्रदरहुड का उत्थान भी बताता है कि जॉर्डन बदल रहा है। धर्मनिरपेक्ष जॉर्डन धीरे–धीरे बांग्लादेश की ही तरह कट्टरवाद के केन्द्र के रूप में उभर रहा है। हालाँकि दोनों में एक फ़र्क़ है। बांग्लादेश में एक के बाद एक उदारवादी की हत्या के बावजूद वहाँ की सरकार ने हत्यारों के ख़िलाफ़ कार्रवाई करने की कोई प्रतिबद्धता नहीं जतायी। जबकि जॉर्डन की सरकार ने जेहादियों को सख़्त सज़ा देने की बात कही है। हालाँकि यह देखना होगा किह जॉर्डन सरकार अपना वायदा निभा पाती है या नहीं।

मेरे लिए नाहेद हत्तार बांग्लादेश में मारे गये ब्लॉगर अविजीत राय, वाशिकुर रहमान और अनन्त विजय दास जैसे हैं। जॉर्डन अगर कट्टरपन्थियों का कठोरता से दमन नहीं करता, तो वहाँ नाहेद जैसे और भी उदारवादी लेखक–चिन्तक मारे जायेंगे। वक़्त रहते न सँभलने का नतीजा क्या होता है, यह मेरे जैसा बांग्लादेशी हर घड़ी महसूस करता है।

02 अक्टूबर, 2016

उनकी चुप्पी और कला की हदें

हाल के दिनों में भारत–पाकिस्तान के बीच सम्बन्ध बेहद कटु हो गये हैं। इसकी शुरुआत उड़ी स्थित सैन्य शिविर में आतंकवादी हमले से हुई। उसके बाद से दोनों के रिश्तों में तनातनी है। सीमा पर दोनों ओर से गोलीबारी हो रही है, जिनमें सैनिक मर रहे हैं। इस बीच पाकिस्तान ने अपने यहाँ के टीवी चैनलों में भारतीय कार्यक्रमों का प्रसारण रोक दिया है। भारत में भी 'ऐ दिल है मुश्किल' के कटु अनुभव के बाद करन जौहर ने फ़ैसला किया है कि वह आगे से अपनी फ़िल्मों में पाकिस्तानी कलाकारों को नहीं लेंगे।

भारत में पाकिस्तान से जुड़ी तमाम चीज़ों को प्रतिबन्धित करने की बातें की जा रही हैं। पाक कलाकारों को भारतीय फ़िल्मों में लेने की ज़रूरत नहीं है। अपने देश में कलाकारों की कमी नहीं है। तथ्य यह भी है कि भारत में जितने भी पाकिस्तानी कलाकार हैं, उन्होंने अब तक खुलकर आतंकवाद की निन्दा नहीं की है। उदारवादियों का तर्क है कि पाक कलाकार तो आतंकवादी नहीं हैं, फिर उन पर प्रतिबन्ध क्यों लगाना। इसका कोई स्पष्ट जवाब नहीं है। कुछ लोग प्रतितर्क में यह ज़रूर कह रहे हैं कि पाक कलाकारों का क़सूर भले न हो, लेकिन उनके देश ने तो ग़लती की है।

अगर मैं पाकिस्तानी कलाकार होती, तो भारत में पाक प्रायोजित आतंकवाद की निन्दा करती। भारत में काम करने वाले पाकिस्तानी कलाकार आतंकवाद की निन्दा क्यों नहीं कर रहे, यह मैं नहीं जानती। शान्ति, विश्वबन्धुत्व और मानवाधिकार में विश्वास करने वाला कोई भी आदमी आतंकवाद का समर्थन नहीं कर सकता। अगर पाक कलाकार आतंकवाद पर ख़ामोश रहते हैं, तो उनका बहिष्कार किया ही जाना चाहिए। लेकिन यह क्यों नहीं मानना चाहिए कि उनकी ख़ामोशी का

कारण भय भी हो सकता है? वे कलाकार भले भारतीय फ़िल्मों में काम करने आये हैं, लेकिन उनका घर–परिवार तो पाकिस्तान में ही है।

बग़ैर किसी दोष के मैं आजीवन बहिष्कार का शिकार हुई। मुझे मेरी मातृभूमि से बेदख़ल कर दिया गया। ऐसे में मैं बहिष्कार और प्रतिबन्ध का दर्द समझ सकती हूँ। बिना अपराध के किसी को दोषी करार देना मैं स्वीकार नहीं कर सकती। पाकिस्तान के साथ भारत का जो राजनीतिक विवाद है, उसे दोनों को राजनीतिक स्तर पर निपटाना चाहिए। सांस्कृतिक आदान–प्रदान ख़त्म कर देने की आख़िर क्या वजह हो सकती है? बहुतों का तर्क है कि रंगभेद की नीति के कारण जिस तरह दक्षिण अफ्रीका का बहिष्कार किया गया था, आतंकवाद को प्रोत्साहित करने के कारण उसी तरह पाकिस्तान का बहिष्कार करना चाहिए। ऐसे में सिर्फ़ फ़िल्मों और कलाकारों को ही नहीं, आपसी व्यापार और राजनयिक सम्बन्धों को भी ख़त्म करना होगा। क्या यह सम्भव और व्यावहारिक है? तनाव बढ़कर इस हद तक पहुँच जाये, तो डरना स्वाभाविक है, क्योंकि भारत और पाकिस्तान, दोनों के पास परमाणु हथियार हैं।

चूँकि मैं एक लेखिका हूँ, और दशकों से प्रतिबन्ध की मार से जर्जर हो चुकी हूँ, इसलिए प्रतिबन्ध की नीति से मैं पूरी तरह सहमत नहीं हो पाती। अगर किसी की इच्छा न हो, तो पाक कलाकारों वाली भारतीय फ़िल्में न देखने के लिए वह स्वतन्त्र है। किसको क्या देखना है, क्या नहीं, इतनी स्वतन्त्रता तो रहनी चाहिए। मैंने पिछले दिनों सोशल मीडिया पर जब ऐसा कहा था, तो मुझे निशाना बनाया गया। यह कहा गया कि मुझे भारत से निकाल देना चाहिए। बता दूँ कि भारत का न होने के बावजूद भारत से मुझे कोई कम प्यार नहीं है। यह वह देश है, जिसने संकट के समय न केवल मुझे शरण दी, बल्कि मुझे प्यार से अपनाया भी। भारत के जिस भी हिस्से में मैं गयी हूँ, वहाँ मुझे प्यार ही मिला है।

मैं यहाँ यह भी बता दूँ कि भारत सरकार ने अभी तक किसी पाकिस्तानी कलाकार को देश छोड़कर जाने के लिए नहीं कहा है। जिन भारतीय फ़िल्मों में पाकिस्तानी कलाकारों ने काम किया है, उन पर प्रतिबन्ध लगाने की घोषणा भारत सरकार ने नहीं की है। फिर पाकिस्तानी कलाकारों के ख़िलाफ़ किसी ने फ़रमान क्यों जारी किया है, यह मेरी समझ में नहीं आता। आँख के बदले आँख लेने की मानसिकता ही अगर प्रबल हो जाये, तो यह किसी स्वस्थ समाज का लक्षण नहीं है।

इससे कौन इनकार करेगा कि पाकिस्तान पिछले दो दशकों से भी अधिक समय से भारत के ख़िलाफ़ जिस तरह आतंकवाद को प्रायोजित कर रहा है, वह मानवता के जघन्यतम अपराधों में से है? इसके लिए अन्तरराष्ट्रीय परिदृश्य में वह घृणा का पात्र भी है।

पाकिस्तान में भारत–विद्वेषी लोग हैं, तो भारत की उन्नति, मानवाधिकार के उसके रिकॉर्ड को देख सराहने वाले लोग भी कम नहीं हैं। पाकिस्तान के भीतर इस्लामाबाद की रीति–नीतियों की आलोचना करने वाले लोगों की संख्या भी बहुत है। बलूचिस्तान के निरीह लोगों का इस्लामाबाद दशकों से जिस तरह शोषण कर रहा है, उसके ख़िलाफ़ दुनिया–भर के लोगों में क्षोभ और ग़ुस्से की लहर है। इन सबके बावजूद पाकिस्तान में शिक्षित, सभ्य, सुसंस्कृत लोगों का जो एक तबक़ा है, उसकी अनदेखी कर हमें पूरे पाकिस्तान को आतंकवाद का प्रायोजक क्यों मान लेना चाहिए? पाकिस्तान की मौजूदा स्थिति के लिए वहाँ के शासक ज़िम्मेदार हैं। भारत के साथ ही वह आज़ाद हुआ, लेकिन आतंकवाद को पुष्पित–पल्लवित करने की आत्मघाती नीति ने उसे कहाँ पहुँचा दिया?

राजनेताओं में साहित्य–संस्कृति–कला पर अंकुश लगाने की पुरानी आदत है। अभिव्यक्ति की स्वतन्त्रता के बावजूद किताबों और फ़िल्मों पर प्रतिबन्ध लगते रहते हैं। इस मामले में सिर्फ़ भारत को ही दोष क्यों दिया जाये! लेकिन चूँकि भारत ने मुझे मुसीबत के क्षणों में शरण दी है, पाकिस्तान और बांग्लादेश के मुक़ाबले इसने विश्व मंच पर ख़ुद को लगातार साबित किया है, भारत की लोकतान्त्रिक शक्ति, उदारता, प्रेम और अपनेपन से मैं बेहद प्रभावित हूँ, इसलिए आँख के बदले आँख की मानसिकता को मैं दिल से स्वीकार नहीं कर सकती। मैं कहती हूँ, साहित्य–कला और फ़िल्मों पर प्रतिबन्ध लगाने से कुछ हासिल नहीं होने वाला।

25 अक्टूबर, 2016

बदलते अमेरिका में ट्रंप

अमेरिकी चुनाव में मैं बर्नी सैंडर्स की समर्थक थी। लेकिन बर्नी के हट जाने पर मैं चाहती थी कि हिलेरी क्लिंटन जीतें। इसका कारण यह क़तई नहीं है कि मैं हिलेरी की समर्थक थी। दरअसल, मैं डोनाल्ड ट्रंप को किसी भी क़ीमत पर जीतते हुए नहीं देखना चाहती थी। लेकिन मेरे जैसे अनेक लोगों को अवाक् कर ट्रंप जीत गये। ट्रंप का जीतना बहुत कुछ ब्रेग्जिट जैसा है। मतदाता समझ ही नहीं पाये कि उन्होंने किसे वोट दिया है। और जब तक नतीजा आया, तब तक बहुत कुछ बदल चुका था।

ट्रंप की जीत के बाद कई अमेरिकी शहरों में विरोध के जुलूस निकले और लोगों ने कहा कि ट्रंप उनके राष्ट्रपति नहीं हैं। बेशक चुनावी नतीजे में डेमोक्रेटिक पार्टी की कुछ कमज़ोरियाँ भी सामने आयी हैं। वर्ना जिन इलाक़ों में वह ताक़तवर थी, वहाँ वह हारी कैसे। हिलेरी की जीत अमेरिका के लिए बेशक एक ऐतिहासिक घटना के तौर पर सामने आती, लेकिन चुनाव में ख़ुद हिलेरी की कमियाँ भी सामने आयीं। इसके अलावा भी कुछ घटनाओं ने ट्रंप की जीत में भूमिका निभायी। जैसे, बर्नी के अनेक समर्थकों ने यह सोचकर वोट नहीं डाले कि हिलेरी तो जीत ही रही हैं। इसी तरह डेमोक्रेटिक पार्टी के उन समर्थकों ने, जिन्हें हिलेरी पसन्द नहीं, यह सोचकर ग्रीन पार्टी को वोट दिया कि उनकी अपनी पार्टी तो सत्ता में आ ही रही है। वे सभी लोग अब स्तब्ध हैं।

इधर कू क्लूक्स कैन नाम के घोर वर्णवादी संगठन के एक पूर्व नेता डेविड ड्यूक ने ट्रंप की जीत का श्रेय जूलियन असांजे को देते हुए उनका आभार व्यक्त किया है। ऐसा सुनने में आया है कि असांजे को यह सन्देश मिला था कि ट्रंप जीत जाते हैं, तो उन्हें माफ़ी मिल जायेगी।

ट्रंप हिटलर की तरह हैं। वर्णवाद ने हिटलर को सत्ता दी थी, इसी वर्णवाद ने ट्रंप को भी सत्ता सौंपी। हिटलर की तरह ट्रंप भी हज़ारों

लोगों को अमेरिका से निकाल बाहर करना चाहते हैं। हिटलर जर्मनी की समस्याओं के लिए यहूदियों को ज़िम्मेदार ठहराते थे। ऐसे ही ट्रंप अमेरिका की समस्याओं के लिए आप्रवासियों को ज़िम्मेदार मानते हैं। हिटलर यहूदी–विरोधी थे, तो ट्रंप मुस्लिम विद्वेषी हैं। हिटलर जर्मनी को नस्लवादी आकार देना चाहते थे, ट्रंप भी एक ऐसा अमेरिका बनाना चाहते हैं, जिसमें सिर्फ़ श्वेत रहें।

लड़कियों को ट्रंप किस नज़र से देखते हैं, यह अनेक लड़कियाँ जानती हैं। लड़कियों–महिलाओं को ट्रंप द्वारा दी गयी गालियाँ बहुतों को याद होंगी। महिलाओं के दैहिक सौन्दर्य को ही ट्रंप उनका एकमात्र गुण मानते हैं। यह बात उन्होंने कई बार कही भी है। अपनी बेटी इवांका के सम्बन्ध में ट्रंप ने कहा था कि अगर वह मेरी बेटी नहीं होती, तो मैं उसके साथ डेट पर जाता। अमेरिकी स्तर पर भी देखें, तो यह एक घटिया टिप्पणी है, क्योंकि स्त्री स्वाधीनता के बावजूद वहाँ पारिवारिक जीवन मूल्यों का सम्मान किया जाता है।

जिन महिलाओं ने ट्रंप को वोट दिया, क्या वे नहीं जानतीं कि ट्रंप घनघोर नारी–विरोधी हैं? यह इसलिए भी आश्चर्यजनक है, क्योंकि कुछ महिलाओं ने नहीं, आँकड़ों के अनुसार, 53 प्रतिशत महिलाओं ने ट्रंप को वोट दिया था। अमेरिकियों ने अश्वेत को राष्ट्रपति बनाया, पर क़ाबिलियत के बावजूद महिला को उन्होंने इस पद तक पहुँचने नहीं दिया।

मैंने यह तो सुना था कि अमेरिका में अज्ञानी और अशिक्षित लोगों की बड़ी आबादी रहती है, पर उनकी संख्या इतनी ज़्यादा है, इसका पता अब जाकर चला है। जिन अमेरिकियों ने विषमता के ख़िलाफ़ खड़े, समता और समानाधिकार में विश्वास करने वाले एक अफ्रीकी–अमेरिकी बराक ओबामा को राष्ट्रपति के तौर पर चुना, उन्हीं लोगों ने आठ साल बाद एक घोर नस्लवादी और नारी विद्वेषी को राष्ट्रपति बनाया है!

ट्रंप की जीत से पूरी दुनिया के मुस्लिम–विरोधी भी ख़ुशियाँ मना रहे हैं। वे इसलिए ख़ुश हैं कि उनकी तरह ख़ुद ट्रंप भी मुसलमानों के विरोधी हैं। अब ट्रंप अपनी ताक़त का इस्तेमाल करते हुए अमेरिका से मुस्लिमों को बाहर करने की पूरी कोशिश करेंगे, उनका जीना मुहाल कर देंगे और मुस्लिमों को अमरिका में घुसने नहीं देंगे। जो लोग ट्रंप की जीत से ख़ुश हैं, वे शायद ही समझ पा रहे हैं कि अमेरिका के नये राष्ट्रपति विभिन्न मुद्दों पर अड़ियल रुख़ अपनाकर लोगों में और विवाद पैदा करेंगे

तथा अपने ही देश को नये तरह के आन्तरिक संघर्ष में झोंक देंगे। वैसे भी वह अपने देश में एक–दूसरे के ख़िलाफ़ घृणा का माहौल पैदा करने में सफल हो गये हैं। श्वेत समुदाय में दूसरे समुदायों के प्रति घृणा और अविश्वास की जो भावना अब तक सुषुप्तावस्था में थी, ट्रंप उसे जगाने और आन्दोलित करने में सफल हुए हैं।

लोगों का मज़ाक़ उड़ाने, उन्हें अपमानित करने, उन्हें टुच्चा बताने में ट्रंप का सानी नहीं है। देश की चिन्ता करने या देशवासियों के बारे में सोचने वाले राजनेता वह नहीं हैं। वह दरअसल रियलिटी टीवी से जुड़े आदमी थे, वह रियल एस्टेट के कारोबारी रहे हैं। राजनीति का अनुभव उन्हें नहीं है। न ही वह दूसरे अमेरिकी राष्ट्रपतियों की तरह शिक्षित, सभ्य और चरित्रवान हैं। इसके बावजूद चुनाव में उनका जीत जाना अमेरिका के लिए एक त्रासदी ही है। पता यह चलता है कि ट्रंप ने उपराष्ट्रपति के तौर पर जिन्हें चुना है, माइक पेन्स नाम के वह सज्जन भी नारी–विद्वेषी और विज्ञान–विरोधी एक कट्टरवादी ईसाई हैं। ऐसे में, अमेरिका अब किस दिशा में चलेगा, यह शीशे की तरह साफ़ है।

अमेरिका में ट्रंप की जीत का मतलब है पूरी दुनिया में चरम दक्षिणपन्थी, वर्णवादी, जातीयतावादी, रक्षणशील दलों की जीत। ऐसा लगता है, जैसे विकास का पहिया एकाएक सौ वर्ष पीछे घूम गया है।

20 नवम्बर, 2016

किस बांग्लादेश का विजय दिवस

वर्ष 1971 में मेरी उम्र कम थी। स्वतन्त्र बांग्लादेश बन जाने के बाद मैं नया ध्वज लेकर इधर–उधर स्वाधीनता का उत्सव मनाती थी। हर साल 16 दिसम्बर आते ही मुँह अँधेरे घर की छत पर अपने देश का ध्वज फहरा देती थी। 1971 के बाद से देश को मैंने अपना ही माना। मेरा देश लेकिन अब मेरा देश नहीं है। मन–ही–मन हालाँकि मैं इसे अपना ही देश मानती हूँ। देश के शत्रुओं ने हालाँकि दो दशक पहले मुझे अपने ही देश से यह कहते हुए निर्वासित कर दिया था कि बांग्लादेश मेरा नहीं है। ये लोग देश के उन शत्रुओं के दोस्त या उनकी सन्तानें हैं, जिन्होंने बांग्लादेश की स्वतन्त्रता कभी नहीं चाही, जिन्होंने इकहत्तर में हमारी औरतों का बलात्कार किया, जिन्होंने देश के बुद्धिजीवियों और असंख्य निरपराध नागरिकों की हत्या की।

बर्बर शत्रुसेना ने तब हमारे परिवार पर भी बहुत अत्याचार किया। उसने हमारे घर में लूटपाट की। जान बचाने के लिए तब हम लोग नौ महीने तक भागते फिरे थे। गहन अँधेरे में भैंसागाड़ी पर सवार होकर अपरिचितों के घरों में शरण माँगते थे। याद है कि तब शत्रुओं ने कैसे गाँव के गाँव जला दिये थे। जिन शत्रुओं ने पाकिस्तान की बर्बर सेना को साथ लेकर हमारा सब कुछ लूटकर हमें अनिश्चय के अँधेरे में फेंक दिया था, वही आज हमारे देश के अपने लोग हैं। जबकि मैं और मेरे जैसे लोगों का प्रवेश वहाँ निषेध है।

इकहत्तर में उन लोगों ने बहुत जल्दी में हमारे बुद्धिजीवियों की हत्या कर डाली थी। आज वे बिना किसी भय के, सोच–समझकर, निश्चिन्त होकर बुद्धिजीवियों की हत्या करने की योजना बनाते हैं और एक–एक कर उनकी हत्या करते हैं। वे पकड़े नहीं जाते, उनकी निन्दा नहीं की जाती, वे लांछित नहीं होते। सच कहूँ, तो उन्हें सज़ा भी नहीं मिलती।

अगर मैं वहाँ रहती, तो वर्षों पहले ही वे मेरी बोटी–बोटी काट डालते। बांग्लादेश जब हर साल 14 दिसम्बर को 'बुद्धिजीवी हत्या दिवस' के रूप में याद करता है, तब मैं सोचती हूँ कि यह दिन सिर्फ़ एक तारीख़ तक सीमित क्यों है। उदार सोच वाले लोगों की हत्या वहाँ के हर इलाक़े में निरन्तर हो रही है। उदारवादियों को सिर्फ़ कट्टरवादी ही निशाना बना रहे हैं, ऐसा भी नहीं है। अभिव्यक्ति स्वतन्त्रता–विरोधी क़ानून बनाकर उदारवादियों को सरकार गिरफ़्तार कर रही है, जेल में भी ठूँस रही है।

अजीब बात यह है कि इकहत्तर में बुद्धिजीवियों की सामूहिक हत्या पर विलाप करने वाले लोग इस समय उदारवादियों की हो रही हत्या पर चुप हैं। प्रधानमन्त्री शेख हसीना भी यही कर रही हैं। इसे पाखण्ड नहीं, तो क्या कहें?

इकहत्तर में मुस्लिम कट्टरपन्थ के ख़िलाफ़ हम बांग्लाभाषियों ने लड़ाई लड़ी थी। हमने पाकिस्तान की साम्प्रदायिक सत्ता के ख़िलाफ़ लड़ाई लड़ी थी। तब हमने बांग्लादेश नाम के एक असाम्प्रदायिक, लोकतान्त्रिक और धर्मनिरपेक्ष राष्ट्र का गठन किया था। आज वह बांग्लादेश कहाँ है? इसे इस स्थिति में बाहरी लोगों ने नहीं, बल्कि अपने लोगों ने ही पहुँचाया है। हमने ही स्वाधीनता के शत्रुओं को बुलाकर सिर आँखों पर बिठाया है। हमने ही हमारा बलात्कार और ख़ून करने वालों को ऊँचे आसन पर बिठाया है। अब हम उन्हीं के हाथों अपनी हत्या देखने के लिए विवश हैं। इसके बावजूद हम कुछ कहने का साहस नहीं जुटा पाते, क्योंकि भीतर–भीतर हम भी थोड़े–बहुत कट्टर और साम्प्रदायिक हैं।

हमारे असाम्प्रदायिक राष्ट्र ने ख़ुद को ही धीरे–धीरे बदल डाला है। सत्ताधीशों को पता है कि टिके रहने के लिए कट्टरवादियों का समर्थन आवश्यक है। हमारी सत्तालोभी सरकारों ने ही उलेमा लीग, हिफ़ाज़त–ए–इस्लाम जैसे ख़ूँखार कट्टरवादी दलों को संरक्षण दिया है। बीती शताब्दी के नौवें दशक में इसकी शुरुआत हो चुकी थी। मेरे विरुद्ध जब कट्टरवादियों का जुलूस निकला, जब मेरे सिर की क़ीमत तय हुई, जब मेरी हत्या करने की खुलेआम धमकी दी गयी, तब सरकार ने कट्टरवादियों का साथ देते हुए मेरे ही ख़िलाफ़ मुक़दमा ठोंक दिया, जिस कारण मुझे देश छोड़ना पड़ा। जिस व्यक्ति ने सबसे पहले मेरे सिर की क़ीमत रखी थी, अवामी लीग ने उसे अपने साथ जोड़कर बड़ा नेता बना दिया। सरकार को तो सत्ता का लालच था। लेकिन मेरे आश्चर्य का

ठिकाना नहीं रहा, जब मैंने देखा कि उस समय के बुद्धिजीवियों ने भी मेरा साथ न देकर उलटे मुझे ही दोषी ठहराना शुरू किया कि क्या ज़रूरत थी इस तरह लिखने की। लेखकों ने मुझसे कन्नी काट ली थी। आज का बांग्लादेश बुद्धिजीवी समाज के उस कन्नी काट लेने का ही प्रतिफल है। एक के बाद एक प्रगतिशील ब्लॉगर, लेखक, शिक्षक और छात्र की हत्या के बाद भी बुद्धिजीवी वर्ग चुप्पी साधे हुए है। देश कट्टरवादियों के क़ब्ज़े में जा रहा है, पर इससे उन्हें कोई फ़र्क़ नहीं पड़ता। ये लोग सरकार से मिलते पदकों से ही ख़ुश हैं। समृद्ध होने के बावजूद ये लेखक चिकित्सा के लिए सरकारी ख़र्च की उम्मीद करते हैं। इन्हें बुद्धिजीवी कहते हुए भी मुझे दुविधा होती है।

हाल के दौर में बांग्लादेश में आतंकवाद ने सिर उठाया है। गुलशन कैफ़े पर हुए आतंकी हमले के बाद हसीना सरकार की तत्परता देखकर लगा था कि वह आतंकवाद को निर्मूल कर देगी। पर हमले के कुछ ही दिन बाद आरोपी हसनद और तहमीद को जमानत दे दी गयी! वे भले ही ख़ुद को निर्दोष बतायें, लेकिन एकाधिक वीडियो में उन्हें हथियार लेकर आतंकियों के साथ चलते देखा गया था। आतंकी घटनाओं से जुड़े लोगों की जमानत हो सकती है। लेकिन किताब प्रकाशित करने के जुर्म में गिरफ़्तार रोदुला प्रकाशन के मालिक शमशुज़्ज़ोहा मानिक की जमानत नहीं हो सकती!

जिन आदर्शों के साथ बांग्लादेश का जन्म हुआ था, उन आदर्शों को हम लोग बरकरार नहीं रख पाये। जिन्होंने उन आदर्शों की बोटी–बोटी काट डाली, आज वही निर्णय ले रहे हैं कि देश किस दिशा में जायेगा। वही लोग यह तय करते हैं कि बुद्धिजीवी क्या लिखेंगे, क्या बोलेंगे और क्या नहीं बोलेंगे, देश में कौन रह सकेंगे और कौन नहीं। बांग्लादेश की सत्ता पर जो लोग बैठे हैं, वे भी उन फ़ैसलों को बदल नहीं सकते।

20 दिसम्बर, 2016

इस पृथ्वी पर मेरा कोई घर नहीं

मेरा कुछ भी व्यक्तिगत नहीं है, सब राजनीतिक है। मैंने अब तक अपने व्यक्तिगत जीवन के बारे में जो भी बताया है या जिस भी पथ या मत की बात कही है, सब मेरे निजी जीवन से परे हैं। इस विराट् पृथ्वी पर मेरे रहने के लिए कोई घर नहीं है। इस पर यक़ीन करने में दुख होता है, पर यह सच है। जिसने कई बेस्टसेलर किताबें लिखी हैं, जिसे यूरोप और अमेरिका के कई पुरस्कार मिले हैं, उसका अपना कोई घर नहीं है। इतना ही नहीं, ऐसा कोई आदमी नहीं है, जो मुझे अपना घर किराये पर देने के लिए राज़ी हो। पिछली सदी के आख़िरी दशक की शुरुआत में मैंने ढाका में एक फ़्लैट ख़रीदा था। तीस वर्ष की उम्र में अस्पताल में डॉक्टर की नौकरी के वेतन से फ़्लैट ख़रीदना सम्भव नहीं था। दरअसल, प्रकाशक ने रॉयल्टी की अग्रिम राशि मुझे दी थी। उसी से वह फ़्लैट ख़रीदा था। लेकिन उस फ़्लैट में मैं छह महीने भी रह नहीं पायी। तत्कालीन बीएनपी सरकार ने मुझे देश छोड़ने पर मजबूर कर दिया था।

आज चौबीस साल से मैं बांग्लादेश से बाहर निर्वासित जीवन बिता रही हूँ। इन चौबीस वर्षों में दुनिया के किसी देश में मेरा अपना कोई घर नहीं हो पाया। इस दौरान कई समृद्ध देशों के राष्ट्रप्रधानों और प्रधानमन्त्रियों से मेरी मुलाक़ात हुई। उन लोगों ने मुझे कहा था, आपके इस संघर्ष में हम आपके साथ हैं, हम आपकी मदद करना चाहते हैं। आपको क्या चाहिए? मैंने कहा था, आपके प्रेम और समर्थन के अलावा और कुछ नहीं चाहिए।

मैंने कभी किसी की मदद नहीं ली। न किसी व्यक्ति की, न देश की। राजनीतिक शरणार्थियों को जितनी राजनीतिक, आर्थिक, सामाजिक मदद मिलती है, मैंने वह भी नहीं ली। किताबों और पुरस्कार से मुझे जो आय हुई, लम्बे निर्वासित जीवन में मैं उसी के सहारे हूँ। तीस साल की

उम्र में निर्वासित जीवन के संग्राम में जो मैं कूदी, तब से इस समर में अकेली हूँ। कोई दोस्त, कोई पति, कोई भाई–बन्धु मेरे जीवन में सहारा नहीं बना। मुझे तोड़ देने, ध्वस्त कर देने के कम षड्यन्त्र नहीं रचे गये। पर मैं झुकी नहीं, टूटी भी नहीं। एक शहर से भगा देने पर मैं दूसरे शहर में गयी। एक देश से भगा देने पर दूसरे देश में शरण ली। इतने वर्षों में मैंने यह अनुभव किया है कि जिसे एक बार भगाया जाता है, वह जीवन–भर भगाया जाता रहता है।

अपने पूरे निर्वासित जीवन पर विचार करने पर मुझे लगता है कि बांग्ला और बंगालियों के आकर्षण के कारण यूरोप और अमेरिका छोड़कर मैं भारत आयी, लेकिन भारतवर्ष ने मुझे क्या दिया? शुरू में मैं कोलकाता में रहती थी। लेकिन केवल कोलकाता नहीं, पूरे पश्चिम बंगाल से ही मुझे बाहर निकाल दिया गया।

बंगाल के कम्युनिस्टों ने मुस्लिम वोटों के कारण राज्य से मुझे भगा दिया। इसके बाद भी कम्युनिस्ट चुनाव नहीं जीत पाये और उनकी लम्बी सत्ता का अन्त हुआ। लेकिन पश्चिम बंगाल में प्रवेश का मेरा दरवाज़ा बन्द ही रहा। बल्कि नयी सरकार ने उस दरवाज़े पर डबल ताला लटका दिया।

दिल्ली में रहते हुए बांग्ला संस्कृति के संस्पर्श में रहने की अभिलाषा रही। इस लिहाज़ से चित्तरंजन पार्क मेरे लिए आदर्श जगह है। पिछले कई वर्षों से चित्तरंजन पार्क में किराये का फ्लैट ढूँढ़ रही हूँ। मकान मालिक मुझे फ़्लैट दिखाते हैं, फ़्लैट और किराया अनुकूल होने के बाद जब एग्रीमेंट पर दस्तख़त करने की बारी आती है, तो बंगाली मकान मालिक कहते हैं, दस्तख़त मत कीजिए। ये लोग मेरी लेखनी के प्रशंसक हैं, मेरा सम्मान करते हैं, लेखक और व्यक्ति के तौर पर मेरी तारीफ़ करते हैं, लेकिन वे निरुपाय हैं। फ़तवा, मेरे सिर की क़ीमत और सुरक्षाकर्मियों का समूह–इन सबसे वे डरते हैं।

उस दिन एक बंगाली मकान मालिक मुझे देखकर ख़ुश तो हुए ही, उन्हें विश्वास नहीं हो रहा था कि सचमुच मैं ही उनके सामने खड़ी हूँ। उनको यह डर नहीं था कि फ़्लैट का किराया दे पाऊँगी या नहीं। लेकिन मेरे नाम के साथ जो विवाद और ख़तरा जुड़ा हुआ है, वह उससे भयभीत थे। सिर्फ़ बंगाली नहीं, पंजाबी और गुजराती मकान मालिकों के साथ भी यही समस्या है, क्योंकि मैं तस्लीमा नसरीन हूँ। लोग मुझसे प्यार करते हैं,

मेरी श्रद्धा करते हैं, मुझे सलाम करते हैं, लेकिन जिस बिल्डिंग में वे रहते हैं, उसमें मुझे रहने की इजाज़त नहीं देंगे। दरअसल, वे झंझट नहीं चाहते। कोई कट्टरवादी मेरी हत्या कर देगा, मुझे निशाना बनाकर बम फेंकेगा, उससे उनके घर को नुक़सान पहुँचेगा।

अभी मैं जिस घर में रहती हूँ, वह मेरे एक दोस्त का घर है। दोस्त की मृत्यु हो चुकी है। दोस्त का बेटा यह मकान बेचना चाहता है। इस कारण मुझे यह घर छोड़ देना पड़ेगा। लेकिन यह घर छोड़ दूसरे घर में जाना इतना आसान नहीं है। लगभग एक साल पहले गृहमन्त्री से मुलाक़ात कर मैंने अपनी यह समस्या बतायी थी। मैंने उनसे कहा था कि लेखक और पत्रकार जो सरकारी फ़्लैट किराये पर ले सकते हैं, उन्हीं में से एक मुझे उपलब्ध करवा दीजिए, मैं नियमित रूप से किराया चुकाऊँगी, पर कुछ हुआ नहीं। प्रधानमन्त्री नरेन्द्र मोदी ने चुनाव प्रचार के दौरान मेरा उल्लेख करते हुए कहा था, तस्लीमा नसरीन को पश्चिम बंगाल से क्यों भगाया गया था? गुजरात का मुख्यमन्त्री रहते हुए भी उन्होंने एक भाषण में कहा था, पश्चिम बंगाल सरकार अगर तस्लीमा नसरीन को सुरक्षा नहीं दे पा रही, तो उन्हें गुजरात भेज दिया जाये। हम उन्हें सुरक्षा देंगे।

सारी समस्या मेरे नाम को लेकर है। लेकिन मैं अपना नाम तो बदल नहीं सकती। अनेक मकान मालिक मुझे किराये पर मकान इसलिए नहीं देना चाहते, क्योंकि मेरे साथ सुरक्षाकर्मी रहते हैं। पर मेरे लिए घर ज़्यादा ज़रूरी है, सुरक्षाकर्मी नहीं। बहुत पहले वर्जीनिया वुल्फ़ भी कह चुकी हैं कि महिलाओं को अपने लिए अलग घरों की ज़रूरत है, जहाँ वे निश्चिन्त होकर लिख सकें, पढ़ सकें, सोच सकें। कभी–कभी अपनी नियति पर दुख होता है। मैंने एक सुन्दर, स्वस्थ समाज की कामना की थी। यही मेरा गुनाह था, जिसकी सज़ा के रूप में मैं दर–दर भटक रही हूँ।

15 जनवरी, 2017

आमन्त्रित होकर भी उपेक्षित

सब कुछ की एक हद होती है, पर मुझे निषिद्ध करने की कोई हद नहीं है। देश, राज्य, राजनेता, प्रकाशक, पुस्तक मेला, साहित्य उत्सव—सब मेरे सामने प्रवेश निषेध की तख़्ती टाँग देते हैं। मैं दुनिया के एक बड़े हिस्से में अवांछित हूँ। लम्बे समय तक मैंने अभिव्यक्ति की स्वतन्त्रता के लिए लड़ाइयाँ लड़ीं। लेकिन बार—बार मैं हार जाती हूँ।

जयपुर साहित्य उत्सव दुनिया का सबसे बड़ा साहित्यिक मेला है। इस उत्सव में लगभग पाँच लाख लोग हिस्सा लेते हैं। यूरोप—अमेरिका के अनेक दिग्गज लेखक इसमें हिस्सेदारी करते हैं। इस साल इस साहित्य उत्सव में मुझे भी बुलाया गया था, पर मुट्ठी—भर कट्टरपन्थियों ने मुझे बुलाने पर आपत्ति जतायी, तो आयोजकों ने उनके सामने हथियार डालते हुए कहा कि हम आपकी माँग मान लेते हैं, और वायदा करते हैं कि भविष्य में तस्लीमा नसरीन को जयपुर साहित्य उत्सव में कभी नहीं बुलायेंगे। दुनिया में सम्भवतः और किसी को इतनी आसानी से प्रतिबन्धित नहीं किया जा सकता। यह इसलिए भी बार—बार सम्भव हो पाता है, क्योंकि मैं अकेली हूँ।

एक बार आप कट्टरवादियों की माँग मान लेते हैं, तो बार—बार आपको उनकी शर्तें माननी पड़ेंगी। 2012 में सलमान रुश्दी को जयपुर साहित्य उत्सव में बुलाया गया था। मुस्लिम कट्टरपन्थियों ने कहा था कि वे रुश्दी को जयपुर में घुसने नहीं देंगे। आयोजकों ने कट्टरपन्थियों की माँग मान ली थी। तय हुआ कि रुश्दी के जयपुर आने की ज़रूरत नहीं है, साहित्य—प्रेमी स्काइप पर ही रुश्दी का वक्तव्य सुन लेंगे। कट्टरपन्थियों ने उस पर भी आपत्ति जतायी, तो उसे भी रद्द करना पड़ा।

मुझे इस साल पहली बार जयपुर साहित्य उत्सव का निमन्त्रण मिला। हालाँकि सुरक्षा कारणों से लेखकों की सूची में मेरा नाम नहीं था,

सिर्फ़ मेरी किताब एक्साइल (निर्वासन) का ज़िक्र था। मेरा कार्यक्रम सोमवार शाम को पौने चार बजे था। उस दिन मैंने सुबह नाश्ता नहीं किया। सोचा, नहाकर, होटल में ही लंच कर पौने तीन बजे निकल जाऊँगी। मुझे एक दिन पहले ही बता दिया गया था कि मैं हर हाल में तय कार्यक्रम से दो मिनट पहले पहुँच जाऊँ। एक दिन पहले ही आयोजकों ने मुझे मंच तक पहुँचाने और वहाँ से वापस होटल ले जाने के लिए एक गुप्त रास्ते की खोज की थी। लेकिन सोमवार दोपहर बारह बजे अचानक आयोजकों का फ़ोन आया कि शाम पौने चार बजे का मेरा कार्यक्रम रद्द कर दिया गया है, अगर मैं कार्यक्रम में आना चाहती हूँ, तो मुझे आधे घण्टे में पहुँचना होगा। नहीं, तो यह कार्यक्रम भी नहीं हो पायेगा, क्योंकि कट्टरवादी मेरे ख़िलाफ़ स्थानीय मस्जिद में विरोध प्रदर्शन कर रहे हैं।

उस समय मेरा स्नान नहीं हुआ था। मुझे भूख भी लग रही थी। इसके बावजूद मैं साड़ी बदलकर जल्दी–जल्दी होटल से अभिव्यक्ति की स्वतन्त्रता का मूल्य चुकाने निकल पड़ी। कट्टरपन्थियों की अन्यायपूर्ण शर्त को चुनौती देने के लिए निकल पड़ी। मंच से भाषण देने का कोई आकर्षण न होने के बावजूद निकल पड़ी। मंच पर पहुँचने के बाद पता चला कि मेरा समय ही नहीं बदला है, कार्यक्रम की अवधि भी एक घण्टा से घटाकर आधा घण्टा कर दी गयी है। मंच के चारों तरफ़ पुलिस की भारी उपस्थिति थी। सलिल त्रिपाठी ने मेरे साथ बातचीत की। बातचीत ख़त्म होते ही सुरक्षाकर्मी मुझे लेकर बाहर निकल पड़े।

जयपुर में मैं चार दिन रुकी। लेकिन साहित्य उत्सव का ज़रा भी जायज़ा नहीं ले पायी। होटल में ही बैठी रही। पहले दिन मैं बैठकर दूसरे लेखकों के भाषण सुन रही थी। पर अचानक आयोजकों ने मुझे वहाँ से हटा दिया, क्योंकि दो लोगों के बीच किसी मुद्दे पर विवाद हो गया था, हालाँकि उस विवाद के केन्द्र में मैं नहीं थी। मुझे बता भी दिया गया कि मैं साहित्य उत्सव में बेपरवाह कहीं घूम नहीं सकती, क्योंकि सुरक्षा का सवाल है।

जीवन में मैंने अनेक साहित्य उत्सवों में हिस्सेदारी की है, लेकिन ख़ुद को इतना अवांछित कभी महसूस नहीं किया। रात में शानदार आयोजन होने की बात सुनी, लेकिन मुझे किसी ने बुलाया नहीं। एक रात मैं अकेली ही डिनर में पहुँच गयी। देखा, वहाँ लाइव म्यूजिक़ चल

रहा है, खाने–पीने का भरपूर इन्तज़ाम है, हज़ारों की संख्या में लेखक और पाठक जमा हैं। वहाँ सिर्फ़ मैं ही अनामन्त्रित थी। सोमवार की रात लेखकों के लिए गाला डिनर का आयोजन था। वहाँ भी मैं आमन्त्रित नहीं थी। वापसी की शाम हवाई अड्डे पर जाकर पता चला कि मेरी फ़्लाइट रात बारह बजे है। एयरलाइंस के लोग मुझे देखकर चौंक गये। उन्होंने कहा, आप अभी क्यों आयीं? शाम को ही एसएमएस कर दिया था कि फ़्लाइट देर से जायेगी। पर मेरा टिकट चूँकि आयोजकों ने ख़रीदा था, इसलिए सन्देश उन्हें मिला था, मुझे नहीं। शायद आयोजक चाहते थे कि लेखकों के साथ गाला डिनर पर बैठने के बजाय एयरपोर्ट पर इन्तज़ार करना ही मेरे लिए अच्छा रहेगा!

पूरे आयोजन के दौरान मैंने महसूस किया कि वहाँ कोई मेरी उपस्थिति के पक्ष में नहीं था। मैं जानती हूँ, स्त्री स्वाधीनता के विरोधियों, कट्टरपन्थियों और परम्परावादियों के क्षेत्र में मेरा होना बहुत लोगों को अच्छा नहीं लगता। पर उदारवादियों के इलाक़े में भी मैं अस्पृश्य हूँ। अगले दिन मैंने अख़बार में पढ़ा कि दस–बारह कट्टरपन्थियों ने, जिन्होंने अपने पूरे जीवन में मेरी कोई किताब नहीं पढ़ी होगी, मेरे ख़िलाफ़ नारे लगाये थे। वर्ष 2012 में जयपुर साहित्य उत्सव के आयोजकों ने जिस तरह कट्टरवादियों के सामने समर्पण कर दिया था, उसी तरह 2017 में भी उन्होंने उनके आगे हथियार डाल दिये। पाँच लोगों के सामने पाँच लाख लोग हार जाते हैं। क्यों? क्या पाँच लोग राक्षस हैं, और पाँच लाख लोग भीरू?

मेरी सोच का दायरा जितना बढ़ रहा है, मेरे लिए जगह उतनी ही सिकुड़ती जा रही है। मैं लोगों के बारे में जितना सोचती हूँ, उतनी ही अकेली होती जाती हूँ। अभिव्यक्ति की स्वतन्त्रता की बात लोग करते तो ख़ूब हैं, पर इसे अपने जीवन में उतारने वाले लोग बहुत–बहुत कम हैं।

08 फरवरी, 2017

ट्रंप किसी के दोस्त नहीं हो सकते

भारत के हिन्दुत्ववादी अमेरिकी राष्ट्रपति डोनाल्ड ट्रंप का आँख मूँदकर समर्थन करते हैं। ट्विटर पर जब–जब मैंने ट्रंप की नीतियों की आलोचना की है, तब–तब ट्रंप समर्थक लोगों ने मुझे ख़ूब गालियाँ दी हैं। ट्रंप ग़रीब–विरोधी, निःशक्तजन–विरोधी, अश्वेत–विरोधी, महिला–विरोधी और शरणार्थी–विरोधी हैं। इसके बावजूद भारत के हिन्दुत्ववादी अगर ट्रंप की प्रशंसा करते हैं, तो सिर्फ़ और सिर्फ़ इसलिए कि वह मुस्लिम–विरोधी हैं।

सच्चाई यह भी है कि अमेरिका में जो लोग मुस्लिमों को देखना नहीं चाहते, उन्हीं के वोटों से ट्रंप को जीत हासिल हुई है। अमेरिका और अमेरिका के बाहर ट्रंप के समर्थक इस इन्तज़ार में बैठे हैं कि वह मुस्लिमों के ख़िलाफ़ कब कार्रवाई करेंगे। ट्रंप के अमेरिकी समर्थकों ने अब तक कितने मुस्लिमों को ठिकाने लगाया है, इस बारे में तो नहीं मालूम। लेकिन ट्रंप के आने के बाद से वहाँ दो भारतीयों–श्रीनिवास कुचिभोतला और हर्निश पटेल की हत्या हुई है और एक तीसरे दीप राय को हाल ही में निशाना बनाया गया है।

इस बीच एक बार कम रेस्तराँ में एक और भारतीय आलोक मदसानी को भी गोली मारी गयी थी, लेकिन संयोग से वह बच गये। जिस अमेरिकी ने उन्हें गोली मारने की कोशिश की थी, उसका नाम एडम प्यूरिंटन था। एडम की मानसिक स्थिति ठीक न देखकर रेस्तराँ के मालिक ने उन्हें बाहर निकाल दिया था। लेकिन वह दोबारा बन्दूक़ लेकर आये और भारतीयों पर गोली चलाने की कोशिश की। उसने भारतीयों के बारे में जिस तरह की टिप्पणियाँ कीं, वे यह बताने के लिए काफ़ी हैं कि डोनाल्ड ट्रंप का अमेरिका किस तरह से घनघोर नस्लवादी बन रहा है। संसद में अपने पहले भाषण में ट्रंप ने नस्लवादी हिंसा के ख़िलाफ़ टिप्पणी तो की,

लेकिन बग़ैर कठोर क़ानून के सिर्फ़ निन्दा कर देने भर से उनके समर्थकों का हिंसक अभियान थम जायेगा, इस पर विश्वास करने का कोई ठोस कारण नहीं है।

इन लगातार हो रही घटनाओं के बाद से अमेरिका में रह रहे भारतीय समुदाय के लोग काफ़ी भयभीत हैं। डोनाल्ड ट्रंप के जीतने के बाद वहाँ रह रहे मुसलमान तो भयभीत थे ही। लेकिन अब वहाँ भारतीय लोग, और उनमें ज़्यादातर हिन्दू हैं, दहशत में जी रहे हैं। उन्हें इसका अहसास हो रहा है कि चूँकि उनमें और मुस्लिमों के चेहरे–मोहरे में बहुत फ़र्क़ नहीं है, और डोनाल्ड ट्रंप के सत्ता में आने के बाद अमेरिकी समाज के उन्मत्त हिस्से के लिए इस फ़र्क़ को समझ पाना भी मुश्किल है, ऐसे में, उन्हें लम्बे समय तक दहशत में रहना पड़ सकता है। नस्लवादी अमेरिकी तो मुस्लिम और सिख में भी फ़र्क़ नहीं कर पाते। यह याद रखना चाहिए कि अमेरिका में हुए आतंकवादी हमले के बाद अमेरिकियों ने अनेक सिखों को निशाना बनाया था।

इसके बाद भी भारतीय हिन्दुओं का एक हिस्सा अगर यह समझता है कि मुस्लिम–विरोधी ट्रंप उनके दोस्त हैं, तो यह उनका भ्रम भी है और भोलापन भी, क्योंकि ट्रंप केवल मुस्लिम–विरोधी नहीं, बल्कि वह अश्वेत–विरोधी हैं, और भारतीय तथा दक्षिण एशियाई लोगों के अलावा सभी बाहरी लोग उनकी घृणा के दायरे में आते हैं। कुल मिलाकर ट्रंप घनघोर नस्लवादी हैं। वह गोरी चमड़ी वालों को पसन्द करते हैं। वह अमीरों को पसन्द करते हैं। और इस समाज का हिस्सा होते हुए भी वह औरतों की स्वतन्त्रता के ख़िलाफ़ हैं। अगर वह मुसलमानों और दक्षिण एशियाई लोगों के ही ख़िलाफ़ होते, तो वह मैक्सिको के लोगों के इतने विरोधी क्यों होते? एक समय अमेरिका ने मैक्सिको के साथ मिलकर आतंकवाद के ख़िलाफ़ लड़ाई लड़ी है। दोबारा आतंकवाद अमेरिका को निशाना नहीं बना पाया, तो महाशक्ति देश और उसके पड़ोसियों के सहयोग का ही नतीजा था। लेकिन आज अमेरिका और मैक्सिको के पुराने रिश्ते को ख़त्म करने के लिए ट्रंप वह सब कुछ कर रहे हैं, जो वह कर सकते हैं। इसलिए यह मानना भोलापन है कि ट्रंप और उनके समर्थक सिर्फ़ मुस्लिम प्रवासियों को ही निशाना बनायेंगे और दूसरे लोगों को छोड़ देंगे।

वास्तविकता यह है कि ट्रंप की जीत के बाद से अमेरिका में घृणा जनित अपराधों का आँकड़ा बहुत बढ़ गया है। आँकड़े बताते हैं कि ट्रंप की जीत के बाद न्यूयॉर्क में अपराधों की संख्या में 155 गुना बढ़ोतरी हुई है। एक तथ्य यह भी है कि 2015 से 2017 तक अमेरिका में मुस्लिम–विरोधी दलों की संख्या में तीन गुनी वृद्धि हुई है। ऐसे में, यह समझने की आवश्यकता है कि ट्रंप का उदय हवा में नहीं हुआ है। इसके पीछे हाल के वर्षों में वहाँ उभरी नस्लवादी भावना ज़्यादा ज़िम्मेदार है।

ट्रंप की बेटी इवांका ट्रंप और उनके पति जारेद कुशनर यहूदी हैं। इवांका ने शादी के बाद यहूदी धर्म अपनाया। ट्रंप ख़ुद इस्राइल समर्थक हैं। लेकिन यह देखने वाली बात है कि ट्रंप की जीत के बाद उनके समर्थकों ने जितने लोगों पर हमले किये, उनमें से आधे यहूदी थे।

किसी ने सच ही कहा है, घृणा के वश में होकर जिन्हें निशाना बनाया जाता है, घृणा उनसे अधिक उनका नुक़सान करती है, जो इसे हथियार के तौर पर इस्तेमाल करते हैं। नफ़रत और हिंसा का नुक़सान यह है कि एक समय के बाद इसके बल पर राजनीति करने वाले लोग चाहकर भी इससे ख़ुद को अलग नहीं कर पाते हैं। आनेवाले दिनों में डोनाल्ड ट्रंप और उसके समर्थक सम्भवतः मुस्लिमों को अधिक क्षति पहुँचाएँ। लेकिन ग़ैर–मुस्लिमों को भी कोई कम नुक़सान नहीं होगा। जो आदमी मानवाधिकार में विश्वास नहीं करता, जो महिलाओं का सम्मान नहीं करता, अहंकार में चूर जिस व्यक्ति के हृदय में हर अश्वेत और हर बाहरी व्यक्ति के प्रति घृणा है, वह मुस्लिमों का विरोधी होने के कारण आपका दोस्त नहीं हो सकता।

06 मार्च, 2017

इस बांग्लादेश को नहीं पहचानती

प्राचीन चीन में एक सिद्धान्त प्रचलित था, वह यह कि तुम दूसरे किसी के साथ ऐसा सलूक न करो, जो तुम्हारे साथ होने पर तुम्हें अच्छा नहीं लगेगा। यह सिद्धान्त अच्छा इन्सान बनने में मदद करता है। इस सिद्धान्त पर अमल करने से नीति और आदर्शों के लिए अलग से धर्म की आवश्यकता नहीं है। लेकिन होता इसका उल्टा है। धर्म पर विश्वास करते हुए भी लोग चोरी–डकैती, बलात्कार और दूसरे अपराधों में लिप्त होते हैं। शायद उनमें यह भोला विश्वास रहता है कि धार्मिक होने पर सारे पाप कट जायेंगे।

बीती सदी के छठे–सातवें दशक में मैं जिस बांग्लादेश में रहती थी, उस बांग्लादेश में धर्म तो था, लेकिन धर्म के साथ वैसी प्रदर्शनप्रियता नहीं थी। धर्म का मतलब ज़ोर–ज़बर्दस्ती करना और आँखें तरेरना नहीं था। तब दाढ़ी रखने, टोपी पहनने और महिलाओं के लिए बुर्क़ा ओढ़ने की अनिवार्यता नहीं थी। बूढ़े–बुज़ुर्गों और रिटायर्ड लोगों में नमाज़ पढ़ने का जितना चलन था, उतना युवाओं में नहीं था। इससे धर्म को कोई हानि नहीं हुई। लेकिन बाद में धर्म को ज़बर्दस्ती संविधान, शिक्षा प्रतिष्ठान, यहाँ तक कि समाज में सर्वत्र लाद दिया गया। इसका नतीजा अच्छा नहीं होने वाला, इसका अनुमान मैंने बीती सदी के अस्सी के दशक में ही लगा लिया था। पर धर्म को अतिरिक्त महत्त्व देने के ख़िलाफ़ आवाज़ उठाने पर लोग, सरकार और समाज मेरे ही विरुद्ध खड़े हो गये।

अपने बचपन और किशोरावस्था में मैंने ऐसा बांग्लादेश नहीं देखा था। यहाँ तक कि अपने यौवन में भी मैंने ऐसे बांग्लादेश की कल्पना नहीं की थी। बांग्लादेश के लोगों की कौन कहे, वहाँ रह रहे मेरे परिवार के लोग तक अब पूरी तरह बदल गये हैं। हमारा परिवार आदर्शवादी था। हमारे घर में नमाज़ पढ़ने, टोपी पहनने या हिजाब बाँधने का चलन नहीं था।

बाबा (पिता) ने हम बहन–भाइयों को ईमानदारी, सभ्यता, शिक्षा, संवेदनशीलता आदि की सीख दी। लेकिन अब हमारे उसी परिवार में अद्‌भुत बदलाव देख रही हूँ। जैसे, मेरे बड़े भैया के चेहरे पर अब दाढ़ी है, जबकि मूँछ नदारद है। बड़े भैया हमेशा क्लीन शेव रहते थे और सूट–बूट में बहुत ख़ूबसूरत दिखाई देते थे। अब वह पाजामा–कुर्ता पहनते हैं और सिर पर टोपी भी रखते हैं। अब वह पाँचों वक़्त नमाज़ पढ़ते हैं। पूरे दिन तस्बीह जपते हैं। अपने बच्चों को उन्होंने डॉक्टर–इंजीनियर तो बनाया, साथ में धर्मान्ध भी बनाया। बड़े भैया कविता पत्रिका के सम्पादक थे। वह कविता पढ़ते थे, कविता लिखते थे, गाने सुनते थे, फ़िल्म देखते थे, प्रेम करते थे, फ़ोटो खींचते थे और कभी–कभी घूमने के लिए निकल जाते थे। यानी वह कुल मिलाकर एक शौक़ीन आदमी थे। तब वह मुझसे बहुत स्नेह करते थे। जब भी मैं घर में आती, वह मुझसे मिलते, बात करते लेकिन अब उनका मुझसे कोई सम्पर्क नहीं है। बाबा की मृत्यु के बाद पैतृक सम्पत्ति पर मेरा जितना अधिकार बनता था, उसे उन्होंने अपने नाम कर लिया है। उससे हालाँकि मुझे कोई फ़र्क़ नहीं पड़ता। मुझे अगर दुनियावी सम्पत्ति के प्रति लालच होता, तो एक सिद्धान्त के तहत दशकों से एकाकी जीवन नहीं बिता रही होती। लेकिन बड़े भैया को देखने के बाद मेरा यह विश्वास गाढ़ा हुआ है कि धर्मान्ध व्यक्ति मूलतः स्वार्थी भी होता है। लेकिन मेरे बड़े भैया को सम्भवतः यह भरोसा होगा कि चूँकि वह धार्मिक हैं, धार्मिक परम्पराओं का पालन करते हैं, इसलिए उन पर किसी पाप का धब्बा नहीं लगेगा। यह भरोसा ही धार्मिक लोगों को गुनाह करने के लिए दुष्प्रेरित करता है। मैंने ऐसे अनेक लोग देखे, जिन्होंने अपने जीवन में बहुत गुनाह किये हैं। लेकिन हज करके आने के बाद समाज के प्रति उन लोगों का नज़रिया बदल गया।

मेरे मामा का परिवार मुक्तियोद्धाओं का परिवार है। उस परिवार के अनेक लोगों ने मुक्तियुद्ध में हिस्सेदारी की। बचपन में मेरे जो मामा धर्म के प्रति ज़रा भी उत्साही नहीं थे, वह भी अब दाढ़ी रखते हैं और पाँचों वक़्त नमाज़ पढ़ते हैं। मेरे एक मामा से बचपन में मेरा बड़ा जुड़ाव था। चूँकि मुक्तियुद्ध के उस दौर में मेरे पिता को भी भागना पड़ा था, लिहाज़ा हमारा पूरा परिवार ननिहाल में था। वहाँ हम अमूमन रातों को भैंसागाड़ी पर बैठकर एक गाँव से दूसरे गाँव तक भागते फिरते थे। उस अभियान में हमारे वह मामा काफ़ी सक्रिय रहते थे। तब वह हमें व्यक्तिगत स्वतन्त्रता,

लोकतन्त्र, आज़ादी आदि के बारे में बताते थे। दिसम्बर, 1971 में स्वतन्त्र बांग्लादेश की स्थापना के बाद उसी मामा के साथ हम सब देश का नया झण्डा लेकर गाँव–गाँव घूमे थे और ख़ुशियाँ मनायी थीं। वही मामा आज न केवल परम धार्मिक हैं, बल्कि वह इससे भी इनकार करते हैं कि बांग्लादेश में धर्म के नाम पर आतंक फैलाने वाले लोग हैं। उनका कहना है कि बांग्लादेश को बदनाम करने के लिए इस तरह का षड्यन्त्र रचा जा रहा है। कोई आदमी आख़िर इतना कैसे बदल सकता है!

यह बदलाव सिर्फ़ मेरे परिवार तक सीमित नहीं है। कॉलेज में मेरे साथ पढ़ने वाले तमाम दोस्त धार्मिक हो गये हैं। उस दौर के दोस्तों के सिर पर आज टोपियाँ हैं, सहेलियाँ हिजाब बाँधती हैं। धर्म का वायरस पूरे देश में फैल गया है। बेशक धर्म के इस प्रचार के पीछे राजनीति ही है। अब धर्म लाखों रुपये के हज में, हिजाब–बुर्क़ा, टोपी और दाढ़ी में तब्दील हो गया है। धर्म अब कमज़ोर की मदद करने और संयम का परिचय देने में नहीं है, बल्कि धार्मिक होने की प्रतिद्वन्द्विता में और अधिक से अधिक मदरसे और मस्जिदों के निर्माण में है।

क्या यह वही बांग्लादेश है, जिसके लिए हमने संघर्ष किया था? अपनी उदार बांग्ला संस्कृति को तिलांजलि देकर बांग्लादेशी अरब संस्कृति में रँगते जा रहे हैं। जबकि अरबों ने अपनी ज़मीन पर बंगालियों का सिर काटने में कभी संकोच नहीं किया। इसी कारण अपने प्रिय बांग्लादेश को मैं अब पहचान नहीं पाती।

17 अप्रैल, 2017

कट्टरवादियों के हाथों में

तीस साल पहले एक बार मैंने कहा था कि रवीन्द्रनाथ मुझे ईश्वर की तरह लगते हैं। ईश्वर तो वही है, जिसके ज्ञान और गुण की सीमा न हो। रवीन्द्रनाथ के गीतों में लम्बे समय तक डूबे रहने पर ऐसा ही अहसास होता है। लेकिन शुक्र है कि तीन दशक पहले रवीन्द्रनाथ को ईश्वर कहने के कारण कोई ताण्डव नहीं मचा। किसी ने मुझ पर उँगली नहीं उठायी। किसी ने मेरा सिर कलम करने का फ़तवा जारी नहीं किया। मेरी बेहद सुन्दर खाला को दुर्गा कहने पर (बंगाल में तीखे नैन–नक़्श वाली महिलाओं की सुन्दरता की तुलना देवी दुर्गा से करने का प्रचलन है) कोई मेरे ऊपर चिल्लाया नहीं कि तुमने देवी का अपमान किया है। मेरे भतीजे को न बाल छोटे करवाने में विश्वास है, न शेविंग करने में। उसके लम्बे–लम्बे बाल और दाढ़ी देखकर मैं अक्सर मज़ाक़ में कहती हूँ कि तू तो एकदम ईसा मसीह की तरह लगता है। लेकिन इससे किसी का अपमान नहीं हुआ, किसी की भावनाओं को ठेस नहीं पहुँची।

अपने पिता के बारे में तो मैं हमेशा ही कहती हूँ कि वह भगवान हैं। इसकी वजह भी है। पूरी ज़िन्दगी उन्होंने केवल दूसरों की ही चिन्ता की, दूसरों की भलाई करने के बारे में सोचा। अपने बारे में सोचने का तो उन्हें समय ही नहीं मिल पाया। लेकिन इसके बजाय अगर मैं यह कहूँ कि मेरे अब्बा मेरे अल्लाह हैं, तो आफ़त आ जायेगी। कट्टरवादी मुझ पर टूट पड़ेंगे। मुझ पर ईशनिन्दा करने का आरोप लगेगा, जिसकी कहीं कोई माफ़ी नहीं है। मरने के बाद तो मैं दोजख़ में जाऊँगी ही, उससे पहले इस जन्म में मेरा सिर कलम करने का फ़तवा भी जारी हो जायेगा।

कोलकाता के कॉमेडियन मीर अफ़सर अली ने ईद के दिन अपने पिता के साथ सेल्फ़ी खींची और 'मेरे अब्बा–मेरे अल्लाह' लिखकर

फ़ेसबुक पर पोस्ट कर दिया। नतीजा वही हुआ, जो होना था। इसको लेकर भारी हंगामा मच गया। मीर अफ़सर अली अब मुस्लिम कट्टरवादियों के निशाने पर हैं। मीर अगर 'मेरे अब्बा मेरे ईश्वर' लिखते, तो शायद इतनी आफ़त नहीं आती। तब सम्भवतः कोई मीर की पिटाई करने के लिए भी आगे नहीं आता। मीर के लिए ईश्वर और अल्लाह एक हो सकते हैं, लेकिन सब ऐसा नहीं सोचते। कम–से–कम कट्टरवादी तो नहीं ही।

अल्लाह शब्द का उच्चारण हर कोई श्रद्धा के साथ करता हो, ऐसा भी नहीं है। वर्ष 2001 में अमेरिका पर आतंकवादी हमले के बाद तो और भी नहीं। ईसाई, यहूदी, कट्टरवादी हिन्दू और मुस्लिम–विरोधी अल्लाह को गालियाँ देते हैं। जेहादी आतंकवादी 'अल्लाहू–अकबर' कहते हुए दाव से (हँसिये के जैसा एक मज़बूत और धारदार हथियार) निरीह और असहाय मनुष्यों की हत्या कर डालते हैं। आजकल तो कहीं अल्लाहू–अकबर सुनने पर ही डरे–सहमे लोग उलटे पाँव भागते हैं।

ध्यान रखने की बात है कि मीर ने अल्लाह शब्द का उच्चारण किसी की निन्दा–आलोचना या हत्या करने के लिए नहीं किया। मीर ने अपने पिता के प्रति प्रेम और श्रद्धा के कारण उन्हें अल्लाह कहा। मीर को अपराधी मानने का अर्थ होगा, प्रेम और श्रद्धा को अपराध मानना। एक सरल हृदय व्यक्ति अपनी सहज उक्ति के लिए कट्टरवादियों के निशाने पर आ गये हैं।

मौलवियों का कहना है कि अल्लाह से अपने पिता की तुलना कर मीर ने ईशनिन्दा का अपराध किया है! किन्तु ईशनिन्दा तो हम प्रतिदिन कर रहे हैं। हम जब किसी के सामने सिर झुकाते हैं, तो वह अल्लाह का अपमान ही तो हुआ, क्योंकि इस्लाम में अल्लाह को छोड़कर और किसी के सामने सिर न झुकाने की बात कही गयी है। लेकिन सिर झुकाना हमारी संस्कृति का हिस्सा है। अपने गुरुजनों के प्रति हम इसी तरह अपनी श्रद्धा निवेदित करते हैं। बहुत प्राचीनकाल से बंगाल में बंगाली इसी परम्परा का पालन कर रहे हैं। और सिर्फ़ बंगाली ही क्यों, हिन्दू परम्परा में श्रद्धा व्यक्त करने का यही तरीक़ा है। एक दौर में बंगाल में हिन्दुओं के एक हिस्से ने मुस्लिम धर्म ग्रहण किया था। लेकिन धर्म बदलने से ही तो संस्कृति नहीं बदल जाती। हमारी वेश–भूषा, रीति–रिवाज, खान–पान–सब मूलतः बंगाल का ही है, इस्लाम की मूल जन्मभूमि का नहीं। अरब के लोग जिसे ईशनिन्दा कहते हैं, बंगाल की मिट्टी में हम उसे ईशनिन्दा नहीं कहते।

बंगाली मुसलमानों का रहन–सहन देख शायद अरब के मुसलमान कहें कि हम मुसलमान हैं ही नहीं। इसी तरह बंगाल का मुसलमान नाइज़ीरिया के मुस्लिमों को देख सम्भवतः हैरत में पड़ जाये कि वे मुसलमान हैं भी या नहीं। इससे भला किसी का क्या आता–जाता है! मैं मानती हूँ कि धर्म का पालन अपने हिसाब से ही करना चाहिए। यह नितान्त व्यक्तिगत मामला है। इसमें किसी का हस्तक्षेप क्यों हो? कौन अल्लाह से ज़्यादा जुड़ा हुआ है, कौन अल्लाह की परवाह ही नहीं करता, कौन किस पद्धति से अल्लाह की इबादत करता है, इस बारे में हंगामा या ख़ून–खराबा न करने से ही शायद समाज में शान्ति रह सकती है। लेकिन मुश्किल मुस्लिमों में व्याप्त इस धारणा को लेकर है कि वे विधर्मियों का धर्मान्तरण करने पर जीवन के आख़िर में पुरस्कृत होंगे। दूसरे रास्ते पर चलने वालों को वे अल्लाह के रास्ते पर ले आयेंगे, तो इससे उनके नेकी कमाने का रास्ता खुलेगा। पुरस्कार के लालच में, नेकी कमाने के लालच में धर्मान्ध लोग धर्मान्तरण की कोशिशों मे लगे हैं। क्या इस तरह कोई धर्म ज़िन्दा रह सकता है?

मानवाधिकार को पददलित कर, सभ्यता को अँगूठा दिखाकर, अभिव्यक्ति की स्वतन्त्रता को ख़त्म कर जो धर्म ज़िन्दा रहता है, वह जेहादियों, अशिक्षितों, मूर्खों और कट्टरवादियों के हाथों में चला जाता है। ऐसे में प्रगतिशील और स्वतन्त्र विचार के लोग धीरे–धीरे या तो मारे जाते हैं या निर्वासित हो जाते हैं। पहले भी कहती आयी हूँ, आज भी कह रही हूँ कि सभ्य दुनिया का हिस्सा बने रहने के लिए मानववादी बने बिना इस्लाम के सामने और कोई विकल्प नहीं है।

18 जुलाई, 2017

स्त्री का प्रेम और पुरुष की उम्र

भारत में रुपहले पर्दे पर इन दिनों जब 'हैरी मेट सेजल' फ़िल्म चल रही है जिसमें शाहरुख़ ख़ान और अनुष्का शर्मा मुख्य भूमिकाओं में हैं। शाहरुख़ ने इस फ़िल्म में अनुष्का के पिता या चाचा की भूमिका नहीं की है, प्रेमीका की भूमिका की है। मैं सोच रही थी कि पचास से ऊपर के पुरुष अब भी फ़िल्मों में नायकों की भूमिका कर पा रहे हैं। अभिनेता की उम्र अधिक हो, तो हर्ज़ नहीं है, पर अभिनेत्रियों की उम्र कम होनी चाहिए। शाहरुख़ की उम्र तिरेपन है, जबकि अनुष्का उनतीस साल की हैं। क्या ऐसी फ़िल्म बनाने के बारे में सोचा जा सकता था, जिसमें अभिनेता की उम्र उनतीस और नायिका की उम्र तिरेपन हो!

हमने इससे भी उम्रदराज अभिनेताओं को कमउम्र अभिनेत्रियों के साथ काम करते देखा है। 'चीनी कम' में अमिताभ बच्चन की प्रेमिका तब्बू थी और निशब्द में जिया ख़ान। निशब्द के नायक की उम्र पैंसठ और प्रेमिका की उम्र उन्नीस थी। दक्षिण भारत की फ़िल्मों में नायक–नायिका की उम्र में बहुत अन्तर रहता है। 'लिंगा' फ़िल्म में रजनीकान्त की उम्र तिरेसठ थी और सोनाक्षी सिन्हा की उम्र सत्ताइस। सोलह से अट्ठारह साल की उम्र में श्रीदेवी साठ साल के नायकों के साथ फ़िल्में किया करती थीं।

शाहरुख़, सलमान और आमिर ख़ान पचास से अधिक की उम्र के हैं फिर भी बॉलीवुड में उनकी लोकप्रियता थोड़ी भी कम नहीं हुई है। माधुरी दीक्षित को संन्यास ले लेना पड़ता है। प्रीति ज़िंटा, जूही चावला, काजोल, रानी मुखर्जी–सबको खो जाना पड़ता है। बावजूद इसके कि इन सबकी उम्र शाहरुख़ ख़ान से कम है। बांग्ला सिनेमा में विश्वजीत के बेटे प्रसेनजित अब भी नायक की भूमिका निभाते हैं। जबकि कभी उनके साथ नायिका की भूमिका निभाने वाली अभिनेत्रियाँ ख़ुद को माँ और मौसी

की भूमिकाओं में कब की ढाल चुकी हैं। पर प्रसेनजित अब भी कम उम्र नायिकाओं के नायक हैं।

भारतीय उपमहाद्वीप के समाज में मैंने यह चीज़ ख़ासतौर पर देखी है। उम्रदराज पुरुष कमउम्र औरतों से प्रेम करना चाहते हैं, उनसे शादी करना चाहते हैं। समाज से सिनेमा सीखता है। या सिनेमा से समाज सीखता है! सम्भवतः दोनों एक–दूसरे से सीखते हैं। उम्रदराज पुरुषों में लड़कियों या कमउम्र महिलाओं की चाहत के नतीजे भी दिखते हैं। इंटरनेट चाइल्ड पोर्नोग्राफ़ी से भरे हुआ है। अन्दाज़ा लगाया जा सकता है कि यह पोर्न किसके लिए है। लेकिन हमारा समाज इसकी विपरीत स्थिति को स्वीकार नहीं करता। कोई अधिक उम्र की महिला अगर कम उम्र के पुरुष से प्रेम करती है और उससे शादी करना चाहती है, तो समाज में उसकी आलोचना होने लगेगी। ऐसी महिला सिर उठाकर शायद ही चल सके। हालाँकि भारत में सचिन तेंदुलकर जैसे उदाहरण भी हैं, जिनकी पत्नी अंजलि उनसे कुछ साल बड़ी हैं। लेकिन ऐसे उदाहरण अपवाद ही हैं। अगर यहाँ ऐसी फ़िल्म बनायी जाये, जिसमें बड़ी उम्र की नायिका और कमउम्र नायक हो, तो बॉक्स ऑफिस पर उसका पिटना तय है। मैं हिन्दी सीरियल नहीं देखती। लेकिन ठीक इसी समय 'पहरेदार पिया' की नाम के एक सीरियल को बन्द करने की माँग इसीलिए हो रही है कि उसमें लड़के से लड़की बड़ी है। यानी हमारा समाज, हमारी मानसिकता इसे स्वीकार करने के लिए तैयार नहीं है।

इस सम्बन्ध में आया एक सर्वेक्षण भी हमारी मदद करता है। यह सर्वेक्षण बताता है कि पुरुष चाहे किसी भी उम्र के क्यों न हों, वे शादी करने के लिए चौबीस या उससे कमउम्र की महिलाओं को तरजीह देते हैं। और लड़कियों की पसन्द क्या है? तीस वर्ष तक की महिलाएँ अपनी उम्र के या अपने से थोड़ी बड़ी उम्र के पति की कामना करती हैं। लेकिन चालीस की उम्र में शादी करने वाली महिलाओं की पसन्द बदल जाती है। तब वे ख़ुद से दो–तीन साल छोटे पति की कामना करती हैं। इसका मनोवैज्ञानिक कारण बताया जाता है। लेकिन महिलाओं की पसन्द–नापसन्द की भला परवाह कौन करता है? जिस समाज में शादी के समय लड़कियों से उसकी पसन्द पूछने की ज़रूरत नहीं समझी जाती और प्रेम को विवाह में तब्दील करने वाली साहसी लड़कियाँ कई बार मौत

के घाट उतार दी जाती हैं, उस समाज में उम्र के मामले में महिलाओं की पसन्द का सम्मान किया जायेगा, यह सोचना ही भोलापन है।

समाज की इस सोच को देखते हुए हमारी यह धारणा बन गयी है कि उम्रदराज पुरुषों को कम उम्र की स्त्रियाँ अच्छी लग सकती हैं। वे उनसे प्रेम कर सकती हैं, उनसे शादी कर सकती हैं। इसमें कुछ भी अस्वाभाविक नहीं है। इसी सोच का अगला चरण यह है कि लड़कियों को अपने से अधिक उम्र के पुरुष से ही शादी करनी चाहिए। महिला का पति उससे दो साल बड़ा हो या बीस साल, इससे कोई फ़र्क़ नहीं पड़ता। पति बड़ा ही होना चाहिए, छोटा नहीं। बांग्लादेश के चर्चित लेखक हुमायूँ अहमद (अब दिवंगत) जिस सहजता के साथ अपनी बेटी की उम्र की महिला से दूसरी शादी कर स्वाभाविक जीवन बिता सकते थे, कोई महिला अपने बेटे की उम्र के व्यक्ति से शादी कर वैसा जीवन बिताने के बारे में सोच भी नहीं सकती। हमारा समाज इसकी इजाज़त नहीं देता।

पर माफ़ कीजिए, इस सोच में मेरा विश्वास नहीं है कि पुरुष हर उम्र में फिट है, जबकि औरतें बीस से तीस साल के बीच ही फिट हैं। दूसरी और चीज़ों की तरह यह हमारे समाज की पुरुषवर्चस्ववादी धारणा का ही उदाहरण है। यानी पुरुष जो चाहे वह कर सकता है, लेकिन महिला को इसकी इजाज़त नहीं है। सिनेमा ने समाज की कई बद्धमूल धारणाओं पर चोट की है, तो कई नये आइडिया भी दिये हैं। हिन्दी सिनेमा भी इसका अपवाद नहीं है। समकालीन हिन्दी सिनेमा का पुरुषवर्चस्ववादी सोच पर टिके रहना हैरान और उदास करता है। हो सकता है, आने वाले दिनों में कभी वह इस मामले में भी कोई नया आइडिया, नयी सोच लेकर आये।

16 अगस्त, 2017

रोहिंग्या मुस्लिमों को ठिकाना चाहिए

शोषित लोग शरण माँग रहे हैं। कोई अगर शरण माँगे, तो उन्हें शरण देनी चाहिए। मैं जानती हूँ कि वे अच्छे लोग नहीं हैं। वे बांग्लादेश को बर्बाद कर देंगे। वे 'इयाबा' की गोलियाँ खिलाकर लोगों को तिल–तिल कर मार डालेंगे। वे हथियार लेकर जेहाद में उतरेंगे। वे बौद्धों के घर जला डालेंगे। वे लोगों की हत्याएँ करेंगे। अशिक्षित, अचेतन समूहों को शरण देने से हमारा कोई लाभ नहीं होगा। लेकिन शरण माँगने वाले लोगों को शरण देनी चाहिए। पृथ्वी के हर इन्सान को कहीं भी जाने का, कहीं भी रहने का हक़ है।

बांग्लादेश एक दरिद्र देश है। लाखों लोगों को शरण देने, उनके लिए भोजन, वस्त्र और छत उपलब्ध कराने की क्षमता उसके पास नहीं है। इसके अलावा पड़ोसी देश होने के कारण शरण देने पर शरणार्थियों का क़ाफ़िला बांग्लादेश में निरन्तर उमड़ता रहेगा। बांग्लादेश सरकार चाहे, तो म्यांमार सरकार की तरह निष्ठुर हो सकती है, वह शरणार्थियों के मुँह पर दरवाज़ा बन्द कर सकती है या उन्हें पीटकर भगा सकती है।

लेकिन बांग्लादेश को म्यांमार की तरह के एक बर्बर देश का अनुसरण क्यों करना चाहिए? उसे सभ्य देशों का अनुकरण करना चाहिए। उसे जर्मनी और स्वीडन का अनुकरण करना चाहिए। सभ्य देशों में लाखों शरणार्थी घुस रहे हैं। उन शरणार्थियों में हत्यारे भी हैं और बलात्कारी भी। इसके बावजूद उन देशों ने शरणार्थियों को भगा देने के बारे में नहीं सोचा। इसके बजाय वे बार–बार मानवता की ही बात कर रहे हैं। वे सभी शरणार्थियों के लिए भोजन, वस्त्र और छत की व्यवस्था कर रहे हैं। वे इन शरणार्थियों को मुफ़्त में शिक्षा और स्वास्थ्य की सहूलियत दे रहे हैं। जिस दिन पूरा बांग्लादेश पानी में डूब जायेगा, उस दिन बांग्लादेश के लोग भी रोहिंग्या मुस्लिमों की तरह विभिन्न देशों के तट पर अपनी

नाव ले जायेंगे, शरण मागेंगे। तब अगर शरण नहीं मिली, तो उन्हें भी रोहिंग्या मुस्लिमों की तरह किसी नो मेन्स लैंड में लाचार हालत में खड़े रहना पड़ेगा। हम लोगों में से कोई भी किसी दुर्घटना में रोहिंग्या लोगों की तरह शरणार्थी बन सकता है।

दुख इस बात का है कि मुस्लिम देश उदार तो नहीं ही हैं, उनमें से अधिकांश बर्बर हैं और मानवाधिकार के बारे में उनकी कोई धारणा ही नहीं है। मानवता और सहधर्मिता जैसे शब्द उनके शब्दकोश में ही नहीं हैं। अधिकांश मुस्लिम देश पीड़ित मुस्लिमों को शरण नहीं देते। पीड़ित मुस्लिमों को ग़ैर–मुस्लिम देश ही शरण देते हैं। एक मुस्लिम देश होने के नाते रोहिंग्या मुसलमानों को शरण देकर सभ्य देशों की श्रेणी में खड़े होने के अवसर से बांग्लादेश आख़िर ख़ुद को क्यों वंचित कर रहा है?

मुस्लिमों के लिए इस दुनिया में सबसे महान देश सऊदी अरब है। उसी देश में इस्लाम धर्म की शुरुआत हुई थी। वह हज़रत मोहम्मद का पवित्र देश है। सऊदी अरब में घरेलू नौकरानी का काम करने के लिए जाने वाली बांग्लादेश की लड़कियाँ वहाँ के मुस्लिम मालिकों द्वारा शोषित और बलात्कार का शिकार होकर लौटती हैं। बांग्लादेश की लड़कियाँ इसी कारण अब सऊदी अरब जाने से डरती हैं। उस देश में जुर्म करने पर किसी को माफ़ी नहीं मिलती। दिनदहाड़े लोगों के सामने अपराधियों का सिर काट दिया जाता है। मुसलमानों में उदारता की तुलना में बर्बरता ज़्यादा है। यह बर्बरता दूसरे धर्मों के लोगों में भी अतीत में रही होगी। लेकिन बर्बरता का परित्याग कर वे सभ्य और उदार हुए हैं। मुसलमानों को भी उदार होना पड़ेगा। जेहाद के नाम पर दुनिया–भर में आज जिस क़िस्म का ख़ून–खराबा हो रहा है, उसे देखकर मुसलमानों के बारे में लोगों की धारणा बदल रही है। मुसलमान दुनिया–भर में भय और आतंक का पात्र बनते जा रहे हैं।

रोहिंग्या मुसलमानों को शरण देने की ज़िम्मेदारी बांग्लादेश को लेनी ही चाहिए। कट्टरवादी समूह इन शरणार्थियों को आतंकवादी बनाना चाहेंगे। कालाबाज़ारी उन्हें इस धन्धे में घुसाना चाहेंगे। नशे का कारोबार करने वाले उन्हें अपने गैंग में शामिल करना चाहेंगे। पर सरकार को सुनिश्चित करना होगा कि वे बेहतर इन्सान बनें। सरकार अगर चाहे, तो वह ऐसा कर सकती है। बांग्लादेश की सरकार बख़ूबी जानती होगी कि अशिक्षित लोगों को शिक्षित और सभ्य बनाने के लिए क्या क़दम

उठाने पड़ते हैं। कट्टरवादी मुस्लिमों का अत्याचार न सह पाने के कारण बांग्लादेश के हिन्दू देश छोड़ रहे हैं। म्यांमार में सरकारी दमन न झेल पाने के कारण रोहिंग्या मुसलमान देश छोड़ रहे हैं। किसी–न–किसी देश को तो इन्हें शरण देनी ही होगी। बांग्लादेश इन असहाय लोगों को शरण देने में क्यों डर रहा है? रोहिंग्या मुसलमानों में इतनी ताक़त नहीं है कि वे बांग्लादेश को हिंसा और आतंकवाद की आग में झोंक दे। उनसे ज़्यादा बड़े आतंकवादी बांग्लादेश में पहले से ही मौजूद हैं।

आज हज़ारों रोहिंग्या बांग्लादेश और म्यांमार की सीमा पर नो मेन्स लैंड पर बांग्लादेश में घुसने की प्रतीक्षा कर रहे हैं। आज वे अवांछित हैं। कायदे से म्यांमार को चाहिए कि वह इन्हें वापस बुला ले, इन्हें नागरिकता दे, इनके स्वास्थ्य और इनकी शिक्षा की व्यवस्था करे, मानवाधिकार का उल्लंघन न हो, इसका ख़याल रखे। म्यांमार अगर ऐसा नहीं करता, तो संयुक्त राष्ट्र को, दानदाता देशों को उस पर दबाव बनाना चाहिए। अगर म्यांमार तब भी नहीं मानता, तो सभी देशों को चाहिए कि उससे अपने रिश्ते तोड़ लें। और कोई दायित्व ले या न ले, रोहिंग्या मुस्लिमों को शरण देने का दायित्व पड़ोसी देशों को तो लेना ही चाहिए। रोहिंग्या मुसलमान अराकान के आदिवासी हैं या ब्रिटिश दौर में पूर्व बंगाल (बांग्लादेश) से बर्मा में गये थे–उस इतिहास को खोदने की अभी ज़रूरत नहीं है। वे लोग प्रताड़ित हो रहे हैं, उनके पास पैर रखने तक की ज़मीन नहीं है, इस समय यही सत्य है। यह अप्रिय सत्य हमारे सामने नंगा होकर खड़ा है, जिसे ढँकना तो हमें पड़ेगा ही। अतिथि को हम देवता न मानें, उन्हें मनुष्य तो मान ही सकते हैं।

08 सितम्बर, 2017

अल्पसंख्यक होने की पीड़ा

औरतों की क़िस्मत में हमेशा सहना ही लिखा है, फिर चाहे वह मुस्लिम हो या हिन्दू, बौद्ध हो या ईसाई। बांग्लादेश की हिन्दू महिलाएँ आज कह रही हैं कि वे विवाह–विच्छेद यानी पति से अलग होने का अधिकार चाहती हैं। बहुतेरे लोग नहीं जानते कि बांग्लादेश की हिन्दू महिलाओं के पास यह अधिकार नहीं है। बांग्लादेश के मुस्लिम क़ानून में कमोबेश बदलाव लाने के बावजूद वहाँ का हिन्दू क़ानून जस–का–तस रह गया है, क्योंकि उसे वैसे ही रखने के लिए बाध्य किया गया है। जिस तरह भारत के मुसलमान मुस्लिम पर्सनल लॉ में किसी तरह का बदलाव नहीं चाहते, वैसे ही बांग्लादेश के कट्टरवादी हिन्दू परिवार क़ानून में कोई बदलाव नहीं चाहते। दरअसल कट्टरवादी, चाहे वे कहीं के क्यों न हों, उनमें कोई फ़र्क़ नहीं होता। तमाम कट्टरवादी नारी विरोधी होते हैं। वे नहीं चाहते कि महिलाओं को आज़ादी मिले, जो कि उनका जन्मसिद्ध अधिकार है।

बांग्लादेश की मुस्लिम महिलाएँ समय–समय पर यह माँग करती रहती हैं कि उनके परिवार क़ानून धर्म के आधार पर न होकर समानाधिकार के आधार पर होने चाहिए। लेकिन इसका कोई फ़ायदा नहीं होता, क्योंकि नारी–विरोधियों के समूह तत्काल उनके ख़िलाफ़ ज़हर उगलने लगते हैं। वहाँ की हिन्दू महिलाएँ तो अपने सिविल लॉ में बदलाव लाने के लिए आवाज़ उठाने का साहस भी नहीं कर पातीं। वे बख़ूबी जानती हैं कि सरकार से पहले अपने समाज के कट्टरवादी ही उनकी माँग का विरोध करते हुए सड़कों पर उतर आयेंगे। लेकिन बांग्लादेश में हिन्दू नारियों के साथ जिस तरह का व्यवहार हो रहा है, वह सहनशक्ति की सीमा पार करता जा रहा है। इसलिए यह उम्मीद पैदा होती है कि कभी–न–कभी तो वे अपनी माँगों के लिए अपनी आवाज़ बुलन्द करेंगी ही।

इसके ब्योरे हैं कि किस तरह बांग्लादेश की हिन्दू महिलाएँ पति ससुरालियों और समाज के हाथों प्रताड़ित हो रही हैं। ऐसी अनेक महिलाएँ डर के कारण या मजबूरी में पति से अलग रह रही हैं, लेकिन वे तलाक़ नहीं ले सकतीं, क्योंकि उन्हें यह अधिकार प्राप्त नहीं है। वहाँ के मानवाधिकार संगठनों का कहना है कि हिन्दू महिलाओं में पतियों से अलग रहने की प्रवृत्ति बढ़ रही है। विवाह–विच्छेद का अधिकार न होने के कारण ऐसी महिलाओं में क्षोभ बढ़ रहा है। ढाका के लक्ष्मी बाज़ार इलाक़े में एक हिन्दू महिला को ससुराल से इसलिए निकाल दिया गया कि वह सन्तान चाहती थी, लेकिन पति और ससुराल वाले नहीं चाहते थे। मायके में उसे बेटी हुई, तो ससुराल वालों ने उसे अपनाने से इनकार कर दिया।

लड़कियाँ जितनी शिक्षित, स्वावलम्बी और सजग होंगी, तलाक़ की संख्या उतनी ही बढ़ेगी। यह पूरी दुनिया की सच्चाई है। लेकिन यह बेहद अस्वाभाविक है कि पुरुष शिक्षित और आत्मनिर्भर तो हो रहे हैं, लेकिन वे संवेदनशील नहीं हैं। बांग्लादेश का ही उदाहरण लीजिए, तो वहाँ हिन्दू महिलाओं को तलाक़ का अधिकार न होने के कारण वे दूसरी शादी भी नहीं कर पातीं। दूसरी ओर, पुरुष न केवल जितनी चाहें, उतनी शादियाँ कर सकते हैं, बल्कि पत्नियों को तलाक़ देने का अधिकार भी उनके पास है।

ढाका का एक मानवाधिकार संगठन आईन व सालिश केन्द्र शोषित नारियों को क़ानूनी मदद भी देता है। उसका कहना है कि हाल के वर्षों में उसके पास हिन्दू महिलाओं की शिकायतें ही अधिक आ रही हैं। इस केन्द्र की प्रमुख नीना गोस्वामी कहती हैं कि हिन्दू महिलाएँ ज़्यादातर ससुराल में निर्यातित होने की शिकायत लेकर आती हैं और पति से अलग रहना चाहती हैं। क़ानूनी मदद से उन्हें पति से गुज़ारा भत्ता तो मिल जाता है, लेकिन शादी से बाहर निकलने का दरवाज़ा नहीं खुलता।

बांग्लादेश की हिन्दू महिलाओं का पैतृक सम्पत्ति पर भी अधिकार नहीं है। पिता की सम्पत्ति बेटों को मिलती है, बेटियों को नहीं। विवाह के बाद पति की सम्पत्ति की स्वामिनी भी वे नहीं हो सकतीं। सुप्रिया दत्त ढाका विश्वविद्यालय से एम.ए. करने के बाद फ़रीदपुर के एक कॉलेज में प्राध्यापक हो गयीं। लेकिन पति की मृत्यु के बाद उन्हें अपनी ससुराल में जाकर रहना पड़ा। वह कहती हैं कि अगर मेरा एक बेटा नहीं होता,

तो शायद मुझे ससुराल में शरण भी नहीं मिलती। मायके वह नहीं जातीं, वहाँ शरण लेने की तो बात ही छोड़ दें।

आश्चर्यजनक यह है कि भारत और नेपाल में हिन्दू क़ानून में समयोचित परिवर्तन किये जाने तथा महिलाओं को तलाक़ देने और विधवा हो जाने के बाद दोबारा विवाह करने का अधिकार मिलने के बावजूद बांग्लादेश में इन बदलावों की ज़रूरत महसूस नहीं की गयी। सिर्फ़ 2012 में वहाँ शादियों के रजिस्ट्रेशन का क़ानून बना, पर वह भी अनिवार्य नहीं है। उस वक़्त जब तत्कालीन क़ानून मन्त्री से हिन्दू महिलाओं के अधिकारों के बारे में पूछा गया था, तब उन्होंने कहा था, हिन्दू महिलाओं को विवाह–विच्छेद और सम्पत्ति के मालिकाना हक़ जैसे अधिकार देना ज़रूरी है। लेकिन अगर सरकार इस दिशा में कोई क़दम उठायेगी, तो उस पर धार्मिक निष्ठा पर हमला करने का आरोप लग सकता है। इसी आशंका से सरकार कोई क़दम नहीं उठाती।

बांग्लादेश में जो संगठन हिन्दू हितों के पक्ष में आवाज़ उठाते हैं, वे भी हिन्दू नारियों के अधिकार पर चुप्पी साधे हुए हैं। यहाँ तक कि विवाह के रजिस्ट्रेशन को अनिवार्य कर देने के मामले में भी वे कुछ नहीं कहते। हद तो यह है कि पढ़े–लिखे हिन्दू भी बदलाव के पक्ष में नहीं दिखते। ढाका विश्वविद्यालय में अध्यापक निम चन्द्र भौमिक कहते हैं, विवाह या परिवार के बारे में धार्मिक रीति–रिवाज लम्बे समय से चले आ रहे हैं। इन धार्मिक रीति–रिवाजों को बदल देने के मामले में हिन्दू समाज में एक क़िस्म की जड़ता है।

भारत के मुसलमान जिस तरह कहते हैं कि शरिया क़ानून में बदलाव नहीं किया जा सकता, वैसे ही बांग्लादेश के हिन्दू मानते हैं कि शास्त्र पवित्र हैं और उनका पालन करना प्रत्येक हिन्दू का दायित्व है। और विडम्बना देखिए, इन दोनों ही देशों में अल्पसंख्यक समाज की इस जड़ता का ख़ामियाजा औरतें भुगतती हैं।

08 अक्टूबर, 2017

प्रेम में दीवारें

मनुष्य बर्बर है। वह हत्या करता है। दिन–दहाड़े करता है। रात के अँधेरे में भी करता है। आज अगर हत्या करने पर सज़ा ख़त्म कर दी जाये, तो मनुष्य कितनी हत्याएँ करेगा, यह सोचकर भी मैं सिहर उठती हूँ। जानवरों में हत्या कर देने का यह वहशीपन नहीं है। हम मनुष्यों ने मनुष्यता के लिए अच्छा और पाशविकता के लिए बुरा अर्थ तय कर रखा है। मनुष्यता का अर्थ क्या लोभ, हिंसा, ईर्ष्या, बर्बरता और स्वार्थपरता नहीं है?

पिछले दिनों दिल्ली की सड़क पर दिन–दहाड़े अंकित सक्सेना नाम के एक तेईस वर्षीय युवा फ़ोटोग्राफ़र की हत्या कर दी गयी। वह एक मुस्लिम लड़की शहज़ादी से प्रेम करता था। लेकिन लड़की के परिवार वालों ने दूसरे धर्म के लड़के के साथ अपनी बेटी के प्रेम को स्वीकार नहीं किया। नतीजतन एक दिन लड़की के पिता और चाचा ने सड़क पर ही अंकित का क़त्ल कर डाला। इस तरह की हत्याओं को हमने ऑनर किलिंग नाम दिया है, यानी इज़्ज़त के लिए हत्या। हिन्दू–मुसलमान के बीच शादी होने पर परिवार की इज़्ज़त चली जायेगी, इसलिए इज़्ज़त बचाने के लिए जोड़ी की हत्या कर दी जाती है। अंकित की प्रेमिका उसी समय वहाँ से भाग गयी थी, क्योंकि उसकी भी हत्या तय थी। इस तरह की मानसिकता के लोग प्रेमी की इज़्ज़त से हत्यारे की इज़्ज़त को ज़्यादा बड़ा मानते हैं। इस मामले में मुस्लिमों ने एक हिन्दू की हत्या की। हिन्दू भी अलबत्ता मुस्लिमों की इसी तरह हत्या कर सकते हैं, करते भी हैं। अभी ज़्यादा दिन नहीं हुए, जब शम्भूलाल नाम के व्यक्ति ने एक ग़रीब मुस्लिम मज़दूर की बर्बरता से हत्या की थी। उस मज़दूर ने कोई लव जेहाद नहीं किया था।

कट्टरपन्थी साफ़ कहते हैं कि वे हिन्दू और मुसलमान की शादी नहीं होने देंगे। मुस्लिम लड़के के साथ हिन्दू लड़की की शादी तो क़तई नहीं

होने देंगे, क्योंकि शादी के बाद उसका धर्म परिवर्तन करवा दिया जायेगा। ऐसी शादियों को उन्होंने लव जेहाद नाम दिया है। उनका मानना है कि ऐसे मामलों में प्रेम और विवाह महत्त्वपूर्ण नहीं हैं, महत्त्वपूर्ण है हिन्दुओं को मुसलमान बनाना। हालाँकि इस तरह की बातों के बावजूद दोनों समुदाय के बीच प्रेम विवाह हो रहे हैं, और ऐसे दम्पति बिना किसी डर या दबाव के अपनी गृहस्थी में ख़ुश हैं। ऐसी गृहस्थी में पति–पत्नी, दोनों को एक–दूसरे के धर्म और आस्था के प्रति विश्वास जताते हुए भी देखा जा सकता है। ऐसा भी होता है कि पति–पत्नी किसी भी धर्म को नहीं मानते। लेकिन आजकल ऐसे विवाहों की चर्चा कम और घृणा फैलाने की बात ज़्यादा होती है।

अंकित सक्सेना की त्रासद हत्या ने हिन्दुओं को स्वाभाविक ही क्षुब्ध कर दिया है। हत्यारे जेल में हैं। अंकित के पिता ने हत्यारों की फाँसी की माँग की है। लेकिन उन्होंने ऐसी बात कही है, जिसे सुना जाना चाहिए। उन्होंने देशवासियों से अपील करते हुए कहा है कि उनके बेटे को मार डालने के लिए पूरा मुस्लिम समाज ज़िम्मेदार नहीं है। इस हत्या में सारे मुसलमानों का हाथ नहीं है। इस हत्याकाण्ड का धर्म से कोई लेना–देना नहीं है, इसलिए मुस्लिमों के ख़िलाफ़ दुश्मनी करने और साम्प्रदायिक हिंसा फैलाने के लिए इस घटना का इस्तेमाल नहीं किया जाना चाहिए।

यह बात उन्होंने क्यों कही, यह मैं नहीं कह सकती। लेकिन जब अपनी आँखों के सामने बेटे की लाश पड़ी रहे, तब इस तरह की बात हो कहना आसान काम नहीं है। यह माना जा सकता है कि उन्होंने जो कुछ कहा है, दिल से कहा है। वह नहीं चाहते कि उनके बेटे की हत्या का बदला लेने के लिए किसी मुस्लिम को निशाना बनाया जाये। लेकिन यह भी कहा जा सकता है कि समाज में अंकित के पिता जैसे लोग अब अपवाद ही हैं। लोगों में घृणा और प्रतिशोध की भावना जो घर कर गयी है।

लेकिन घृणा क्या सिर्फ़ दूसरे धर्म के प्रति ही है? घृणा श्रेणियों के बीच भी है। दीवारें गोत्र के बीच भी हैं, धनी और ग़रीब के बीच भी, ऊँची और नीची जाति में शादी होना आज आसान नहीं है। इस तरह की शादियाँ रोकने की भी कोशिश होती है, और अगर नहीं रुकतीं, तो 'सबक सिखाने' और इज़्ज़त के नाम पर हत्या करने के प्रयास होते हैं। राजस्थान, हरियाणा और दूसरी जगहों में भी एक गोत्र के बीच प्रेम विवाह कर लेने पर या

तो लड़के–लड़की की हत्या कर दी जाती है या फिर उन्हें गाँव से बाहर निकाल दिया जाता है।

दो बालिग प्रेम करते हैं और शादी करते हैं, इसमें बाधा बनने का हक़ किसी को नहीं है। ख़ुद भारत का सर्वोच्च न्यायालय यह बात कह चुका है। इसके बाद भी प्रेम करने वालों की हत्या कर देना मानवता के प्रति अपराध होने के साथ–साथ सुप्रीम कोर्ट की अवहेलना भी है। दरअसल समाज में जाति, धर्म, वर्ग आदि की दीवारों के बारे में धारणाएँ इतनी बद्धमूल हो गयी हैं कि उनसे बाहर निकलना मुमकिन नहीं है। ख़ुद लोग भी इससे बाहर नहीं निकलना चाहते।

इसके बावजूद हर दौर में, हर पीढ़ी में समाज की रूढ़ियों से बाहर निकलने वाले लोग होते हैं। इन रूढ़ियों को तोड़ने और इनसे बाहर निकलने का काम युवा पीढ़ी ही करती है। वास्तविक प्रेम धर्म, जाति, गोत्र और वर्ग की दीवारों को नहीं स्वीकारता। लेकिन आज ऐसे प्रेमियों की संख्या कम हो रही है। आज मनुष्यता, प्रेम और संवेदनाओं के मूल्य क्रमशः कम होते जा रहे हैं। इनकी जगह दिखावे और तड़क–भड़क ने ले ली है। आर्थिक विकास हो रहा है, लेकिन सामाजिक संवेदनाएँ कुंद हो रही हैं। दहेज प्रथा, ऑनर किलिंग आदि का बोलबाला है। इन सब की परवाह न करते हुए दीवारें तोड़कर कोई प्रेम करता है, तो समाज उसकी हत्या कर देता है। कभी कोलकाता में भी अंकित सक्सेना जैसी ही एक घटना हुई थी, जब प्रियंका से शादी करने की क़ीमत रिजवान को अपनी जान देकर चुकानी पड़ी थी। प्रेम में अंकित को खो चुकी शहज़ादी आज भी डरी हुई है। पर ऐसी दीवारों से, ऐसे हमलों और हत्याओं से प्रेम नहीं डरता। समाज को जड़ता से निकालने और प्रेम को बचाये रखने के लिए उठ खड़े होने का यही समय है।

13 फरवरी, 2018

परिधान नहीं, सोच बदलिए

बांग्लादेश में रेडीमेड कपड़ों की दुकानों पर नज़र डालें, तो बदलाव दिखता है। वहाँ पुरुषों के लिए शर्ट–पैंट–टाई या कुर्ता–पायजामा तो है, लेकिन महिलाओं के लिए बुर्क़े की तरह लम्बी नयी पोशाक आयी है। सिर ढँकने के लिए हिजाब भी है। आधुनिक पुरुष की पोशाक में तो कोई बदलाव नहीं है, पर आधुनिक महिला की पोशाक बदल गयी है। साड़ी और सलवार–कमीज़ के रंग के अनुरूप हिजाब चुनकर वहाँ की महिलाएँ सिर ढँकने लगी हैं। कहीं–कहीं महिलाएँ साड़ी के ऊपर बुर्क़े की जगह गाउन पहन रही हैं। साड़ी पहनने पर पूरी बाँह वाले ब्लाउज़ पहनने का चलन दिख रहा है। बांग्लादेश में भीषण गर्मी पड़ती है। ऐसे में महिलाएँ ऐसे कपड़े पहनेंगी कैसे? बांग्लादेश की महिलाओं को ऐसे कपड़े पहनने के लिए कौन बाध्य कर रहा है या यह पोशाक कहाँ से आयी है, इस बारे में हममें से बहुत लोग अवगत हैं।

पोशाक, खान–पान, शिल्प, संस्कृति का अलग–अलग इलाक़ों में अलग–अलग स्वरूप है। इस्लाम के प्रचारकों ने एक समय बंगाल की हिन्दू आबादी के एक हिस्से को इस्लाम धर्म ग्रहण करने के लिए प्रेरित किया था। हमारे पूर्वजों ने अरब का धर्म बेशक ग्रहण किया था, पर उन्होंने अरब की संस्कृति नहीं ली। बंगाल के लोग क़रीब एक हज़ार साल पुरानी अपनी संस्कृति से ही सन्तुष्ट थे। और दूसरे क्षेत्रों की तरह पोशाक में भी बदलाव आया है। शुरुआत में बंगाल की महिलाएँ शरीर के ऊपरी हिस्से में कपड़े नहीं पहनती थीं। बाद में एक ही लम्बे वस्त्र से शरीर ढँकने की परिपाटी शुरू हुई। उसी ने साड़ी का रूप लिया। लेकिन तब भी ब्लाउज़ का चलन नहीं था। बंगाली महिलाओं में आधुनिक तरीक़े से साड़ी पहनने का श्रेय रवीन्द्रनाथ की भाभी यानी सत्येन्द्रनाथ ठाकुर की पत्नी ज्ञानदानन्दिनी देवी को जाता है। ब्लाउज़–पेटीकोट अंग्रेज़ी शब्द हैं।

तब अंग्रेज़ों का शासन था। रानी विक्टोरिया की रक्षणशीलता ब्रिटिश रीति–रिवाजों और रहन–सहन पर हावी थी। ऐसे में, अंग्रेज़ महिलाओं की तरह बंगाली महिलाओं ने भी ऐसी पोशाक पहननी आरम्भ कर दी, जिससे शरीर का कोई हिस्सा दिखायी न पड़े। मेरी उम्र जब साड़ी पहनने की हुई–हालाँकि बंगाल में स्कूल से ही साड़ी पहनने का रिवाज है–तब साड़ी के साथ पेटीकोट–ब्लाउज़ का चलन था। भले इसे ब्रिटिश रक्षणशीलता का नमूना कहा जाये, पर यह पोशाक हमारी पहचान का ज़रिया बन चुकी थी। अब साड़ी, पेटीकोट, ब्लाउज़ को अचानक अशालीन क्यों बताया जाने लगा? ऐसी पोशाक की ज़रूरत क्यों महसूस होने लगी कि पूरा शरीर ढँका जाये?

हमारे जीवन में बदलाव स्वतःस्फूर्त होते हैं। आज के दौर में अनेक कामकाजी महिलाएँ जींस या सलवार–कमीज़ पहनती हैं। कुछ समय पहले तक बंगाल में विवाहित महिलाएँ साड़ी को छोड़ किसी और पोशाक के बारे में सोच भी नहीं सकती थीं। पर आज बंगाली महिलाएँ धड़ल्ले से जींस और सलवार–कमीज़ पहनती हैं, क्योंकि साड़ी पहनकर ट्रेन, बस, ट्राम में सफ़र करना कठिन है। इसके अलावा जींस और सलवार–कमीज़ पहनने में ज़्यादा समय नहीं लगता। साड़ी पहनने में समय लगता है। महिलाओं की पोशाक में आये इस बदलाव को हमारे समाज ने स्वीकार कर लिया है। हालाँकि एक सच्चाई यह भी है कि शहरी इलाक़ों में साड़ी का चलन निरन्तर कम होता जा रहा है। ग्रामीण समाज की महिलाओं, बुज़ुर्ग महिलाओं और शादी के आयोजनों में ही साड़ी का चलन आज बहुतायत में दिखता है। साड़ी के घटते चलन को देखकर कभी–कभी मैं सोचती हूँ कि साड़ी कहीं इतिहास न बन जाये।

लेकिन इसमें कोई सन्देह नहीं कि समाज में महिलाओं की भूमिका बदली है, इसलिए उनकी पोशाक बदली है। लड़कियों के अधिक से अधिक घर से निकलने, स्कूल–कॉलेज में पढ़ने, नौकरी करने और कारोबार सँभालने की वजह से ही उनकी पोशाक बदली है। चलने–फिरने की सहूलियत के कारण ही यह बदलाव आया है। किन्तु हिजाब या बुर्क़ा क्या महिलाओं को किसी क़िस्म की सहूलियत देता है? हिजाब और बुर्क़ा अरब देशों से आये हैं। रेगिस्तान के तूफ़ान और लू से बचाने में बुर्क़ा वहाँ की महिलाओं की मदद करते हैं। लेकिन हमारे यहाँ की प्रकृति तो ऐसी नहीं है। उलटे बांग्लादेश जैसे गर्म मौसम वाले मुल्क में बुर्क़ा

या हिजाब का दबाव बनाने से महिलाओं की मुश्किलें बढ़ेंगी ही। इसके बावजूद बांग्लादेश की महिलाएँ बुर्क़ा और हिजाब को अपनी पोशाक में शामिल कर अरब मुल्कों का अनुकरण कर रही हैं। अरब के लोग क्या इतने अच्छे और विद्वान हैं कि उनके हर रीति–रिवाज का हमें अनुकरण करना चाहिए? जवाब में कहा जा रहा है कि चूँकि अरब में इस्लाम का जन्म हुआ है, इसलिए वह देश पवित्र है, इसीलिए उस देश की पोशाक भी पवित्र है। इसके अलावा कुरान और हदीस में औरतों को पूरा शरीर ढँकने के लिए कहा गया है। इसके पीछे यह भी तर्क है कि महिलाओं का सौन्दर्य कोई न देखे।

यह पिछड़े ज़माने की सोच है। पोशाक के बारे में इस तरह के फ़रमान आधुनिक दुनिया में नहीं चल सकते, जहाँ औरतों के लिए पूरी दुनिया खुली हुई है। यह स्त्री को बाँधे रखने का तरीक़ा है। फिर स्त्री का सौन्दर्य केवल शारीरिक सौन्दर्य ही नहीं होता। स्त्री की बुद्धिमत्ता, उसका ज्ञान, उसकी प्रतिभा, उसके आचार–व्यवहार ही उसके व्यक्तित्व का निर्माण करते हैं। पुरुष सिर्फ़ स्त्री के शारीरिक सौन्दर्य से आकृष्ट नहीं होता, वह उसकी मानसिक बुनावट से भी प्रभावित, आकर्षित होता है। तो क्या पूरे शरीर की तरह आज की महिला अपने ज्ञान और अपनी प्रतिभा को छिपाकर रखेगी? फिर इसका भी ध्यान रखना चाहिए कि धर्म हिजाब या बुर्क़े में नहीं होता, धर्म हमारे अन्दर की चीज़ है। पोशाक से अगर सर्वशक्तिमान को ख़ुश करना सम्भव होता, तो दुनिया के तमाम तानाशाह, अत्याचारी और लुटेरे केवल कपड़ों से उन्हें ख़ुश करते। लेकिन उन्हें धोखा देना सम्भव नहीं है। इसलिए गर्म इलाक़ों में अरब के बुर्क़े और हिजाब का चलन लागू करना धर्म के नाम पर दबाव बनाने का वही तरीक़ा है, जिसे मनुष्य शताब्दियों से भुगत रहा है।

21 मार्च, 2018

इस प्रतिरोध के मायने

कास्टिंग काउच का विवाद एक बार फिर सामने है। कास्टिंग काउच का मतलब है–मैं तुम्हें काम दूँगा, लेकिन इसके बदले तुम्हें अपना शरीर मुझे सौंपना पड़ेगा। सिर्फ़ फ़िल्म जगत में नहीं, सभी जगह कास्टिंग काउच चलन में है। शादीशुदा, कुँवारे, युवा, वृद्ध–पूरा पुरुष वर्ग नौकरी चाहने वाली महिलाओं के साथ ऐसा सलूक करेगा, यह जैसे स्वाभाविक ही मान लिया गया है।

लड़कियों को सिर्फ़ नौकरी पाने के लिए नहीं, नौकरी बरकरार रखने के लिए भी समर्पित होना पड़ता है। भारत में अभी कास्टिंग काउच से जुड़ा विवाद तेलुगू फ़िल्मों की अभिनेत्री श्रीरेड्डी के कारण है। श्रीरेड्डी ने तेलुगू फ़िल्मोद्योग में व्याप्त कास्टिंग काउच की घृणित प्रवृत्ति के ख़िलाफ़ नग्न प्रतिवाद किया। उन्होंने इसके ख़िलाफ़ मुँह खोला, तो मुम्बई में विख्यात नृत्य निर्देशक सरोज ख़ान ने कास्टिंग काउच के समर्थन में प्रतिक्रिया देकर नया विवाद पैदा कर दिया। अनेक लोगों ने सरोज ख़ान की टिप्पणी पर आपत्ति जतायी।

श्रीरेड्डी काफ़ी दिनों से कास्टिंग काउच का विरोध कर रही थीं। उन्होंने मूवी आर्टिस्ट एसोसिएशन के ख़िलाफ़ भी विरोध जताया है। दरअसल, कई फ़िल्मों में काम करने के बावजूद उन्हें एसोसिएशन की सदस्यता नहीं मिली। उसी के ख़िलाफ़ उन्होंने सांकेतिक नग्न प्रदर्शन किया। इस पर एसोसिएशन ने न केवल श्रीरेड्डी को कभी सदस्यता न देने का फ़ैसला किया, बल्कि उनका बहिष्कार करते हुए धमकी भी दे डाली है कि श्रीरेड्डी के साथ अगर कोई फ़िल्मों में काम करता पाया जाता है, तो उसके ख़िलाफ़ कड़ी कार्रवाई की जायेगी।

जिस फ़्लैट में श्रीरेड्डी किराये पर रहती थीं, उसके मालिक ने भी उन्हें फ़्लैट ख़ाली करने का नोटिस दे दिया। यानी लैंगिक विषमता

के ख़िलाफ़ लड़ाई लड़ने निकलीं श्रीरेड्डी अब और अधिक विषमता का शिकार हो गयी हैं। खुले में नग्न होने के कारण श्रीरेड्डी से वे लोग बेहद नाराज़ हैं, जिन्होंने उन्हें एकान्त में नग्न करने की कोशिश की थी। लेकिन उन्होंने तेलुगू फ़िल्मों के उन निर्माता–निर्देशकों के चेहरे से नक़ाब उतारकर भला ही किया है, जिन्होंने फ़िल्म में काम देने के बदले उनका शारीरिक शोषण किया था। बॉलीवुड समेत दूसरे क्षेत्रों में भी महिलाएँ इस तरह का साहस दिखायें, तो बहुतेरे श्रीमंतों की असलियत सामने आ जायेगी। आख़िर हॉलीवुड में हार्वी विंस्टन जैसे दिग्गजों के चेहरे से नक़ाब उतारे ही गये हैं।

श्रीरेड्डी ने जिस तरह से नग्न प्रतिरोध किया, वह नया नहीं है। दुनिया में बहुत समय से किसी व्यवस्था का विरोध करते हुए नग्न हो जाने की प्रवृत्ति रही है। सार्वजनिक तौर पर नग्न होने के नुक़सान तो हैं। लोग आपसे घृणा कर सकते हैं। पर प्रतिरोध की यह नग्नता शक्ति भी देती है। पूर्वोत्तर भारत के मणिपुर में 2004 में सैनिकों ने एक महिला मनोरमा देवी को उग्रवादी होने के सन्देह में घर से कथित तौर पर उठा लिया था, फिर बलात्कार कर उसकी हत्या कर दी थी। उसके विरोध में बारह स्थानीय महिलाओं ने नग्न होकर विरोध प्रदर्शन किया था।

उन्होंने अपने हाथ में बैनर टाँग रखे थे, 'सैनिको, आओ और हमारा बलात्कार करो।' मनोरमा देवी के साथ हुए सलूक पर वहाँ आक्रोश तो था ही, महिलाओं के विरोध ने इम्फाल समेत पूरे मणिपुर को उस बर्बरता के ख़िलाफ़ एकजुट कर दिया था। बलात्कार–विरोधी और किसी आन्दोलन ने हमारी चेतना की पीठ पर इतने ज़ोर से चाबुक नहीं मारे थे।

बीती सदी के आठवें दशक में बांग्लादेश में नूर हुसैन नामक एक ग़रीब ऑटोचालक ने तत्कालीन राष्ट्रपति इरशाद की तानाशाही के ख़िलाफ़ आवाज़ उठाते हुए सड़क पर अपनी कमीज़ उतार दी थी। उनके सीने पर 'तानाशाही का विनाश हो', 'गणतन्त्र की स्थापना हो' जैसे नारे लिखे हुए थे। पुलिस की गोली से नूर हुसैन मारा गया, लेकिन तब से वह बांग्लादेश में तानाशाही के विरोध के प्रतीक बना हुआ है।

नूर हुसैन को केन्द्र में रखकर बांग्लादेश में अनेक नाटक, फ़िल्म, कविता और गीत लिखे गये हैं। जुलूस में अनेक लोग पुलिस की गोली से अपनी जान गँवाते हैं। लेकिन 1952 के भाषा आन्दोलन के शहीदों के बाद नूर हुसैन की मृत्यु ने ही बांग्लादेश को इतना शोक संतप्त किया।

नग्न प्रतिवाद निर्लज्जता या वस्त्रहीनता नहीं है। चूँकि महिलाओं पर तमाम हमले उनके शरीर के कारण ही होते हैं, इसलिए नग्न प्रतिवादों के ज़रिये महिलाएँ वस्तुतः पुरुषवर्चस्ववादी समाज को खुलेआम उत्पीड़न की चुनौती देती हैं। अहिंसक आन्दोलन जिस तरह हिंसक सोच को शर्मिन्दा करता है, महिलाओं का नग्न प्रतिवाद ठीक उसी तरह पुरुषवर्चस्ववादी समाज को शर्मिन्दा करने में सक्षम है, क्योंकि यह ठीक उसके मर्मस्थल पर चोट करता है। विषमताओं के विरोध में दुनिया–भर में नग्न प्रतिवाद हुए हैं और हो रहे हैं।

पिछले साल अर्जेंटीना में प्लाजो दी मेयो की अदालत के सामने सौ लड़कियों ने नग्न होकर अपना प्रतिरोध दर्ज किया। यह प्रतिरोध महिलाओं पर हो रहे अत्याचारों और निर्यातन के ख़िलाफ़ था। नग्न लड़कियाँ फुटपाथ पर लेटकर व्यवस्था के ख़िलाफ़ अपना विरोध दर्ज करा रही थीं। नहीं, नग्न लड़कियों का वह प्रतिरोध यौन भावनाओं को प्रज्वलित करने वाला नहीं था, बल्कि व्यवस्था के ख़िलाफ़ क्षुब्ध करता था। इससे पहले भी यौन अत्याचार के विरोध में अर्जेंटीना की महिलाएँ नग्न होकर संसद भवन के सामने धरने पर बैठी थीं।

श्रीरेड्डी के नग्न प्रतिरोध से तेलुगू फ़िल्मोद्योग में जिस तरह का तूफ़ान उठ खड़ा है, वह स्वस्थ संकेत है। महिलाओं को इस मानसिकता से पीछा छुड़ाना होगा कि वे शोषित होने के लिए पैदा हुई हैं। इस दौर में महिलाएँ हर पेशे में अपना वर्चस्व स्थापित कर रही हैं। श्रीरेड्डी ने रास्ता दिखाया है कि महिलाएँ अगर चाह लें, तो पुरुषवर्चस्ववादी समाज के चेहरे से नक़ाब उठाना कोई कठिन काम नहीं है।

29 अप्रैल, 2018

'भद्र' चेहरों से उतरता नक़ाब

इस साल साहित्य का नोबेल पुरस्कार न देने का फ़ैसला लिया जा चुका है। इससे पहले भी नोबेल पुरस्कार स्थगित किया गया था। लेकिन यौन कुत्सा के कारण पुरस्कार रद्द करने का फ़ैसला पहली बार लिया गया है। स्वीडिश अकादमी के सदस्य हर साल साहित्य का नोबेल पुरस्कार देने के लिए साहित्यकार चुनते हैं। लेकिन इस बार ऐसा सम्भव नहीं हो पा रहा, क्योंकि अट्ठारह सदस्यों में से अकादमी में मात्र दस सदस्य ही हैं। पुरस्कार की घोषणा करने के लिए इससे अधिक सदस्यों की मंज़ूरी की ज़रूरत पड़ती है।

सवाल है, अकादमी के शेष सदस्य कहाँ हैं। दरअसल उन सदस्यों ने इस्तीफ़े दे दिये हैं, क्योंकि अकादमी की एक सदस्य के पति पर अट्ठारह लड़कियों ने यौन उत्पीड़न के आरोप लगाये हैं। जिस व्यक्ति पर यौन उत्पीड़न के आरोप हैं, उसके द्वारा गठित एक संस्था को स्वीडिश अकादमी आर्थिक अनुदान देती थी। उस व्यक्ति पर यह भी आरोप है कि वह पिछले कई साल से साहित्य का नोबेल मिलने वाले का नाम पहले ही अपनी पत्नी से पता कर उनके नाम सार्वजनिक कर रहा था। ये जानकारियाँ सार्वजनिक होने के बाद स्वीडिश अकादमी के कुछ सदस्यों ने इस्तीफ़े दे दिये।

उस व्यक्ति की करतूतें इसलिए सार्वजनिक हो पायीं, क्योंकि शिकार हुई लड़कियों ने सच्चाई बतायी। अगर वे आगे नहीं आतीं, तो जां क्लॉद आर्नो एक महान पुरुष के रूप में ही जाने जाते। पर अब उस आदमी की साख मिट्टी में मिल गयी है, उसने स्वीडिश अकादमी से मिलने वाली मदद खो दी है, और उसकी करतूतों के कारण उनकी पत्नी को अकादमी से बाहर जाने के लिए बाध्य होना पड़ा। ज़ाहिर है, 'मी टू' जैसे एक अभियान

ने उन लड़कियों को हिम्मत दी। यानी पुरुष चाहे कितना भी अमीर और प्रभावशाली क्यों न हो, उनकी करतूतें अब छिपी नहीं रहने वालीं।

हॉलीवुड में भी हंगामा हो गया है। दिग्गज निर्माता हार्वी विंस्टीन के ख़िलाफ़ एक के बाद एक कई महिला ने यौन उत्पीड़न के आरोप लगाये हैं। हॉलीवुड के ही एक दूसरे निर्देशक ऑलिवर स्टोन पर भी आरोप लगे हैं। बीस साल पहले स्टोन ने जिस महिला के साथ बदसुलूकी की थी, उसने अब जाकर यह सच्चाई सार्वजनिक की है! डस्टिन हॉफ़मैन, सिलवेस्टर स्टैलन, माइकल डगलस, रोमन पोलंस्की, डेविड कॉपरफ़ील्ड सरीखी 122 नामचीन शख़्सियतों पर लड़कियों ने यौन उत्पीड़न और बदसुलूकी के आरोप लगाये हैं।

सिर्फ़ हॉलीवुड नहीं, गाने की दुनिया, राजनीति की दुनिया और कॉरपोरेट से लेकर मीडिया के क्षेत्रों—यानी समाज में सर्वत्र यह आन्दोलन चल रहा है। सिर्फ़ साधारण लड़कियाँ नहीं, यौन उत्पीड़न का आरोप लगाने वालों में अनेक विख्यात लड़कियाँ भी शामिल हैं। 'मी टू' आन्दोलन ने बहुत तेज़ी से भद्र पुरुषों के चेहरे से नक़ाब हटाया है।

यूरोप के कांस फ़िल्म समारोह में इस साल पहली बार यौन दुर्व्यवहार के ख़िलाफ़ हॉटलाइन की व्यवस्था की गयी। इसके तहत अगर कोई पुरुष किसी महिला से किसी भी क़िस्म की बदसुलूकी की कोशिश करता, तो हॉटलाइन के ज़रिये उसकी जानकारी देने की व्यवस्था की गयी थी। कांस फ़िल्म समारोह के टिकट और निमन्त्रण पत्र पर साफ़—साफ़ लिखा गया—शालीनता का परिचय दें, पार्टी बर्बाद न करें, किसी के साथ बदसुलूकी न करें। कांस की यह पहल बहुत ज़रूरी है और प्रशंसनीय भी।

थोड़े ही दिनों पहले न्यूयॉर्क के एटॉर्नी जनरल एरिक स्नाइडरमैन ने अपने पद से इस्तीफ़ा दे दिया। इसकी वजह यह है कि उनकी चार पुरानी प्रेमिकाओं ने आरोप लगाये हैं कि एरिक उनसे मारपीट करते थे। एरिक स्नाइडरमैन अब तक स्त्री स्वाधीनता के समर्थक के रूप में जाने जाते थे। वह औरतों की आज़ादी के बारे में बहुत बातें करते थे। लेकिन चार पुरानी प्रेमिकाओं के खुलासे ने उन्हें एक झूठा और दोहरापन करने वाला व्यक्ति साबित कर दिया है। इसी शर्म से उन्होंने अपना पद छोड़ दिया।

मैंने ख़ुद अपने जीवन में दोहरेपन को कभी बर्दाश्त नहीं किया। कवि रुद्र मोहम्मद शहीदुल्ला से कभी मैंने प्यार किया था, और शादी भी की, लेकिन उन्होंने मेरे साथ किस तरह धोखा किया, यह मैंने आत्मकथा के

दूसरे खण्ड में लिखा है। वह वेश्यालयों में जाते थे। उन्हें यौन रोग हो गया था। यह सच्चाई पढ़ने के बावजूद बांग्लादेश के लोगों में रुद्र के प्रति थोड़ी भी घृणा पैदा नहीं हुई, बल्कि रुद्र की लोकप्रियता बढ़ी ही। रुद्र के बजाय लोगों ने मुझे निशाना बनाया, क्योंकि मैंने वर्जित यौन मुद्दों पर लिखने का दुस्साहस किया!

उन्होंने निष्कर्ष निकाल लिया कि मैं पतिता हूँ। दरअसल हमारा समाज उन्हीं महिलाओं को अच्छा मानता है, जो आँख मूँदकर अपने पति के अत्याचार सहती हैं। आत्मकथा के तीसरे खण्ड में मैंने इस बारे में लिखा है कि बांग्लादेश के नामचीन साहित्यकार सैयद शमसुल हक़ मुझे कहते थे कि उनके कितनी ही लड़कियों के साथ सम्बन्ध हैं। एक बार मुझे भी उन्होंने अपने जाल में फँसाने की कोशिश की, पर सफल नहीं हुए। मैंने जब उनकी हक़ीक़त सार्वजनिक की, तो शर्मिन्दा होने के बजाय उन्होंने मेरे ख़िलाफ़ सौ करोड़ टका का मुक़दमा ठोंक दिया और हाई कोर्ट से मेरी उस किताब पर रोक लगवा दी। आज सैयद हक़ जीवित नहीं हैं, लेकिन मेरी किताब पर आज भी प्रतिबन्ध है।

चर्चित बांग्ला साहित्यकार सुनील गंगोपाध्याय (अब दिवंगत) ने एक बार मेरे साथ ग़लत व्यवहार किया। यह देख मैं स्तब्ध रह गयी थी। सोशल मीडिया में मैंने यह जानकारी सार्वजनिक की, तो लोगों ने सुनील के बजाय मुझे ही धिक्कारना शुरू किया। बहुत लोगों को मालूम था कि मैं सच कह रही हूँ, फिर भी उन्होंने सुनील का पक्ष लिया, क्योंकि वे मानते थे कि महिलाओं से बदसुलूकी करने का अधिकार पुरुष के पास है। मेरी आत्मकथा, 'द्विखण्डितो' को प्रतिबन्धित करवाने के अभियान में लगे सुनील ने तब अपने बचाव में कहा था, दो लोग बन्द दरवाज़े के भीतर क्या करते हैं, इसकी जानकारी बाहर क़तई नहीं आनी चाहिए। आज सोचती हूँ कि 'मी टू' आन्दोलन देखकर सुनील क्या कहते!

22 मई, 2018

जन्नत की हक़ीक़त

छोटी उम्र में माँ मुझे अपने सपनों के बारे में बताती थीं। माँ का सबसे बड़ा सपना एक बार अपनी आँखों से सऊदी अरब को देखना था। माँ सऊदी अरब को दुनिया का सबसे पवित्र देश मानती थीं। अल्लाह के प्रिय नबी हज़रत मोहम्मद उसी देश में पैदा हुए थे। उसी देश में इस्लाम धर्म का जन्म हुआ है। उस देश की भाषा कुरान की भाषा है और उसी देश में काबा शरीफ़ हैं। मक्का–मदीना की बात कहते–कहते माँ भावुकता में रोने लगती थीं। तब मुझे भी लगता था कि उस पवित्र देश में कुछ ग़लत हो ही नहीं सकता।

जैसे–जैसे मैं बड़ी हो रही थी, अपने चारों ओर देख रही थी, इस पृथ्वी को जान रही थी, माँ के सपनों के उस देश के बारे में मेरी धारणाएँ टूट रही थीं। सऊदी अरब में लोकतन्त्र नहीं, राजतन्त्र है। सऊदी राजपरिवार अपने देश के बारे में जो इच्छा, निर्णय कर सकता है, किसी को इसमें बाधा बनने का अधिकार नहीं है। सरकारी जल्लाद सार्वजनिक स्थलों पर लोगों के सामने अपराधियों के सिर तलवार से अलग कर देते हैं, जो सड़क के दूसरी ओर फुटबॉल की तरह लुढ़क जाते हैं।

यह देख उपस्थित लोग ख़ुशी से झूम उठते हैं। खड़े होकर यह बीभत्सता नहीं देखी जा सकती। सऊदी अरब में बोलने की स्वतन्त्रता तो नहीं है साथ ही अभिव्यक्ति की आज़ादी भी नहीं है। मुक्तचिन्तक रईफ़ बदावी को आज भी क़ैद करके रखा हुआ है। उस देश में मानवाधिकार का उल्लंघन होता है, महिलाओं के अधिकार के नाम पर ज़्यादा कुछ नहीं है। धनी पुरुषों की मर्ज़ी के मुताबिक़ उप–पत्नियाँ हैं।

लड़कियों को बाहर निकलने से पहले ख़ुद को सिर से पाँव तक ढँकना पड़ता है। ललाट पर दो बाल भी दिख गये, तो धर्म पुलिस निशाना बनाती है। महिलाओं को वाहन चलाने का अधिकार इसी साल 24 जून

को मिला है। महिलाओं को अकेले कहीं घूमने का अधिकार नहीं है। लड़कियों के साथ बलात्कार होता है, तो उन्हें ही सज़ा भी मिलती है। कोई ग़ैर–मुस्लिम मक्का–मदीना नहीं जा सकता।

बीती सदी के पाँचवें–छठे दशक में सऊदी अरब के तेल कुओं में वहीं के श्रमिक काम करते थे। उसके बाद पड़ोस के मुल्क से वहाँ कामगार जाने लगे। बीती सदी के आठवें दशक में वहाँ एशिया से कामगार लेने की परम्परा शुरू हुई। इन एशियाई लोगों को सऊदी अरब में श्रमिक के तौर पर तो छोड़िए, मनुष्य के तौर पर भी सम्मान नहीं मिलती। महिला कामगार यौन हिंसा का शिकार बनती हैं। सऊदी पुरुष अपने घर में काम करने वाले लोगों को पैरों से, जूतों से, चाबुक से पीटते हैं।

यह सोचकर भी आश्चर्य होता है कि एशिया से गये ये मुस्लिम श्रमिक सऊदी अरब जैसे मुस्लिम देश में ग़ुलामों जैसा जीवन बिताते हैं, जबकि यही मुसलमान ईसाइयों और नास्तिकों के देश में तुलनात्मक रूप से आज़ाद हैं, वहाँ इनके मानवाधिकारों की क़द्र की जाती है, वहाँ वे ज़्यादा सुरक्षित हैं। मुस्लिम औरतें ग़ैर–मुस्लिम नहीं, बल्कि मुस्लिम पुरुषों द्वारा सर्वाधिक शोषित होती हैं। सऊदी अरब में महिला कामगारों का बलात्कार इतना अधिक होता है कि अब इंडोनेशिया, फिलीपींस और श्रीलंका की महिलाएँ भी वहाँ काम करने नहीं जाना चाहतीं। इन्हीं देशों से महिला कामगार वहाँ अधिक जाती थीं।

ऐसे में, सऊदी अरब ने अब बांग्लादेश से दो लाख महिला श्रमिकों की माँग की है। बांग्लादेश से हर महीने दस हज़ार महिला श्रमिकों को सऊदी अरब भेजे जाने की कोशिश चल रही है। हालाँकि जिस तरह की बर्बरता वहाँ होती है, उसे देखते हुए इन महिला श्रमिकों को यौन दासी कहना ही अधिक उपयुक्त होगा। वहाँ उनका शारीरिक शोषण ही नहीं होता बल्कि उन्हें उनके आर्थिक हितों से भी वंचित किया जाता है। यह अजीब है कि सऊदी अरब में काम करा लेने के बाद श्रमिकों को पैसे न देने के बावजूद सऊदी नागरिकों को कोई सज़ा नहीं मिलती।

वहाँ के लोगों को न तो शोषण करने की सज़ा मिलती है और न ही बलात्कार की। सऊदी मालिक किसी भी अन्तरराष्ट्रीय श्रम क़ानून को मानने को बाध्य नहीं हैं। इसके बजाय उन्हें यथासम्भव क्रूर होने का अधिकार है। शोषण के शिकंजे में फँसे श्रमिक वहाँ से निकलना चाहते हैं, लेकिन निकल नहीं पाते। सऊदी अरब का क़ानून श्रमिकों के हक़

में नहीं है, शोषितों और महिलाओं के पक्ष में नहीं है। सऊदी अरब का क़ानून पुरुषों के, अमीरों के, शासकों के, मालिकों के और अत्याचारियों के पक्ष में है।

मुस्लिम मुस्लिमों के भाई हैं, यह बात बार–बार ग़लत साबित होती है। ज़्यादातर धनी मुस्लिम ग़रीब मुसलमानों के हित में नहीं सोचते। धनी मुसलमान ग़रीब मुसलमानों को अगर दान में रुपये–पैसे देते भी हैं, तो उन्हें और धार्मिक या धर्मान्ध बनाने के लिए। सऊदी अरब ग़रीब मुस्लिम देशों का हिताकांक्षी न कभी था, न है। वह श्रमिकों की माँग करता है, तो सिर्फ़ अपने हित में। सऊदी पुरुष जब अपनी महिलाओं की ही क़द्र नहीं करते, तो वे ग़रीब देशों से आने वाली महिला श्रमिकों की गरिमा भला क्या समझेंगे?

बांग्लादेश चाहता, तो महिला श्रमिक भेजने से मना कर सकता था। लेकिन शेख हसीना सरकार का कहना है कि बांग्लादेश में भी महिलाएँ कोई कम शोषित नहीं हैं। लेकिन क्या बांग्लादेश की ग़रीब महिलाओं को सऊदी अरब भेजकर जानबूझकर उनका शोषण होने देने का कारण बनना चाहिए? चूँकि हम अपने घर में महिलाओं को मर्यादा और सुरक्षा नहीं दे पा रहे, इसलिए विदेश में भेजकर उन्हें और शोषित होने देने में कोई हर्ज़ नहीं है!

बांग्लादेश में महिलाएँ शोषण का शिकार हैं, तो इसके लिए कौन दोषी है? मैं शेख हसीना की सरकार की तरह नहीं सोचती। मैं घर और बाहर, दोनों मोर्चों पर महिलाओं के साथ होने वाले अत्याचार का घोर विरोध करती हूँ। इसीलिए सऊदी अरब में बांग्लादेश से महिला श्रमिक भेजे जाने की तैयारियों ने मुझे आशंका और क्षोभ से भर दिया है।

23 जून, 2018

कट्टरवाद और तुष्टीकरण की राजनीति

कुछ दिन पहले कोलकाता के एकेडमी ऑफ़ फाइन आर्ट्स के प्रांगण में एक पेड़ के नीचे कुछ लोग दो पत्थर रखकर चले गये। उसके बाद न जाने कब उन पत्थरों पर लोगों ने फूल रख दिये, फिर उनकी पूजा शुरू हो गयी। अब उन्हें हटाना मुश्किल था। फिर भी एक नास्तिक ने उन्हें हटाने की कोशिश की, तो कुछ लोगों ने भारी विरोध किया।

कोलकाता के कुछ उदारवादी लोगों का कहना था कि प्रगतिशील लोगों के सांस्कृतिक प्रांगण में, उदार चिन्तकों के विचार–विमर्श की जगह पर मन्दिर निर्माण की कोशिश हो रही है। मन्दिर बन जाने पर आसपास संस्कृति चर्चा के बदले धर्म की चर्चा ही होगी। अति धार्मिक लोग धर्म को ही संस्कृति बनाना चाहते हैं, वे संस्कृति को धर्म का दर्जा देने के इच्छुक नहीं हैं। कुछ लोगों ने साहस का परिचय देते हुए यह भी कहा कि मन्दिर बनाने के लिए फाइन आर्ट्स के परिसर को ही क्यों चुना जाना चाहिए? वह परिसर फाइन आर्ट्स के लिए तय है, मन्दिर के लिए नहीं। किसी मन्दिर के परिसर में कोई फाइन आर्ट एकेडमी स्थापित करने नहीं जाता, ऐसे में, एकेडमी परिसर में मन्दिर का क्या औचित्य!

धार्मिक लोगों के साथ मुश्किल यह है कि वे पृथ्वी की पूरी जगह पर अधिकार जमा लेना चाहते हैं। वे सभी सरकारों को अपना प्रचारक, और सभी प्रतिष्ठानों को अपना समर्थक बना लेना चाहते हैं। वे ख़ुद जिस पर विश्वास करते हैं, चाहते हैं कि दुनिया के तमाम लोग उसी पर विश्वास करें। बांग्लादेश के रोहिंग्या शिविरों में ढाई हज़ार मस्जिद और मदरसे बनाये गये हैं। रात में मुल्ले–मौलवी वहाँ तक़रीर करते हैं, उन रोहिंग्याओं को सलाह देते हैं कि म्यांमार अगर उन्हें वापस बुलाये, तब भी उन्हें नहीं जाना चाहिए। शिविरों में खेलते रोहिंग्या बच्चों का ब्रेनवॉश किया जा रहा है।

हममें से बहुतों को पता है कि इन रोहिंग्या शरणार्थियों को जेहादी बनाने की सुनियोजित कोशिशें हो रही हैं।

कोलकाता के एकेडमी परिसर में मन्दिर बनाने की कोशिश सफल नहीं हुई। चूँकि मुस्लिमों की तरह बहुसंख्यक हिन्दू कट्टर नहीं हैं, इसलिए इस मामले ने तूल नहीं पकड़ा। कहीं कोई दंगा नहीं भड़का। चूँकि मैं धर्म में विश्वास नहीं करती, इस्लाम धर्म की निर्मम आलोचक हूँ, इसलिए फाइन आर्ट्स एकेडमी मुद्दे पर मैं भी उदारवादियों के साथ ही थी।

मेडिकल कॉलेज के परिसर में अस्पताल बन सकता है, नाट्य मंच के बगल में नाटक अकादमी का औचित्य समझ में आता है, मन्दिर परिसर में गुरुकुल की स्थापना स्वाभाविक है। वैसे ही जैसे, मस्जिद के बगल में मदरसे होते हैं। दरअसल जिस चीज़ का जहाँ औचित्य हो, उसे वहाँ ही होना चाहिए।

जिस कोलकाता की मैं बात कर रही हूँ, वहीं हवाई अड्डे के दूसरे रनवे के सामने एक मस्जिद है। आठ नम्बर गेट से रोज़ तीस–चालीस लोग मस्जिद में नमाज़ पढ़ने जाते हैं। शुक्रवार को नमाज़ पढ़ने वालों की संख्या सौ से अधिक हो जाती है। उस गेट से मस्जिद तक के रास्ते को काँटेदार तार से घेर दिया गया है। लेकिन यह तो कोई समाधान नहीं है। मस्जिद के कारण हवाई अड्डे के सुरक्षित इलाक़े में बाहरी लोगों के घुस जाने की आशंका है।

उस मस्जिद को वहाँ से हटाकर दूसरी जगह ले जाने की कोशिश लम्बे समय से चल रही है। लेकिन ऐसा करना सम्भव नहीं हो पाया है। भविष्य में ऐसा हो पायेगा, इस बारे में भी दावे के साथ कुछ कहा नहीं जा सकता। रनवे के पास मस्जिद की जगह अगर कोई दुकान होती, तो उसे हटाने में समस्या नहीं आती। मस्जिद है, इसीलिए समस्या है। वहाँ से उस मस्जिद को हटाने के लिए कुछ राजनेताओं ने दारूल उलूम के कुछ अधिकारियों के साथ बातचीत भी की है। इस सम्बन्ध में मस्जिद कमेटी तथा राज्य और केन्द्र सरकारों के बीच बैठक होने की भी बात थी। लेकिन अभी तक ठोस कुछ हो नहीं पाया है। यह सबको मालूम है कि यात्रियों की सुरक्षा के लिहाज़ से रनवे के सामने से मस्जिद को हटा देने की ज़रूरत है।

हवाई अड्डे के अधिकारियों का कहना है कि मस्जिद को हटा देने से दूसरे रनवे को बड़ा किया जा सकता है, साथ ही, रनवे तक पहुँचने का

जो रास्ता है, उसकी चौड़ाई भी बढ़ाई जा सकती है। अगले कुछ साल में कोलकाता हवाई अड्डे पर यात्रियों की संख्या बढ़ेगी, उड़ानों की संख्या में भी वृद्धि होगी। इसी कारण एक नया टर्मिनल भी बन रहा है। लेकिन रनवे अगर ऐसा ही रह जाता है, तो टर्मिनल बढ़ाने का भी कोई ख़ास लाभ नहीं होगा। हवाई अड्डे के अधिकारी इन सारे तथ्यों से अवगत हैं। पर वे क्या कर सकते हैं?

किसी भी राजनेता ने मस्जिद को वहाँ से हटाने के मामले में सक्रियता दिखाने की कोशिश नहीं की है, क्योंकि वह जानते हैं कि ऐसा करने पर मुस्लिमों के वोट नहीं मिलेंगे। वोट के कारण भारत में मुस्लिम तुष्टीकरण की जो राजनीति दशकों से चल रही है, वह अब भी बरकरार है। यह कहना ग़लत होगा कि ऐसे राजनेता मुस्लिम समुदाय की बेहतरी चाहते हैं। अगर वे मुस्लिमों की बेहतरी के आकांक्षी होते, तो मुसलमानों की मानवीय गरिमा का ख़याल रखते, उन्हें शिक्षित, सजग और आत्मनिर्भर बनाने की कोशिश करते, उन्हें प्रगतिशील, धर्मनिरपेक्ष, उदारवादी बनाने की कोशिश करते।

वोट खिसकने के भय से जब राजनेता इस सम्बन्ध में कोई सक्रियता नहीं दिखा रहे, तब मुस्लिम नेताओं को आगे बढ़कर मस्जिद को वहाँ से हटा लेने के बारे में सक्रियता दिखानी चाहिए। अगर वे यह क़दम उठाते हैं, तो मुसलमानों पर आम आदमी का भरोसा बढ़ेगा। वे मानेंगे कि मुसलमान सिर्फ़ अपने हित के बारे में नहीं सोचते, बल्कि सुरक्षा और देशहित के बारे में भी सोचते हैं। अगर मुस्लिमों के प्रति ग़ैर–मुस्लिमों की धारणा बदलती है, तो इससे मुसलमानों को ही लाभ होगा।

16 जुलाई, 2018

विरोध का दमन करतीं शेख हसीना

बांग्लादेश के स्कूली छात्र देश बदल डालेंगे, ऐसी असम्भव कल्पना मैंने नहीं की। ऐसी अद्‌भुत कल्पना भी मैंने नहीं की कि स्कूली छात्रों के अनुरोध पर बांग्लादेश में वाहन चालक बग़ैर लाइसेंस के गाड़ी नहीं चलायेंगे, मोटर साइकिल चालक हेलमेट लगायेंगे और यातायात के नियमों का सभी पालन करेंगे। दो–तीन दिन के भीतर ही स्कूली छात्रों ने ढाका की सड़कों पर जिस तरह के बदलाव को सम्भव कर दिखाया था, उसने सिर्फ़ मुझे नहीं, बहुतों को मुग्ध किया था। लेकिन किसी भी सफल आन्दोलन के भीतर जिस तरह ग़लत लोग अपना राजनीतिक स्वार्थ पूरा करने घुस जाते हैं, उसी तरह सुरक्षित सड़क के इस आन्दोलन में भी ग़लत लोग घुस आये थे। उन स्कूली छात्रों को अभियान ख़त्म करने के तुरन्त बाद घर चले जाना चाहिए था। लेकिन पुलिस और सशस्त्र स्कवॉड के लोग तब निहत्थे छात्रों के उस समूह पर टूट पड़े, जब सड़क से हटने के उनके अनुरोधों के बावजूद छात्र सड़क पर ही डटे रहे। पुलिस और सुरक्षा बलों ने आन्दोलनरत छात्रों के साथ जो किया, वह घोर निन्दनीय है।

प्रधानमन्त्री शेख हसीना ने बांग्लादेश में मेरी किताबों पर प्रतिबन्ध लगाया। यहाँ तक कि उन्होंने मृत्युशैया पर पड़े मेरे पिता के पास एक रात के लिए खड़े होने की अनुमति भी मुझे नहीं दी। उनके ही निर्देश पर दूतावास मेरे पासपोर्ट का नवीकरण नहीं करते। इसके बावजूद मैं शेख हसीना का समर्थन करती हूँ, क्योंकि मेरे लिए ग़लत होने के बावजूद वह देश के लिए अच्छी हैं। उनकी विवेचना शक्ति, ताक़त और विवेक के आधार पर मैं उन्हें अच्छी नहीं कहती, बल्कि विपक्षी दल के नेताओं–नेत्रियों के साथ उनकी तुलना के आधार पर कहती हूँ। अब भी खालिदा ज़िया की बीएनपी और जमात–ए–इस्लामी से तुलना करने

पर शेख हसीना की अवामी लीग को ही मैं ज़्यादा अंक दूँगी। इसे मैं बांग्लादेश का दुर्भाग्य ही कहूँगी कि वह आज तक अवामी लीग से बेहतर पार्टी और शेख हसीना से अच्छी नेता या नेत्री तैयार नहीं कर पाया। शेख हसीना आदर्श नेत्री नहीं हैं, न ही अवामी लीग कोई आदर्श पार्टी है। लेकिन वहाँ की विपक्षी पार्टियाँ इतनी दुर्नीतिपरक, देशद्रोही और जेहादी क़िस्म की हैं कि मैं शेख हसीना का पक्ष लेने के लिए विवश हूँ। बावजूद इसके कि मैं जानती हूँ कि वह एक के बाद एक ग़लती किये जा रही हैं। बीच–बीच में मैं उनके तानाशाही तौर–तरीक़े भी देखती हूँ। लोकतन्त्र, मानवाधिकार, अभिव्यक्ति की स्वतन्त्रता–इन सबमें जैसे अब उनका विश्वास नहीं रहा। ऐसे में, शान्तिकामी और लोकतन्त्र के पक्षधर लोगों के बीच शेख हसीना की धवल छवि आज अगर धूमिल हो रही है, तो यह स्वाभाविक ही है। अगर वह अपनी छवि और लोकप्रियता वापस पाना चाहती हैं, तो उन्हें प्रमाणित करना होगा कि वह लोकतन्त्र में विश्वास करती हैं और लोगों का भला करेंगी।

दरअसल बांग्लादेश में सड़क सुरक्षा के आन्दोलन को कवर करने गये पत्रकारों में से तेईस पत्रकार हमले का शिकार हुए हैं। दुनिया–भर में पत्रकारों के हक़ के लिए लड़ने वाले संगठन रिपोटर्स सेंस फ्रंटियर्स (आर.एस.एफ.) ने इस पर चिन्ता जतायी है। ऐसे ही ह्यूमन राइट्स वॉच ने धारा 57 लगाये जाने की तीखी आलोचना की है। यह क़ानून बनाया ही इसलिए गया है, ताकि सत्ताधारी पार्टी या प्रधानमन्त्री के ख़िलाफ़ बोलने वालों को दण्डित किया जा सके। दुनिया–भर में यह ख़बर फैल गयी है कि बांग्लादेश के चर्चित प्रेस फ़ोटोग्राफ़र शहिदुल आलम के ख़िलाफ़ धारा 57 के तहत मामला दर्ज किया गया है। उन्हें गिरफ़्तार करने के बाद जेल में उनकी पिटाई भी हुई है। शहिदुल आलम का अपराध यह था कि उन्होंने सुरक्षित सड़क के लिए शुरू हुए छात्र आन्दोलन की तस्वीरें खींची थीं, और वहाँ उन्होंने जो कुछ देखा, उस बारे में अल–जजीरा टीवी को बताया था। दरअसल शहिदुल आलम ने छात्रों का पक्ष लेते हुए सरकार की तीखी आलोचना की थी। शहिदुल आलम ने किसी की हत्या नहीं की, सिर्फ़ अपने घर में बैठकर एक टीवी चैनल के सामने अपनी बात रखी। उन्होंने सरकार के ख़िलाफ़ बात की, लेकिन एक लोकतन्त्र में सरकार के ख़िलाफ़ बोलने भर से कार्रवाई क्यों होनी चाहिए? अगर शहिदुल आलम

झूठ बोल रहे थे, तो सरकार आसानी से उसे साबित कर सकती थी। पर इसके बजाय उसने दण्ड देने का रास्ता चुना।

मैं सोचती हूँ, ख़ुद पर आस्था हटने से ही कोई सरकार इस स्थिति में पहुँचती है कि उसे स्कूली छात्रों से डर लगने लगता है, उसे प्रेस फ़ोटोग्राफ़र से डर लगने लगता है, उसे अपनी आलोचना से डर लगने लगता है। नाकारा विपक्ष सत्ता में होने पर जिन चीज़ों से डरता, उन्हीं चीज़ों से डरना बंगबन्धु की बेटी शेख हसीना को शोभा नहीं देता। यह भी सच है कि जो डरता है, लोग उसे ही डराते हैं। महान व्यक्तियों में अपनी आलोचना सहने की ताक़त होनी चाहिए। और महान व्यक्ति हुए बिना कोई महान राजनेता नहीं हो सकता। विकसित देशों के राजनेताओं को मैंने मामूली बातों पर इस्तीफ़ा देते देखा है। लेकिन तीसरी दुनिया के विकासशील देशों में सत्ताधारी नेता किसी भी तरीक़े से सत्ता पर बने रहना चाहते हैं।

बांग्लादेश के आगामी चुनाव में अगर बीएनपी जीतती है, तो उसका मतलब है तारिक ज़िया (खालिदा ज़िया के बेटे और बीएनपी के कार्यकारी अध्यक्ष) जैसे भ्रष्ट व्यक्तियों के हाथों देश की बर्बादी। जमात–ए–इस्लामी के सत्ता में आने पर बांग्लादेश का अफ़गानिस्तान बनना तय है। ऐसे ही जो दल शेख हसीना और खालिदा ज़िया को अलग करके गठबन्धन सरकार बनाने के बारे में सोच रहे हैं, उन पर भरोसा नहीं किया जा सकता। अगर शेख हसीना अपनी ग़लतियाँ सुधार कर देश की सेवा करती रहें, तो वह सबसे अच्छा होगा। इसके विपरीत, देश भर में धार्मिक कट्टरता को बढ़ावा देते हुए, उदार चिन्तकों को निशाना बनाते हुए और अपने आलोचकों को दण्डित करते हुए वह जीतती भी हैं, तो उस जीत का कोई महत्त्व नहीं होगा। उससे अवामी लीग को भले ही लाभ हो, लेकिन बांग्लादेश को कोई फ़ायदा नहीं होगा।

26 अगस्त, 2018

सोशल मीडिया में स्त्री

जो समाज में है, उसी की प्रतिच्छवि सोशल मीडिया में दिख रही है। इसमें कुछ भी अस्वाभाविक नहीं है। उदाहरण के लिए, घर और घर से बाहर महिलाओं को जिस तरह लांछित होना पड़ता है, सोशल मीडिया में भी उन्हें ठीक वैसी ही उपेक्षा मिलती है। सोशल मीडिया में अधिकतर पुरुष अपनी नारी विद्वेषी भावना बेहिचक प्रकट करते हैं। यह हमारे समय की भीषण सच्चाई है।

मैं अगर अपनी बात करूँ, तो सोशल मीडिया, ख़ासकर फ़ेसबुक और ट्विटर पर मुझे अक्सर बेहद कुत्सित भाषा में निशाना बनाया जाता है। बीती सदी के आठवें–नौवें दशक में हाट–बाज़ार, उत्सव, मेले आदि में मेरे ख़िलाफ़ अभियान चलाया जाता था। तब मैं अपने आलोचकों की पहुँच में नहीं होती थी। इसलिए वे भीड़ में मेरे ख़िलाफ़ अभियान चलाते थे, ताकि समाज में मेरा बहिष्कार किया जा सके। लेकिन आज फ़ेसबुक और ट्विटर पर मैं वैसे आलोचकों की पहुँच में हूँ। इसलिए सोशल मीडिया में मुझे घेरना, मुझे गालियाँ देना मेरे आलोचकों के लिए बहुत आसान हो गया है। मैं उनसे मात्र एक क्लिक की दूरी पर हूँ।

इसलिए वे तमाम निष्ठुरता और बर्बरता मुझ पर उड़ेल देते हैं। ट्विटर और फ़ेसबुक पर इन नारी विद्वेषी लोगों की टाइमलाइन पर जाने से मुझे पता चलता है कि ये समाज के प्रतिष्ठित लोग हैं, इनका सुखी परिवार है, ये अच्छी नौकरी या व्यवसाय में हैं तथा परम धार्मिक हैं और पुरुषवर्चस्ववाद में यक़ीन करने वाले हैं। इस तरह के लोग समाज की रीति–नीतियों से बेहतर तालमेल बनाकर चलते हैं। मुझे ग़लत तरीक़े से, अश्लील लहजे में गाली–गलौज करने पर इन्हें किसी को जवाब तो नहीं ही देना पड़ता, उलटे इनके नारी विद्वेष को तार्किक बताया जाता है। फ़ेसबुक पोस्ट पर टिप्पणी करने का अधिकार मैंने सिर्फ़ उन्हीं लोगों

को दिया है, जो मेरे मित्र हैं। इसके बावजूद जब–तब अनजाने लोग मेरी निजी ज़िन्दगी में घुस आते हैं और मुझे अशालीन ढंग से निशाना बनाने लगते हैं।

मेरी बात अलग है–मैंने बहुत कम उम्र से ही नारी विद्वेषी कट्टर लोगों की आलोचनाएँ झेलकर ख़ुद को इस्पात जैसा बना लिया है, लेकिन सारी औरतें तो मेरी तरह नहीं हैं। वे इस तरह के वार नहीं झेल सकतीं। उनके लिए रोज़–रोज़ पुरुषवर्चस्ववादी समाज की आलोचनाएँ सहना आसान नहीं है। इससे वे टूट जाती हैं, सोशल मीडिया से दूरी बना लेती हैं या पुरुष समाज के बारे में उनके विचार बेहद नकारात्मक हो जाते हैं।

बांग्लादेश से बाहर कर दिये जाने के बाद मैंने सोचा था कि अब मैं कट्टर पुरुषतन्त्र का निशाना नहीं बनूँगी। पहले कोलकाता, फिर यूरोप में रहते हुए सचमुच मैं वैसे लोगों के निशाने से बाहर थी। लेकिन सोशल मीडिया पर आने के बाद मेरे आलोचकों की संख्या कई गुना ज़्यादा हो गयी है। पहले सिर्फ़ बांग्लादेश के कट्टर लोग ही मुझे निशाना बनाते थे। लेकिन फ़ेसबुक और ट्विटर पर मेरा विरोध करने वाले सिर्फ़ बांग्लादेश के नहीं हैं, वे दूसरे देशों के भी हैं। वे अभद्र भाषा में मुझ पर हमले करते हैं, मुझे अश्लील इंगित करते हैं, वे मेरा बलात्कार करने की धमकी देते हैं।

मेरा अपराध क्या है? यही कि मैं उदारता की बात करती हूँ, मैं महिलाओं की स्वतन्त्रता, उनके अधिकारों की बात करती हूँ। सोशल मीडिया पर अपनी लम्बी सक्रियता के बाद मैं दो निष्कर्षों पर पहुँची हूँ। एक यह कि सोशल मीडिया के खुलेपन और इसकी व्यापकता के बावजूद इस पर कट्टरवादी सोच का वर्चस्व है। और दूसरा यह कि महिलाओं के लिए यह मीडिया बेहद असुरक्षित, ख़तरनाक और कटु अनुभवों से भरा है। मैं गारंटी के साथ कह सकती हूँ कि सोशल मीडिया पर आने वाली कोई भी लड़की–चाहे वह छोटी बच्ची हो, किशोरी हो, युवती, गृहिणी या वृद्धा हो–अश्लीलता, असभ्यता, गन्दी मानसिकता, मानसिक अत्याचार या निर्यातन से नहीं बच पाती।

इस लिहाज़ से देखें, तो यह सिर्फ़ मेरी पीड़ा नहीं है, बल्कि पूरे नारी समाज की पीड़ा है। सोशल मीडिया पर महिलाओं को रोज़ ही कटु अनुभवों से गुज़रना पड़ता है। कुछ इस पर अपनी प्रतिक्रिया, अपना क्षोभ ज़ाहिर करती हैं, तो ज़्यादातर महिलाएँ चुप रह जाती हैं।

सच तो यह है कि लड़कियों को समाज में जितनी बेइज़्ज़ती सहनी पड़ती है, ऑनलाइन उससे सैकड़ों गुना बेइज़्ज़ती से उसे दो–चार होना पड़ता है। समाज में कुछ ही लोग उन्हें ग़लत नज़रों से देखते हैं, लेकिन सोशल मीडिया पर उन्हें ग़लत नज़रों से देखने वाले, उनसे ग़लत तरीक़े से पेश आने वाले लोगों की संख्या सैकड़ों और हज़ारों में होती है। इस कारण वे लड़कियाँ पढ़ाई या अपने काम में मन नहीं लगा पातीं। इस वजह से उनका आत्मविश्वास रसातल में चला जाता है। ऐसी भी लड़कियाँ हैं, जो यह सब सहन नहीं कर पातीं और आत्महत्या कर लेती हैं।

चूँकि सोशल मीडिया आज की सच्चाई है, इसलिए इसका बहिष्कार भी नहीं किया जा सकता। लेकिन सोशल मीडिया पर पुरुषों को भद्रता से पेश आने के लिए तो कहा ही जा सकता है। मानवाधिकार की इतनी वेबसाइट्स अस्तित्व में हैं, वे इस दिशा में कोई पहल क्यों नहीं करतीं? सरकारें भी तो इस सन्दर्भ में अपनी ख़ामोशी तोड़ सकती हैं। ध्यान रहे कि सोशल मीडिया पर व्याप्त यह नारी विद्वेष महिलाओं के साथ–साथ पुरुष समाज का भी नुक़सान कर रहा है। वह इस अर्थ में कि सोशल मीडिया से नये–नये जुड़ने वाले असंख्य किशोर और युवा भी अपने वरिष्ठ पुरुष साथियों की देखादेखी नारी विद्वेषी बन जाते हैं।

हमारे घर में ही भाइयों को बहनों से श्रेष्ठ बताया जाता है। फिर सोशल मीडिया पर भी किशोरों को यही पाठ मिलता है। इस तरह हमारी युवा पीढ़ी की सोच नारी विद्वेषी, नारी–विरोधी की बन जाती है। ऐसा नहीं है कि हर पुरुष नारी विद्वेषी ही होता है। लेकिन सोशल मीडिया पर ऐसे भद्रजन कम ही होते हैं। आभासी दुनिया में इस तीव्र नारी–विरोध को आज अगर गम्भीरता से नहीं लिया गया, तो इसका नुक़सान भावी पीढ़ियों को झेलना पड़ेगा।

20 सितम्बर, 2018

'मी टू' अभियान से कौन डरता है

भारत जैसे देश में 'मी टू' अभियान शुरू होगा, यह मैंने सोचा नहीं था। इसकी कई वजहें हैं। भारतीय समाज अब भी पुरुषवर्चस्ववादी है। यहाँ नारी विद्वेषियों की संख्या बहुत है। यहाँ ख़ासकर जो पुरुष चर्चित, लोकप्रिय और प्रभावशाली हैं, वे लड़कियों की कोई शिकायत सुनना नहीं चाहते। कथित बदतमीज़ लड़कियों को किस तरह सबक सिखाया जा सकता है, यह वे बख़ूबीं जानते हैं। लड़कियाँ डरती हैं, इसलिए वे मुँह छिपाकर रहती हैं। दिल्ली की बस में सामूहिक बलात्कार की शिकार लड़की का असली नाम छिपाकर रखा गया। पर इसी भारत में अब लड़कियाँ धीरे–धीरे अपनी ज़ुबान खोल रही हैं। तनुश्री दत्ता नाम की एक अभिनेत्री ने चर्चित अभिनेता नाना पाटेकर पर छेड़छाड़ का आरोप लगाया। लेकिन उनके ख़िलाफ़ मुक़दमा करते हुए तनुश्री ने पाया कि नाना पाटेकर ने भी उन्हें लीगल नोटिस भेजा है।

हॉलीवुड में 'मी टू' अभियान सफल रहा है, इसे देखते हुए ही भारतीय मीडिया ने यहाँ इस अभियान को महत्त्व दिया। अगर ऐसा नहीं होता, तो तनुश्री को आज कहीं अपनी बात कहने में सफलता नहीं मिलती। वर्ष 2008 में जब उन्होंने इस मामले में अपनी ज़ुबान खोली थी, तब किसी ने उस पर ध्यान देने की भी ज़रूरत नहीं समझी। आज भी ज़्यादातर लोग तनुश्री के बजाय नाना पाटेकर के साथ ही खड़े हैं। तनुश्री के साथ खड़े होने वाले कम ही हैं–ख़ासकर पुरुष। इसकी वजह यह है कि तनुश्री एक स्त्री हैं, और बहुत चर्चित भी नहीं हैं। मुझे ऐसा लगता है कि स्त्रियाँ अगर विख्यात हों, तब भी पुरुषों पर बलात्कार के आरोप लगाकर वे अपनी बहुचर्चित पहचान बरकरार नहीं रख सकतीं। ऐश्वर्य राय ने जब सलमान ख़ान के ख़िलाफ़ आरोप लगाये थे, तब क्या किसी ने सलमान के ख़िलाफ़ खड़े होने की कोशिश की थी?

पुरुषवर्चस्ववादी समाज कभी भी लड़कियों पर हुए यौन अत्याचार को बर्बरता के रूप में नहीं देखता। वह उसे पुरुष के स्वाभाविक आचरण के तौर पर ही देखता है। कुछ महिलाओं ने चर्चित सम्पादक और केन्द्रीय मन्त्री एम.जे. अकबर पर भी आरोप लगाये। पर क्या हुआ? विभिन्न क्षेत्रों के चर्चित चेहरों के मुखौटे उतर रहे हैं। लेकिन अगर मन्त्रियों के भी मुखौटे उतर गये, तो अकल्पनीय क्षति हो जायेगी। इसलिए उन आरोपों और खुलासों का कोई असर नहीं पड़ा है। यह सहज स्वभाव है कि जो जितना ताक़तवर होता है, वह दुर्बलों को उतना ही निशाना बनाता है। जो जितना धनी है, वह ग़रीबों पर उतने ही जुल्म करता है, लड़कियों के साथ उतना ही यौन दुर्व्यवहार करता है।

आज जो महिलाएँ विख्यात पुरुषों पर यौन अत्याचार के आरोप लगा रही हैं, समाज में उन्हें ग़लत निगाहों से देखा जा रहा है। इसका कारण यह है कि चर्चित पुरुष अगर किसी महिला के साथ यौन दुर्व्यवहार करता है, तब भी जनमत उसके साथ खड़ा रहता है। पुरुषवर्चस्ववादी समाज ने यह मान ही लिया है कि महिलाओं के साथ ग़लत व्यवहार करने का जन्मसिद्ध अधिकार पुरुषों के पास है। समाज नहीं चाहता कि कोई महिला यौन अत्याचार की सच्चाई के बारे में मुँह खोले। और यौन दुर्व्यवहार की घटना के कई साल बाद अगर सच्चाई बतायी, तो पूछिए ही मत। जब वह घटना घटी, तब क्यों नहीं बताया? जैसे कि वर्षों बाद इस बारे में बताने पर आरोप टिकता नहीं है। जैसे कि यौन दुर्व्यवहार की घटनाओं की भी एक्सपाइरी डेट होती है। लड़कियाँ जीवन में अगर कभी भी बलात्कार या यौन दुर्व्यवहार के हादसे से गुज़रती हैं, तो पूरा जीवन उसका घाव लिए जीवित रहती हैं। यह घाव कभी नहीं भरता। जैसे एक दुःस्वप्न को पूरा जीवन ढोते हुए जीना पड़ता है। पच्चीस साल में महिलाएँ बहुत कुछ भूल जाती हैं, लेकिन बलात्कार का कटु अनुभव भूलना सम्भव नहीं है। इस बारे में बताने की ताक़त लड़कियाँ में हमेशा नहीं होती।

'मी टू' अभियान ने मामूली तौर पर सही, महिलाओं में अपने पुराने अनुभव साझा करने की ताक़त दी है। प्रभावशाली पुरुषों के ख़िलाफ़ लड़ने की ताक़त साधारण महिलाओं में नहीं है। हमारा समाज ऐसी किसी शिक्षा को भी मान्यता नहीं देता, जिसमें लड़कियों को ताक़तवर बनाने का प्रावधान हो। जो महिलाएँ ख़ुद को आत्मनिर्भर कहती हैं, वे भी पूरी तरह आत्मनिर्भर नहीं हैं। आर्थिक आत्मनिर्भरता के बावजूद सामाजिक

सुरक्षा प्राप्त करने के लिए उन्हें अब भी पुरुषों पर निर्भर रहना पड़ता है। मातृसत्तात्मक व्यवस्था की तरह औरतों की आत्मनिर्भरता भी एक मिथक है।

हमारे समाज में नारी विद्वेष, नारी निर्यातन और बलात्कार इतना सहज स्वाभाविक है कि पुरुषों पर आरोप लगाने पर समाज औरतों को ही घृणा की दृष्टि से देखता है। कवि रुद्र मोहम्मद शहीदुल्ला से मैंने प्रेम विवाह किया था। नियमित तौर पर वेश्यालय जाने के कारण उन्हें यौन रोग हो गया था और उसका ख़तरा मुझे भी था। मैंने इस बारे में लिखा, तो बांग्लादेश के समाज ने रुद्र से नहीं, मुझसे घृणा की। बल्कि रुद्र की सच्चाई सामने आने के बाद भी उनकी लोकप्रियता में कोई कमी नहीं आयी। ऐसे ही जब मैंने बांग्लादेश के दिग्गज लेखक सैयद शमसुल हक़ की असलियत समाज के सामने रखी, तो उन्होंने मुझ पर मानहानि का मुक़दमा दायर कर दिया और मेरी किताब पर प्रतिबन्ध लगवा दिया। सैयद हक़ आज जीवित नहीं हैं, पर मेरी उस किताब पर आज भी प्रतिबन्ध है।

चर्चित लेखक सुनील गंगोपाध्याय, जिनकी असलियत सामने लाने के बाद वह इतने तिलमिला गये थे कि मेरी किताब 'द्विखण्डितो' पर प्रतिबन्ध लगाना चाहते थे, आज अगर जीवित होते, तो 'मी टू' अभियान पर क्या कहते? वह पश्चिम की साहसी महिलाओं की तो तारीफ़ करते, लेकिन भारतीय उपमहाद्वीप की कोई महिला अगर ऐसा करती, तो उसका मुँह बन्द करने, उसे पश्चिम बंगाल से बाहर निकालने और उसे सबक सिखाने के लिए कुछ भी करते।

जब मैंने धार्मिक कट्टरवाद का विरोध किया, तो बांग्लादेश के उदार लोग मेरे साथ थे। लेकिन जब मैंने कुछ दिग्गज लेखकों की असलियत सबके सामने रखी, तो मेरे साथ खड़ा होने वाला कोई नहीं था। इसलिए मैं चाहती हूँ कि 'मी टू' अभियान पूरी दुनिया में फैले, ताकि कमज़ोर लड़कियों और महिलाओं को मुँह खोलने की प्रेरणा और ताक़त मिले।

15 अक्टूबर, 2018

उदार होने का समय

पिट्सबर्ग के एक सिनेगॉग (यहूदियों के प्रार्थनास्थल) में प्रार्थनारत ग्यारह यहूदियों को एक सिरफिरे ने गोलियों से उड़ा दिया। मुझे लगा कि वह सिरफिरा निश्चय ही मुस्लिम आतंकवादी होगा, जो फ़िलिस्तीनियों पर यहूदियों के हमले का बदला ले रहा होगा। बाद में पता चला कि रॉबर्ट बावर्स नाम का वह हत्यारा ईसाई था। मुस्लिम यहूदियों से नफ़रत करते हैं और यहूदी मुसलमानों से घृणा करते हैं–हमें यही मालूम है। ज़्यादातर लोग भूल गये हैं कि हिटलर के पदचिह्नों पर चलने वाले लोग अब भी कम नहीं हैं। नाज़ीवाद में यक़ीन करने वाले लोग अब भी पैदा होते हैं, ऐसे लोग अब भी यहूदियों के प्रति प्रचण्ड घृणा के साथ रात में सोने जाते हैं।

यहूदियों के प्रति मुस्लिमों की नफ़रत तो खैर जगज़ाहिर है। फ़िलिस्तीनी बच्चों को यहूदियों से नफ़रत करना सिखाया जाता है। यहूदियों की जान लेने वाले मुस्लिमों को आतंकवादी नहीं, स्वतन्त्रता सेनानी कहा जाता है। दूसरी ओर, यहूदी राष्ट्र इस्राइल धीरे–धीरे फ़िलिस्तीनियों की ज़मीन पर क़ब्ज़ा कर रहा है। फ़िलिस्तीनियों के मकान, स्कूल, अस्पतालों को बुलडोजरों से ध्वस्त किया जा रहा है। यहूदियों के हाथों फ़िलिस्तीनी चीटियों की तरह मारे जा रहे हैं। हिंसा की आग दोनों ने फैलायी है, दोनों में से कोई भी शान्ति नहीं चाहता। लेकिन मेरी निगाह में इस्राइल का दोष ज़्यादा है। अमेरिकी मदद से वह आज सैन्य महाशक्ति बन गया है। फ़िलिस्तीन उसके सामने बेहद कमज़ोर नज़र आता है। इस एकतरफ़ा युद्ध को लम्बे समय तक चलने नहीं दिया जा सकता।

लेकिन सभी मुस्लिम यहूदियों से घृणा करते हों, ऐसा भी नहीं है। यह जानकारी बहुतेरे लोगों के लिए चौंकाने वाली होगी कि अमेरिकी

मुस्लिम संगठन 'सेलिब्रेट मर्सी एंड एम्पावरचेंज' पीट्सबर्ग में मारे गये यहूदियों के परिवारों के लिए धन इकट्ठा कर रहा है। सेलिब्रेट मर्सी का उद्देश्य है पीड़ितों की मदद करना, चाहे पीड़ित यहूदी ही क्यों न हों। यह संगठन मुसलमानों को मानवाधिकार और औरतों को बराबर का अधिकार देने के लिए जागरूक कर रहा है। सेलिब्रेट मर्सी के निदेशक तारिक अल–मजीदी कहते हैं, मुसलमानों का शिक्षित और आधुनिक होना समय की माँग है। मुस्लिम आतंकवाद के सन्दर्भ में उनकी बातें ध्यान देने लायक हैं। वह कहते हैं कि मुस्लिमों ने जेहाद के नाम पर दुनिया–भर में जिस आतंकवाद को पैदा किया है, उससे कहीं शान्ति नहीं आयी है, बल्कि इससे अशान्ति और असन्तोष ही पनपा है। इस विरामहीन युद्ध में ग़ैर मुस्लिमों की तुलना में मुस्लिम ज़्यादा मारे गये हैं। मुसलमान जेहाद की बात चाहे जितना भी करें, लेकिन ज़रूरत पड़ने पर वे मुस्लिमों की मदद नहीं करते। सीरिया के शरणार्थियों को मुस्लिम देशों में उतनी शरण नहीं मिली है, जितनी कि ईसाइयों के देशों में मिली है।

सेलिब्रेट मर्सी जैसी उदारवादी सोच का परिचय आज दुनिया–भर के मुस्लिमों को देने की आवश्यकता है। अपनी घृणा ख़त्म करेंगे, तो हमारे प्रति दूसरों की घृणा भी अपने आप ख़त्म हो जायेगी। अपनी तरफ़ से आतंकवाद ख़त्म करेंगे, तो हमें निशाना बनाता आतंकवाद भी ख़त्म हो जायेगा। पाकिस्तान में ईसाई और हिन्दू लम्बे समय से मुसलमानों के निशाने पर हैं। बेहतर हो कि वहाँ के मुसलमान अब इन समुदायों के प्रति संवेदना का परिचय दें। बांग्लादेश में छोटी से छोटी बात पर हिन्दुओं और उनके मन्दिरों को निशाना बनाया जाता है। यहाँ तक कि भारत समर्थक मानी जाने वाली शेख हसीना के दौर में भी वहाँ हिन्दुओं के प्रति असहिष्णुता ख़त्म नहीं होती। बल्कि हाल के कुछ वर्षों में तो साम्प्रदायिक ताक़तों के मज़बूत होने के कारण ख़ुद शेख हसीना ने भी हिन्दुओं के साथ हुई हिंसा पर चुप्पी का परिचय दिया। सेलिब्रेट मर्सी से प्रेरणा लेकर बांग्लादेश के समाज के भीतर ऐसी उदारवादी सोच क्यों नहीं पैदा होती, जिससे किसी हिन्दू को अपना घर छोड़कर भारत न आना पड़े या मामूली बात पर हिन्दू मन्दिरों को निशाना न बनाया जाये। सऊदी अरब ग़ैर–मुस्लिमों के लिए मक्का–मदीना के दरवाज़े खोलने पर विचार क्यों नहीं कर सकता? उसे अपने यहाँ हिन्दुओं और ईसाइयों को उनके पूजा स्थल के निर्माण की अनुमति क्यों नहीं देनी चाहिए?

बम नहीं, गोलियाँ नहीं, चाकू नहीं, मुस्लिमों को अब मदद और सहयोगिता का हाथ बढ़ाने की आवश्यकता है। तभी दुनिया समझ पायेगी कि मुसलमान 'अल्लाह हू अकबर' कहकर लोगों पर हमले करना नहीं, बल्कि लोगों को बचाना भी जानते हैं। दरअसल भरोसा टूटने में उतना समय नहीं लगता, जितना भरोसा बहाल होने में लगता है। मुस्लिमों की, दुर्योग से, जिस तरह की छवि बन गयी है, उसे तोड़ने में समय लगेगा। लेकिन इसके लिए पहल तो करनी पड़ेगी। मुस्लिमों की छवि सिर्फ़ दूसरों की मदद करने से नहीं बदलेगी। इसके लिए ख़ुद को भी विवेकवान और ज़िम्मेदार नागरिक बनना पड़ेगा। इसके लिए सुशिक्षित होने की आवश्यकता है। यानी ऐसी शिक्षा, जो मुस्लिमों को उदार और अहिंसक होना सिखाये। तभी वे जेहाद के नाम पर मुस्लिम समुदाय के बड़े हिस्से को अशिक्षित, हिंसक और कट्टरवादी बनाये रखने के षड्यन्त्र को समझ पायेंगे। तभी वे समझ पायेंगे कि जेहाद दुनिया में मुस्लिमों के वर्चस्व को भले न बढ़ाये, उन्हें घृणा का पात्र ज़रूर बना रहा है।

यह नहीं मान सकते कि सभी मुस्लिम कट्टरवादी होते हैं। सभी मुसलमान आई.एस., तालिबान या अल–क़ायदा के समर्थक नहीं हैं। ऐसे मुस्लिमों की संख्या बहुत होगी, जो अच्छा काम कर रहे हैं, जिन्होंने शिक्षा का महत्त्व समझा है और जो उदार हैं। लेकिन मुश्किल यह है कि कट्टर इस्लाम ने आज उदार इस्लाम की पहचान छीन ली है। मुसलमानों का ज़िक्र होते ही लोग डरने लगते हैं। मुस्लिम इतने अलोकप्रिय और इतने अवांछित हो चुके हैं कि इनका डर दिखाकर यूरोप के कई दक्षिणपन्थी नेता अपनी राजनीति चला रहे हैं। अब भी समय है। अमेरिका में एक मुस्लिम संगठन उदारवादी सोच का परिचय दे सकता है, तो आम मुस्लिमों को भी अच्छाई और सच्चाई के रास्ते पर क्यों नहीं चलना चाहिए!

12 नवम्बर, 2018

उतर गया सऊदी शहज़ादे का नकाब

थोड़े दिनों पहले तक भी मैं सोचती थी कि ख़ूबसूरत सऊदी शहज़ादे मोहम्मद–बिन–सलमान वहाँ की लड़कियों और महिलाओं के लिए वरदान बनकर आये हैं। नारी–विरोधी समाज में परिवर्तन वही लायेंगे। और किसी ने तो इस दिशा में ध्यान दिया नहीं। शहज़ादे ने जब सऊदी अरब में महिलाओं को गाड़ी चलाने का अधिकार दिया, तब मुझे यक़ीन हुआ था कि वहाँ महिला–विरोधी क़ानूनों को धीरे–धीरे वही ख़त्म करेंगे। तब उनके लिए मेरा सिर श्रद्धा से झुक गया था। मुझे लगा कि एक कट्टरवादी देश में पैदा होने के बावजूद सऊदी शहज़ादे उदारवादी हैं। सोशल मीडिया पर उनके पक्ष में लिखते हुए मैंने यह भी लिखा कि यही शहज़ादे एक दिन वहाँ राजतन्त्र की जगह लोकतन्त्र की स्थापना करेंगे। उनके प्रति मेरा यह विश्वास निराधार नहीं था। बुर्क़े के ख़िलाफ़ उन्होंने ही तो कहा था, इस्लाम ने कभी यह नहीं कहा कि लड़कियों–महिलाओं के लिए बुर्क़ा अनिवार्य है। अगर कोई बुर्क़ा पहनना चाहती है, तो पहनेगी, अगर नहीं चाहती, तो नहीं पहनेगी। इसमें कोई ज़बर्दस्ती नहीं है। सिर्फ़ मैं ही क्यों, समतावादी समाज के इच्छुक बहुतेरे लोगों ने उनकी उस बात की प्रशंसा की थी। वह सुखद आश्चर्य का अवसर इसलिए भी था, क्योंकि सऊदी राज प्रसाद से इससे पहले कभी ऐसी बातें सुनने को नहीं मिली थीं। मुझे भी लगा था कि सऊदी महिलाओं को आख़िरकार बुर्क़े से मुक्ति का अवसर मिला।

लेकिन थोड़े दिन बाद और थोड़ी गहराई में जाने पर शीशे की तरह साफ़ हो गया कि सऊदी शहज़ादे ने लोगों को बेवकूफ़ बनाने के लिए वे बातें की थीं। वहाँ महिलाओं के लिए बुर्क़ा आज भी अनिवार्य है। बग़ैर बुर्क़े के कोई भी महिला घर से बाहर क़दम नहीं रख सकती। उस दिन कुछ लड़कियों ने वहाँ की सड़कों पर बुर्क़े के अधिकार से मुक्ति पाने के

लिए उलटा बुर्क़ा पहनकर प्रदर्शन किया, लेकिन आख़िर में उन्हें समझ में आ गया कि इस तरह के विरोध प्रदर्शन से उन्हें कुछ हासिल होने वाला नहीं है। यह बात भी समझ लेनी चाहिए कि सऊदी महिलाओं को गाड़ी चलाने का अधिकार उनके आन्दोलन के आधार पर नहीं, बल्कि सऊदी बादशाह और शहज़ादे द्वारा फ़ैसला लिए जाने के कारण ही मिला है। देश में कोई औरत यह न कहे कि गाड़ी चलाने का अधिकार औरतों को उनके आन्दोलन के कारण मिला है, यह भी सऊदी राजप्रासाद की तरफ़ से साफ़–साफ़ बता दिया गया है। महिलाओं को गाड़ी चलाने का अधिकार मिलने से कुछ दिन पहले ही आन्दोलन कर रही ग्यारह औरतों को गिरफ़्तार किया गया था। अभी तक उन ग्यारह महिलाओं में से सिर्फ़ चार को रिहा किया गया है। शेष सात औरतों को इसलिए रिहा नहीं किया गया है, क्योंकि वे पुरुष अभिभावकों के ख़िलाफ़ घर और देश से बाहर क़दम न रखने के क़ानून को रद्द किये जाने की माँग कर रही थीं। अब कहा यह जा रहा है कि आज़ादी की माँग करती उन औरतों को पच्चीस साल की क़ैद की सज़ा हो सकती है। यानी जिन सऊदी शहज़ादे को वहाँ की औरतों की मुक्ति का प्रतीक माना जा रहा था, वह मूलतः यथास्थितिवाद के पोषक ही हैं। चूँकि इक्कीसवीं सदी में भी ग़ुलामी की बेड़ियों में जकड़ी सऊदी महिलाएँ सड़कों पर उतरकर आज़ादी की माँग कर रही थीं, इसलिए दुनिया की आँखों में धूल झोंकने के लिए सऊदी शहज़ादे को सुनियोजित तरीक़े से उदारवाद के प्रतीक के तौर पर दिखाया गया जबकि स्थिति वहाँ अब भी पहले जैसी ही है।

पिछले साल वहाँ के कुछ लेखकों और बुद्धिजीवियों ने शहज़ादा मोहम्मद–बिन–सलमान की आलोचना की थी। इस कारण तीस लेखकों–बुद्धिजीवियों को गिरफ़्तार कर लिया गया और उन्हें अब भी रिहा नहीं किया गया है। पत्रकार जमाल ख़शोगी गिरफ़्तारी से बचने के लिए ही देश छोड़कर भाग गये थे। वाशिंगटन पोस्ट में वह सऊदी शहज़ादे की नीतियों का विरोध कर रहे थे। उन्होंने क़तर के साथ आर्थिक और कूटनीतिक रिश्ते तोड़ने, लेबनान के प्रधानमन्त्री का तख़्ता पलट करने और सऊदी राजसत्ता से भिन्न मत रखने वाले लोगों के ख़िलाफ़ कार्रवाई करने की तीखी आलोचना की थी। तब बेचारे ख़शोगी को मालूम नहीं था कि सऊदी शहज़ादा उनकी हत्या की साज़िश रच रहे हैं। उस साज़िश के तहत ही तुर्की के सऊदी दूतावास में उनकी हत्या कर दी गयी।

ऐसी कोशिश की गयी कि इस हत्या के बारे में दुनिया को ज़्यादा कुछ मालूम न चले। लेकिन जब सच्चाई सामने आयी और इसके पीछे सऊदी शहज़ादे की भूमिका का भी पता चल गया, तब से झूठ बोलकर वह इस हत्या में अपनी लिप्तता से इनकार करते आ रहे हैं। दरअसल इस हत्या ने अमेरिका को बेहद नाराज़ किया और सी.आई.ए. ने गहन जाँच करके पता लगाया कि ख़शोगी की हत्या सऊदी शहज़ादे ने करवायी है।

इस तरह मोहम्मद–बिन–सलमान के चेहरे से नक़ाब आख़िरकार उतर गया है। उन्होंने साबित कर दिया है कि सऊदी राजशाही की प्रथा के अनुरूप वह भी लोकतन्त्र और जनता के अधिकार में विश्वास नहीं करते। सऊदी अरब में अब भी अपराधियों को दण्ड देने के नाम पर सार्वजनिक तौर पर सिर काट लेने की बर्बर प्रथा मौजूद है। ख़ुद सऊदी शहज़ादे उसी बर्बरता में यक़ीन करते हैं। तभी तो उन्होंने ख़शोगी की हत्या के लिए पन्द्रह सरकारी हत्यारों को रियाद से तुर्की भेजा था। जो व्यक्ति अपने विरोधी की इस बर्बरता से हत्या करवा सकता है, जिसका मानवाधिकार के प्रति थोड़ा भी विश्वास नहीं है, वह भला महिलाओं को क्या अधिकार देगा?

लिहाज़ा यह मानने का कारण है कि सऊदी शहज़ादे ने महिलाओं को गाड़ी चलाने का अधिकार वैश्विक दबाव के तहत ही दिया है। अगर वह सचमुच सऊदी महिलाओं को बन्धनों से मुक्त करने के अभिलाषी होते, तो उन्हें उनकी पसन्द की पोशाक पहनने का अधिकार देते, उन्हें बग़ैर किसी पुरुष अभिभावक के घर से बाहर क़दम रखने का अधिकार देते। अफ़सोस की बात यह है कि जमाल ख़शोगी की हत्या पर रियाद से नाराज़ अमेरिका सऊदी महिलाओं की ग़ुलामी के ख़िलाफ़ कुछ नहीं कहता। यानी सऊदी महिलाओं को ग़ुलामी से मुक्ति की अपनी लड़ाई ख़ुद ही लड़नी होगी। पूरी दुनिया में पुरुषवर्चस्ववादी समाज के ख़िलाफ़ महिलाओं की लड़ाई वैसे ही कोई कम कठिन है। तिस पर मुस्लिम महिलाओं की यह लड़ाई तो और भी विकट है।

17 दिसम्बर, 2018

एक प्रोफ़ेसर और एक कवि

जाधवपुर विश्वविद्यालय के प्रोफ़ेसर कनक सरकार की समस्या क्या है? उनका मानना है कि उन्हीं लड़कियों से शादी करनी चाहिए, जो कुँवारी हों। इस सन्दर्भ में 'सीलबन्द बोतल' जैसे शब्द का प्रयोग करते हुए भी उन्हें हिचक नहीं हुई। फ़ेसबुक पर लड़कियों–महिलाओं के बारे में कनक सरकार की ऐसी पोस्ट पढ़कर छात्र–छात्राओं में क्षोभ फैल गया। उन्हें प्राध्यापक के पद से हटा दिया गया है। अगर व्यापक विरोध न होता, तो कनक सरकार जिस तरह नौकरी कर रहे थे, उसी तरह कर रहे होते। तब फ़ेसबुक पर लड़कियों के ख़िलाफ़ अपनी इस मानसिकता का वह लगातार परिचय दे रहे होते। जाधवपुर विश्वविद्यालय के छात्र अन्याय का विरोध करने के मामले में मुखर रहते हैं। यह विरोध बहुत ज़रूरी है।

अलबत्ता कनक सरकार ने फ़ेसबुक पर जो लिखा, हमारे समाज के ज़्यादातर स्त्री–पुरुष उस पर विश्वास करते हैं। कनक सरकार ने डिग्री हासिल करने के लिए कॉलेज, और फिर विश्वविद्यालय में पढ़ाई की। उसके बाद कॉलेज और विश्वविद्यालय में पढ़ाने की योग्यता उन्होंने हासिल की। लेकिन वह वास्तविक अर्थ में शिक्षित नहीं हुए। किताब याद कर परीक्षा पास कर लेना एक बात है, शिक्षित होना दूसरी बात। अगर वह सचमुच शिक्षित होते, तो लड़कियों के बारे में ऐसी टिप्पणियाँ क़तई नहीं करते, जिसके लिए वह बहुतेरे लोगों के निशाने पर हैं। अंग्रेज़ी के बेहद लोकप्रिय लेखक ने भी एक बार लड़कियों की तुलना वेंडिंग मशीन से की थी, जिसकी काफ़ी आलोचना हुई थी। विरोध के बाद कनक सरकार को जिस तरह अपनी फ़ेसबुक पोस्ट डिलीट करनी पड़ी, ठीक उसी तरह उस लेखक को भी अपना ट्वीट हटाने के लिए विवश होना पड़ा था।

साहित्य की दुनिया में, कॉलेज और विश्वविद्यालयों में, राजनीति में इतने अशिक्षित लोग भरे पड़े हैं कि मैं कई बार हताश हो जाती हूँ। हमारे समाज की पहचान यही है। विज्ञान की पढ़ाई करने वाले बहुतेरे डॉक्टर और इंजीनियर वैज्ञानिक चेतना सम्पन्न नहीं हो पाते। यह उनकी सीमा है। यह सब देखकर ऐसा लगता है कि आजकल की पढ़ाई सिर्फ़ परीक्षा पास कर अच्छी नौकरी प्राप्त कर लेने तक सीमित हो गयी है। अगर शिक्षक–प्राध्यापक ही अशिक्षित हों, तो नयी पीढ़ी को कौन शिक्षित करेगा? लड़कियों में मस्तिष्क और स्नायु तन्त्र है, शरीर, दिल, बोध, अनुभूति, चिन्ता, चेतना, युक्ति और बुद्धि से युक्त लड़कियाँ मनुष्य ही हैं, यह न समझ पाने का मतलब तो अशिक्षित रह जाना ही है।

असम के सिलचर में बांग्ला कवि श्रीजात पर पिछले दिनों हमला हुआ। पुलिस के कारण ही वह उस दिन वहाँ से सुरक्षित निकल पाये। उसके बाद उन्होंने अभिव्यक्ति की स्वतन्त्रता के बारे में कहा कि यह ज़रूरी है। इस मुद्दे पर मैं उनके साथ हूँ। लेकिन सवाल यह है कि अभिव्यक्ति की स्वतन्त्रता का दम भरने वाले श्रीजात क्या दूसरों की अभिव्यक्ति की स्वतन्त्रता के लिए खड़े होते हैं। उनके राज्य पश्चिम बंगाल से जब मुझे निर्वासित किया जा रहा था, तब श्रीजात ही क्यों, अभिव्यक्ति की आज़ादी की बात करने वाले किसी भी व्यक्ति ने मुँह नहीं खोला था। मुझे पता चला कि उसी दौरान श्रीजात ने कहीं मेरे बारे में यह कहा था कि मुझे कोलकाता में जाना ही नहीं चाहिए। विगत नवम्बर में टाइम्स लिटरेरी फ़ेस्टिवल की तरफ़ से कोलकाता के उनके आयोजन में मुझे आमन्त्रित किया गया था। शायद आयोजकों ने यह समझ लिया था कि माकपा तो वर्षों से पश्चिम बंगाल की सत्ता से बाहर है, लिहाज़ा नयी सरकार ने पुरानी सरकार की ग़लती सुधार ली होगी। लेकिन बाद में उन्हें सच्चाई पता चली, तो उन्होंने मुझे बेहद ख़ामोशी से यह सूचना दी कि कोलकाता में मुझे बुलाना उनके लिए सम्भव नहीं है।

बहुत लोगों का मानना है कि चूँकि मैं मुस्लिम कट्टरपन्थ का विरोध करती हूँ, इसीलिए मुस्लिम कट्टरपन्थियों ने पिछले पच्चीस साल से मुझे निशाना बना रखा है, भाजपा मेरा समर्थन इसलिए करती है, क्योंकि वह भी मुस्लिम कट्टरपन्थ की विरोधी है। लेकिन भाजपा समर्थक लोग भी सोशल मीडिया पर मुझ पर निरन्तर विषवमन करते रहते हैं, क्योंकि मैं

नास्तिक हूँ। महिलाओं के अधिकारों के लिए मुखर रहने के कारण भी मैं ऐसे लोगों के निशाने पर रहती हूँ।

मेरे ऊपर हमला होने पर, मुझे पश्चिम बंगाल से क्यों, भारत से भगाये जाने की साज़िश होने पर भी कोलकाता नाम के उस प्रगतिशील शहर में विरोध क्यों नहीं हुआ, यह मैं आज तक समझ नहीं पायी हूँ। जबकि इसी कोलकाता शहर में बसने की आकांक्षा लिए मैं कभी यूरोप छोड़कर आ गयी थी। मुझे लगता है, कोलकाता के कुछ मुट्ठी–भर लोगों को छोड़कर दूसरे लोग यह मानते हैं कि चूँकि मैं भारतीय नहीं हूँ, इसलिए मुझे अभिव्यक्ति की स्वतन्त्रता की ज़रूरत नहीं है। वे यह भी कहते होंगे कि मुझे कोलकाता में रहने की ज़िद ही क्यों पालनी चाहिए? क्या मैं कोलकाता में पैदा हुई हूँ? नास्तिक होने के बावजूद उनकी नज़रों में मैं मुसलमान हूँ। सरकारी दस्तावेज़ों में रेजिडेंट का स्टेटस होने के बावजूद उनके लिए मैं रिफ्यूज़ी यानी शरणार्थी हूँ। स्वीडन की नागरिकता के बावजूद उनके लिए मैं बांग्लादेश जैसे एक तुच्छ देश की हूँ। अपने ख़र्च पर रहने और सालोसाल टैक्स अदा करने के बाद भी उनके मुताबिक़ मैं अतिथि हूँ। इसलिए मुझे भारत के आन्तरिक मामलों पर टिप्पणी नहीं करनी चाहिए। कोलकाता से भगा दिया गया, तो क्या हुआ, इस देश में तो मुझे शरण मिली है। फिर मुझे हर बात पर बोलना क्यों चाहिए? हाँ, अगर मैं गोरी होती, मैं ईसाई होती, मेरी भाषा अंग्रेज़ी होती, मेरी किताबें अंग्रेज़ी में छपतीं, मेरा घर यूरोप में होता, तो अभिव्यक्ति की स्वतन्त्रता की मेरी माँग के समर्थन में प्रगतिशील शहरों में जुलूस निकलते, बुद्धिजीवी मेरे हक़ में बोलते। श्रीजात के साथ ऐसा क्या बुरा हुआ है? मेरे साथ इससे भी बुरा हुआ है। इस पर शायद कोई कहे, लेकिन तुम तो विदेशी हो। ब्रह्मपुत्र के ही एक तट पर पैदा होने के बावजूद मैं विदेशी हूँ! असल में मेरी बात पसन्द न आते ही मुझ पर विदेशी होने का तमगा लगा दिया जाता है। कोलकाता का समाज गर्व से कहता है, 'विदेशियों की समस्या पर हम विचार नहीं करते। हम प्रगतिशील हैं, हम बंगाली बुद्धिजीवी हैं।' क्या बात है!

20 जनवरी, 2019

सज़ा औरतों को क्यों

अफ्रीका में कहीं–कहीं आज भी कुछ ऐसी कुप्रथाओं का पालन किया जाता है, जो बीभत्स हैं। उनमें लड़कियों का खतना किया जाना तो प्रमुख है ही, बालिकाओं को इस तरह की शारीरिक यातना भी दी जाती है, जिससे कि उनके स्तनों का विकास न हो सके। लेकिन चौंकाने वाली जानकारी यह है कि बालिकाओं का शारीरिक विकास रोकने की यह अमानवीय कार्रवाई ब्रिटेन में धड़ल्ले से चल रही है।

लन्दन, यॉर्कशायर, एसेक्स, वेस्ट मिडलैंड्स आदि से इस तरह की ख़बरें आ रही हैं कि वहाँ अफ्रीकी समुदाय में बालिकाओं के स्तनों को गर्म पत्थर से रगड़ने की यन्त्रणादायी कवायदें चल रही हैं, ताकि स्तन की कोशिकाएँ जल और टूट जायें। इसे ब्रिटेन में ब्रेस्ट आयरनिंग कहा जा रहा है। हर सप्ताह या हर दूसरे सप्ताह अफ्रीकी बालिकाओं को इन तकलीफ़देह अनुभवों से गुज़रना पड़ रहा है। ब्रिटेन की एक नारीवादी संगठन का आकलन है कि वहाँ अफ्रीकी मूल की कम से कम 1,000 लड़कियों के साथ ऐसा अमानवीय सुलूक हुआ है।

लड़कियों पर पुरुष यौन अत्याचार न कर सकें, इसलिए लड़कियों को ही पंगु बना देना आख़िर किस क़िस्म की व्यवस्था है! इससे शारीरिक नुक़सान तो होता ही है, इसका मानसिक नुक़सान भी कोई कम नहीं है। बालिकाओं पर इस तरह का अत्याचार उनकी माँ–नानियाँ ही करती हैं। माँ–नानियों की धारणा है कि इससे उनकी बच्चियाँ बलात्कारियों का शिकार होने से बच जायेंगी।

लेकिन सवाल यह है कि यौन अत्याचार पर अंकुश लगाने के लिए या महिलाओं के ख़िलाफ़ पुरुषों की बर्बरता को रोकने के लिए हमारा समाज पुरुषों के ख़िलाफ़ कभी कोई कार्रवाई क्यों नहीं करता। पुरुषों को सबक सिखाने के बारे में कभी क्यों नहीं सोचा जाता? ख़ुद को बचाने

के लिए हमेशा लड़कियों के साथ ही अपमानजनक, अस्वाभाविक और अमानवीय सुलूक क्यों किया जाता है?

बहुत छोटी उम्र में ही लड़कियों को पुरुषों की ताड़ती निगाहों से बचने–बचाने के नुस्ख़े सिखा–रटा दिये जाते हैं कि उन्हें कैसे बैठना है, कैसे चलना है, दुपट्टा कैसे रखना है, आदि–आदि। जिस समाज में महिलाएँ हमेशा ख़ुद पर हमले के अन्देशे से डरी रहें, क्या वह अच्छा और आदर्श समाज है? पुरुष कल्पना भी नहीं करना चाहते कि इसका महिलाओं की मानसिक स्थिति पर कितना विपरीत असर पड़ता है। अगर पुरुषों को हमेशा इस तरह ख़ुद पर हमले का अन्देशा होता, तो क्या यह समाज उनके लिए आदर्श होता?

पुरुषवर्चस्ववादी यह समाज सोचना–समझना ही नहीं चाहता कि महिलाओं को असुरक्षा का माहौल देने के अलावा वह महिलाओं की मनःस्थिति को सहज और सामान्य बनाने के बारे में भी कभी नहीं सोचता। यह किस तरह का समाज है, जिसमें बच्चियों को ज्ञान होने के साथ ही लड़कों से डरने और उनसे बचकर रहने के बारे में बताया जाता है! इस आधुनिक दौर में महिलाएँ पुरुषों के साथ कन्धे से कन्धा मिलाकर चलती हैं। आज वही समाज आगे है, जहाँ स्त्री–पुरुष का सहज–स्वाभाविक साहचर्य है।

जो समाज महिलाओं को पीछे धकेलने में विश्वास करता है, वह आगे नहीं बढ़ता। लेकिन हैरानी की बात यह है कि ब्रिटेन जैसे देश में अफ्रीकी मूल की लड़कियों के साथ इस तरह का मध्यकालीन सुलूक किया जा रहा है और इसके ख़िलाफ़ वैसा माहौल नहीं है, जैसा कि होना चाहिए।

मैंने मनुष्य योनि में जन्म लिया है। फिर मुझे अपने किसी अंग के लिए शर्मिन्दा क्यों होना चाहिए? औरत होने का जुर्म लड़कियों को पैदा होने के साथ ही क्यों भुगतना चाहिए? वास्तविकता यह है कि वह पूरी उम्र इसका ख़ामियाजा भुगतती हैं–बाल खुले क्यों हैं, चेहरा ढँका क्यों नहीं है, चलते हुए सिर झुका हुआ क्यों नहीं है, किसी अजनबी पुरुष से सामना होने पर नज़रें झुकी हुई क्यों नहीं हैं, आदि–आदि।

यह देखने वाली बात है कि नारी विद्वेष किस तेज़ी से एक प्रान्त से दूसरे प्रान्त में, एक देश से दूसरे देश में और एक महादेश से दूसरे महादेश में फैलता जा रहा है।

देखने और विचार करने वाली बात यह भी है कि सभ्य और विकसित कहे जाने वाले देशों में अविकसित और पिछड़े देशों की कुप्रथाएँ जिस तरह पैर फैलाने लगी हैं, पिछड़े देशों में उस तरह विकसित देशों में व्याप्त मानवाधिकार, औरतों की स्वतन्त्रता, अभिव्यक्ति की आज़ादी और लोकतन्त्र की भावनाएँ मज़बूत नहीं हो रहीं।

यह विरोधाभास क्या सूचित करता है? इससे यह तो पता चलता ही है कि पश्चिम के जो देश नागरिकों को स्वतन्त्रता देने और उनके मानवाधिकारों की रक्षा के लिए जाने जाते हैं, वहाँ भी मध्यकालीन सोच अपनी जगह बना लेने में सक्षम हो रही है।

पश्चिम की महिलाओं के पिछड़े माने जाने वाले अफ्रीकी पुरुषों से ब्याह रचाने के अनेक उदाहरण हैं। बल्कि प्राच्य के समाज में शादी करने के बाद अनेक पश्चिमी महिलाओं द्वारा बुर्क़ा और हिजाब का प्रयोग करने के उदाहरण भी सामने आये हैं। अगर किसी दिन परम्पराओं के समर्थक लड़कियों का ख़तना कराये जाने का समर्थन करने लगें, तो आश्चर्य नहीं होगा। दुनिया–भर के वामपन्थी आख़िर यह कहते ही आये हैं कि सभी सम्प्रदायों की संस्कृतियों को बचाये रखने की ज़रूरत है।

हमें क्या अब भी यह स्वीकार नहीं कर लेना चाहिए कि सभी संस्कृतियों को, संस्कृति के नाम पर सभी प्रथाओं और कुप्रथाओं को स्वीकार नहीं किया जा सकता? कन्धे से कन्धा मिलाकर चलने की संस्कृति और योनि के ख़तने की कुप्रथा को भला एक कैसे माना जा सकता है?

नारी–विरोधी कुप्रथाओं को नारी–विरोधी कुछ समाज बरकरार रखना चाहते हैं, तो हम उसका समर्थन नहीं कर सकते। बल्कि ऐसी नारी–विरोधी, मानव–विरोधी कुप्रथा के ख़िलाफ़ आन्दोलन करने की आवश्यकता है। हम यह भूल नहीं सकते कि दुनिया के ज़्यादातर देशों में आज भी नारी–विरोधी अनेक प्रथाएँ और सोच अस्तित्व में हैं।

सभ्य और आधुनिक होने के लिए औरतों को समान अधिकार देने की सोच पर हमें विश्वास करना ही होगा। वास्तव में आधुनिक होने के लिए नारी–विरोधी सोच और कुप्रथाओं को प्रतिबन्धित किये बिना चारा नहीं है।

08 फरवरी, 2019

रमज़ान में माँ की याद

मेरे घर में नमाज़–रोज़ा को लेकर कोई बन्दिश नहीं थी। मेरी माँ रात को सोने से पहले घर के तमाम सदस्यों से पूछती थीं कि कल कौन–कौन रोज़ा रखेगा। घर के जो लोग रोज़ा रखते, भोर को सहरी खाने के लिए माँ सिर्फ़ उन्हें ही उठातीं। साथ ही, इसका भी ध्यान रखतीं कि जो लोग रोज़ा नहीं रख रहे, उनकी नींद में कोई बाधा न आये। इसलिए वे सहरी के लिए जगाते हुए अपनी आवाज़ धीमी रखतीं।

नमाज़ के मामले में भी हमारे यहाँ ऐसा ही नियम था। जिसकी इच्छा होती, वह नमाज़ पढ़ता, जिसकी इच्छा नहीं होती, वह नहीं पढ़ता। लेकिन इस वजह से कोई किसी की निन्दा नहीं करता था। मेरे घर का यह नियम लिखित या मौखिक नहीं, बल्कि सहज स्वाभाविक था। इफ़्तार के समय माँ सबको खाने के लिए बुलातीं। सब एक साथ खाने के लिए बैठते, तो माँ सबकी थाली में एक ही तरह परोसतीं। उस समय वह रोज़ा रखने वालों और न रखने वालों में कोई भेद नहीं करती थीं। तब मैं समझ नहीं पायी थी। लेकिन आज समझ पाती हूँ कि मेरा घर एक आदर्श घर था।

हमारे घर से मस्जिद की अजान सुनाई नहीं पड़ती थी। बीती सदी के छठे–सातवें, यहाँ तक कि आठवें दशक में भी बांग्लादेश में मस्जिदों की संख्या ज़्यादा नहीं थी। लेकिन घर के जो लोग नमाज़ पढ़ते थे, उन्हें नमाज़ के समय को लेकर किसी क़िस्म की असुविधा नहीं होती थी। हमारे घर में दीवार घड़ी थी। मेरी माँ तो आँगन में धूप की जगह देखकर ही बता देती थीं कि नमाज़ का समय हुआ है या नहीं। कुरान में मैंने पढ़ा है, 'ला इक्राहा फिद्दीन'।

यानी धर्म में कोई ज़ोर–ज़बर्दस्ती नहीं है। मुझे लगता है, कुरान की सबसे क़ीमती आयत यही है। इस्लाम के जानकार इस आयत की व्याख्या इस प्रकार करते हैं, इस्लाम का ज़ोर–ज़बर्दस्ती, बल प्रयोग, अत्याचार और ध्वंसात्मक कार्रवाइयों से कोई सम्बन्ध नहीं है। ये सभी क्रियाकलाप इस्लाम–विरोधी हैं।

22 मई, 2019

स्त्री ही रचेगी प्रेम की नयी परिभाषा

कुछ साल पहले बांग्लादेश में कलाकार जयन्त चट्टोपाध्याय की पत्नी मैत्रेयी ने पंखे से लटककर आत्महत्या कर ली थी। जितना मैंने सुना था, जयन्त का किसी और महिला से प्रेम था। मैत्रेयी को यह सहन नहीं हुआ, इसलिए उसने आत्महत्या कर ली थी। थोड़े दिन पहले बांग्लादेश के कलाकार काज़ी आरिफ़ की मृत्यु हुई। सुना है, कुछ साल पहले उनके प्रेम में सुमना मेहरून नाम की एक कवयित्री ने आत्महत्या कर ली थी। कभी कोई स्त्री अपने पति के व्यवहार से दुखी होकर आत्महत्या करती है, तो कभी कोई प्रेमिका अपने प्रेमी की उदासीनता से क्षुब्ध होकर अपना जीवन समाप्त कर देती है।

पुरुष असंख्य महिलाओं की मृत्यु के लिए ज़िम्मेदार हैं। पुरुषवर्चस्ववादी समाज में पुरुषों से प्रेम करने का ख़ामियाजा स्त्रियों को भुगतना पड़ता है। इसके बाद भी लड़कियाँ पुरुषों से प्रेम करती हैं। औरत की आत्महत्या की हर घटना बताती है कि उसके जीवन का कोई मोल नहीं है। ऐसा नहीं है कि पुरुषों की आत्महत्याओं की घटनाएँ सामने नहीं आतीं। बल्कि विकसित देशों में पुरुषों की आत्महत्या का आँकड़ा तुलनात्मक रूप से अधिक देखने में आता है। लेकिन इसके पीछे प्रेम नहीं, बल्कि मानसिक समस्या और आर्थिक परेशानी जैसे कारण होते हैं।

पुरुष अमूमन स्त्री के प्रेम में बावले होकर आत्महत्या नहीं करते। फिर लड़कियाँ ही आत्महत्या क्यों करती हैं? इसलिए कि प्रेम करने पर लड़कियाँ बहुत कमज़ोर, बहुत असहाय हो जाती हैं, और ख़ुद को तुच्छ भी समझने लगती हैं, जिनके जीवन का कोई मोल नहीं है। नारी प्रेम करती है, तो पुरुष के लिए अपना जीवन न्योछावर कर देने की भावना रखती है। दूसरी तरफ़ पुरुष प्रेम करता है, तो वह नारी को सुरक्षा देने के नाम पर उसके शरीर पर अपना अधिकार जताने की कोशिश करता है।

15 जनवरी, 2019

जाति प्रथा से भीषण है लैंगिक विषमता

जाति प्रथा पर आधारित फ़िल्म 'आर्टिकल 15' की इन दिनों काफ़ी चर्चा है। दुनिया में जितनी भी निकृष्टतम प्रथाएँ हैं, जाति प्रथा उनमें से एक है। निचली जातियों के पुरुष और स्त्री, दोनों का ऊँची जातियाँ शोषण करती हैं। उसमें भी निचली जातियों की स्त्रियों का सर्वाधिक शोषण होता है। उनका सामूहिक बलात्कार कर उनके गले में रस्सियाँ बाँधकर उन्हें पेड़ की डालियों से लटका दिया जाता है। मानो यह बर्बरता कम न हो, उनके बारे में अफ़वाह फैला दी जाती है कि वे ग़लत रास्ते पर चल पड़ी थीं, पकड़े जाने पर उन्होंने आत्महत्या कर ली।

पिछड़ी और निचली जातियों के लोगों में ख़ुद को हीन समझने की मानसिकता है। हालाँकि शिक्षा के प्रसार और बढ़ती जागरूकता के कारण इस समाज के युवाओं की सोच बदल रही है। वे ख़ुद को दूसरों के बराबर समझते हैं और अपना अधिकार भी माँगते हैं। लेकिन कुल मिलाकर निचली जातियों में सदियों से यह सोच बनी हुई है कि सवर्णों के सामने उन्हें कुर्सी पर नहीं बैठना चाहिए, अमीरी का प्रदर्शन करते हुए ऊँची जातियों के लोगों के सामने से नहीं निकलना चाहिए।

कुछ–कुछ जगह निचली जातियों के बीच यह अन्धविश्वास तक व्याप्त है कि सवर्णों की जूठन पर लेटने से उनकी बीमारियाँ और दूसरी समस्याएँ दूर होती हैं। ऐसे न जाने कितने अन्धविश्वासों और ग़लत धारणाओं से हमारा समाज ग्रस्त है। जाति प्रथा और उससे जुड़ी मान्यताओं को ईश्वर का विधि–विधान माना जाता है। ऊँची जातियाँ इन प्रथाओं को जिस तरह ईश्वर का विधान कहती हैं, नीची जातियाँ भी इन्हें उसी तरह चुपचाप स्वीकार कर लेती हैं।

13 जुलाई, 2019

तीन तलाक़ क़ानून : देर आये, दुरुस्त आये

भारत में आख़िरकार तीन तलाक़ के ख़िलाफ़ क़ानून बन गया। जो मर्द पत्नी को तीन तलाक़ देगा, उसे तीन साल जेल की सज़ा होगी। इस मामले में भारत इतने साल तक पिछड़ा रहा। पूर्वी पाकिस्तान (बांग्लादेश) में मेरे जन्म से पहले ही तीन तलाक़ को ख़त्म कर दिया गया था। इस्लामी प्रजातन्त्र होने के बावजूद पाकिस्तान तीन तलाक़ समेत नारी–विरोधी इस्लामी क़ानूनों को प्रतिबन्धित कर चुका है। जबकि एक लोकतान्त्रिक और धर्मनिरपेक्ष देश होने के बावजूद भारत ने अब तक तीन तलाक़ पर ढुलमुल रुख़ अपना रखा था। मैं उम्मीद करती हूँ कि इसके बाद भारत में मुस्लिम पर्सनल लॉ भी ख़त्म होंगे। ऐसा होना चाहिए। लेकिन भारत के कट्टरवादी मुसलमान इस्लामी क़ानूनों को किसी भी तरह बनाये रखना चाहते हैं। मुश्किल यह है कि अनेक राजनेता भी उनका समर्थन करते हैं। भारत का संविधान सबको अपने धर्म का पालन करने की अनुमति देता है।

लेकिन क्या संविधान ने कभी यह कहा है कि महिलाओं को ठगने और उनका शोषण करने का पुरुषों को अधिकार है? धर्म का पालन इस तरह करना चाहिए, जिससे किसी को तकलीफ़ न हो। धर्म अगर मुक्त करने के बजाय जकड़बन्दी का पर्याय बन जाये, तो मनुष्य समाज में ऐसे धर्म की कोई उपयोगिता नहीं है।

अनेक लोगों ने जैसे यह मान लिया है कि तीन तलाक़ के ख़त्म हो जाने भर से मुस्लिम महिलाओं को समानाधिकार मिल जायेगा। वे शायद यह नहीं जानते कि जो पुरुष अपनी पत्नी को तलाक़ देना चाहता है, उसके पास तीन बार तलाक़ कहने के अलावा भी दूसरे विकल्प हैं।

कुछ देशों में तलाक़ देने के लिए अदालत तक जाना पड़ता है। जो पुरुष अपनी पत्नी से प्यार नहीं करता और उसे तलाक़ देना चाहता है, वह आज नहीं, तो कल उसे तलाक़ देगा ही। तीन बार मुँह से बोलकर नहीं दे सकता, तो लिखकर देगा। मौखिक तलाक़ ग़ैर–क़ानूनी है, लिखित तलाक़ तो ग़ैर–क़ानूनी नहीं है।

10 अगस्त, 2019

निकाहनामे से 'कुमारी' शब्द हटाने से क्या मिलेगा मुस्लिम महिलाओं को समानाधिकार?

बांग्लादेश में उच्च न्यायालय ने विवाह पंजीकरण फॉर्म के पाँच नम्बर कॉलम में दुल्हन के लिए 'कुमारी' (वर्जिन) शब्द हटाकर 'अविवाहिता' शब्द रखने के लिए कहा है। निकाहनामा में व्याप्त इस विषमता को दूर करने के लिए वहाँ के कुछ संगठनों ने 2014 में अदालत की शरण ली थी। उनकी शिकायत थी कि निकाहनामा में जिस तरह सिर्फ़ औरत की वैवाहिक स्थिति के बारे में पूछा गया है, वह संविधान के अनुच्छेद 27, 28, 31, 32 के अनुसार, समानता की भावना के ख़िलाफ़ और संविधान–विरोधी है। उन संगठनों का यह भी कहना था कि कुमारी शब्द किसी स्त्री की मर्यादा और गोपनीयता पर हमला है, और संविधान–विरोधी है।

इन दमदार तर्कों के आधार पर निकाहनामा में ज़रूरी संशोधन करवा लिये गये, पर नारी विद्वेषी लोगों की सोच में बदलाव लाने का तरीक़ा क्या होगा? क्योंकि कोई पुरुष शादी करने जाता है, तो वह ऐसी दुल्हन चाहता है, जो कुमारी यानी अक्षतयोनि हो अर्थात् पुरुष औरत को भी चीज़ ही समझता है। लड़की के शिक्षित या मेधावी होने जैसे गुण पुरुषों को उतने आकर्षित नहीं करते। बल्कि अगर लड़की कम पढ़ी–लिखी हो या होशियार न हो, तो पुरुष को लगता है कि इसी बहाने वह उसे अपने अंकुश में रख सकेगा।

पुरुष ख़ुद को चाहे जितना भी प्रगतिशील बताने की कोशिश करे, स्त्रियों और पत्नियों के मामले में वह परम्परावादी ही होता है। वह चाहता है कि उसकी शादी ऐसी लड़की से हो, जिसका किसी लड़के या पुरुष से सम्पर्क न रहा हो। अगर उसे पता चलता है कि उसकी होने वाली

पत्नी की लड़कों से दोस्ती थी, तो वह यह मान लेता है कि फिर वह कुमारी क़तई नहीं होगी। ऐसी लड़कियों के साथ विवाह में सिर्फ़ लड़के की ही नहीं, बल्कि लड़के के घरवालों और समाज की भी आपत्ति रहती है। एक ऐसा दौर भी था, जब लड़के वाले दुल्हन के कुमारी होने की परीक्षा भी लेते थे। सम्भव है, अब भी कुछ जगहों पर परीक्षा लेने की यह अपमानजनक और स्त्री गरिमा–विरोधी कुप्रथा प्रचलन में हो। अगर ऐसी परीक्षा में दुल्हन ख़ुद के अक्षतयोनि होने का प्रमाण देने में चूक जाती थी, तो फिर उस पर अत्याचार शुरू हो जाता था। ध्यान देने की बात यह है कि इस मामले में पुरुषों को कभी किसी तरह की परीक्षा नहीं देनी पड़ी। समाज में हमेशा से ही जैसे यह मान लिया गया है कि पुरुष के अवगुण अवगुणों की श्रेणी में नहीं आते। समाज का ढाँचा ही चूँकि पुरुषवर्चस्ववादी है, ऐसे में, पुरुषों के अवगुणों के बारे में कुछ कहने का दुस्साहस भला किसमें है! निकाहनामे में बदलाव पर बांग्लादेश में यह कहा जा रहा है कि इसका फॉर्म दरअसल पाकिस्तान के ज़माने का ही है, और बांग्लादेश के एक अलग राष्ट्र बन जाने के बाद इस फॉर्म में पाकिस्तान की जगह बांग्लादेश लिखने के अलावा और कोई बदलाव नहीं किया गया!

बहुतेरे लोगों का मानना है कि कुमारी की जगह अविवाहिता लिख देने से निकाहनामा अब पूरी तरह दुरुस्त हो गया है, जबकि ऐसा नहीं है। निकाहनामे के फॉर्म के 13वें, 14वें और 15वें कॉलम को लेकर भी आपत्ति है। इसमें पूछा गया है कि दुल्हन को मेहर की रक़म क्यों चाहिए? दहेज लड़की वालों की ओर से लड़के को दिया जाता है। जबकि मेहर की रक़म लड़केवालों की तरफ़ से दुल्हन को दी जाती है। अगर दहेज देने पर प्रतिबन्ध है, तो फिर मेहर की रक़म पर प्रतिबन्ध लागू क्यों नहीं होना चाहिए? ऐसे ही 18वें कॉलम में लिखा है कि पति ने पत्नी को तलाक़ देने का अधिकार प्रदान किया है या नहीं? अगर हाँ, तो किन शर्तों पर? यानी पति अगर पत्नी को तलाक़ देने का अधिकार प्रदान करे, तभी पत्नी तलाक़ दे सकती है, अन्यथा नहीं। उसमें भी पति जो–जो शर्तें रखेंगे, उसको मानकर ही कोई स्त्री अपने पति को तलाक़ दे सकती है। पति द्वारा पत्नी को तलाक़ देने के मामले में अलबत्ता ऐसी कोई शर्त नहीं है। पत्नी की कोई शर्त माने बग़ैर ही पति उसे तलाक़ दे सकता है। यही नहीं, उसे पत्नी से तलाक़ देने का अधिकार हासिल करने की ज़रूरत भी नहीं है। यह विषमता नहीं, तो और क्या है?

दिलचस्प बात यह है कि पुरुष 18वें कॉलम को भरने की ज़रूरत महसूस नहीं करते। यानी कोई अपनी होने वाली दुल्हन को तलाक़ देने का अधिकार नहीं देता। इसका मतलब यह है कि अगर कोई स्त्री अपने पति को तलाक़ देना चाहती है, तो इस्लामी क़ानून में यह सम्भव नहीं है। ऐसे में उसे अदालत की शरण में जाना होगा। लेकिन वहाँ भी तलाक़ देने के लिए उसे ठोस कारण बताने होंगे। पत्नी अगर किसी दूसरे पुरुष से प्यार करती है और उससे शादी करना चाहती है, तो इस आधार पर वह पति से तलाक़ नहीं ले सकती। लेकिन अगर पति किसी दूसरी महिला से प्यार करता है और उससे शादी करना चाहता है, तो इस आधार पर अपनी पत्नी को तलाक़ दे सकता है। निकाहनामे के 21वें और 22वें कॉलम में दूल्हे को बहुविवाह का अधिकार है। लेकिन दुल्हन को ऐसा कोई अधिकार नहीं है। विवाह क़ानून में इस तरह की विषमताएँ क्यों बरकरार हैं, यह एक बड़ा प्रश्न है।

भारत में हाल ही में तीन तलाक़ के ख़िलाफ़ क़ानून बन जाने के बाद बहुत सारे लोगों ने यह मान लिया है कि मुस्लिम महिलाओं को समान अधिकार मिल गया है। ऐसे ही, बांग्लादेश में उच्च न्यायालय के निर्देश पर मुस्लिम विवाह पंजीकरण फॉर्म से कुमारी शब्द हटाकर अविवाहिता कर देने से अनेक लोगों ने मान लिया है कि महिलाओं को बराबरी का अधिकार मिल गया है। यह धारणा पूरी तरह ग़लत है। धर्म पर आधारित पारिवारिक क़ानून को पूरी तरह ख़त्म किये बिना महिलाओं को बराबरी का अधिकार मिल ही नहीं सकता। इसका कारण यह है कि धर्म महिलाओं को समानाधिकार नहीं देता। इस तरह से देखें, तो निकाहनामे में एक बदलाव भी बहुत बड़ा बदलाव है, जिसके लिए अदालत का शुक्रिया अदा करना चाहिए।

10 सितम्बर, 2019

सहिष्णुता ही देश में बढ़ते कट्टरवाद का समाधान है

इस बार की दुर्गापूजा में दो घटनाएँ घटीं। ये दोनों घटनाएँ कोलकाता की हैं। वहाँ एक पूजा पण्डाल में अज़ान की आवाज़ का इस्तेमाल किया गया, तो एक–दूसरे पण्डाल में एक मुस्लिम सांसद ने अपनी माँग में सिन्दूर भरकर हिन्दू पति के साथ पुष्पांजलि अर्पित की। इन दोनों ही घटनाओं को साम्प्रदायिक सद्भाव का उदाहरण बताया जा रहा है। कोलकाता के बेलेघाटा स्थित जिस पूजा पण्डाल में अज़ान का इस्तेमाल किया गया, उसके संचालकों का कहना था कि सभी सम्प्रदायों के बीच सद्भाव का सन्देश देने के लिए ही उन्होंने इस बार दुर्गापूजा की थीम रखी थी–'हम एकाकी नहीं, एक हैं।'

बेलेघाटा के उस पण्डाल की साज–सज्जा में जहाँ हिन्दू, मुसलमान, ईसाई–सभी धर्मों के मूल भाव को सम्मिलित किया गया था, वहीं थीम संगीत में चण्डी पाठ के साथ अज़ान, बाइबल पाठ और चर्च के घण्टे की ध्वनि भी शामिल की गयी थी। श्रद्धालुओं और दर्शकों को बेशक इससे कोई परेशानी नहीं थी, पर कुछ श्रद्धालुओं को इस पर आपत्ति थी। उनका कहना था, 'किसी चर्च में क्रिसमस कैरोल के समय अवश्य ही गायत्री मन्त्र का पाठ नहीं होगा, या ईद के दिन किसी मस्जिद में हनुमान चालीसा का पाठ नहीं होगा।'

इसके अलावा दुर्गा पूजा की शुरुआत में ही माँ की प्राण–प्रतिष्ठा की जाती है। दुर्गापूजा के चार दिन तक देवी माँ का पण्डाल मन्दिर ही हो जाता है। ऐसे में, वहाँ अज़ान या दूसरे धर्म की ध्वनि का इस्तेमाल क्यों होना चाहिए? थीम के नाम पर किसी को मनमर्ज़ी की इजाज़त नहीं दी जा सकती। बेलेघाटा की इस थीम पर कुछ मुस्लिम भी नाख़ुश हुए। उनका कहना था कि दुर्गापूजा के अवसर पर ऐसा कुछ करने से बचना चाहिए था, जिससे हिन्दुओं की आस्था को चोट पहुँचे। इस तरह

साम्प्रदायिक सद्भाव की रक्षा नहीं होती। उलटे साम्प्रदायिक विद्वेष की भावना बढ़ने की ही आशंका है।

हालाँकि दोनों ही समुदायों के अनेक ऐसे लोग भी सामने आये, जिन्होंने इस प्रयास की सराहना की। उनका कहना था कि गंगासागर के मेले में अनेक मुसलमान जाते हैं। कोलकाता शहर में ही दुर्गापूजा देखने वालों में मुस्लिमों की संख्या कम नहीं है। ऐसे ही, बहुतेरे हिन्दू हैं, जो रमज़ान के समय इफ़्तार का आयोजन करते हैं, और ईद के दिन अपने मुस्लिम दोस्तों के घर जाते और खाते हैं। अगर हम एक–दूसरे के उत्सव और ज़रूरत में एक–दूसरे के साथ और एक–दूसरे के लिए खड़े नहीं हुए, तो फिर हम कैसे मनुष्य हैं?

उसी कोलकाता शहर में बांग्ला फ़िल्मों की अभिनेत्री और तृणमूल सांसद नुसरत जहाँ ने दुर्गापूजा में उत्साहपूर्वक भाग लिया। उन्होंने निखिल जैन नाम के एक व्यवसायी से शादी की है। शादी के दौरान भी हिन्दू और मुस्लिम, दोनों रीति–रिवाजों का पालन किया गया था। सांसद के तौर पर नुसरत जब पहली बार लोकसभा में पहुँची थीं, तब उनके गले में मंगलसूत्र और माँग में सिन्दूर था। तब यह सवाल उठा था कि क्या उन्होंने हिन्दू धर्म स्वीकार कर लिया है। ऐसा नहीं है। तब उन्होंने कहा था, मैं समन्वित भारत का प्रतिनिधित्व करती हूँ, जो जात–पाँत और धर्म की संकीर्णताओं से परे है। मैं अब भी एक मुस्लिम हूँ। पर मुझे क्या पहनना चाहिए और क्या नहीं, इस बारे में कोई दूसरा आदमी फ़ैसला करने का हक़दार नहीं है।

तब देवबन्द के दारूल उलूम मदरसे के इमाम ने नुसरत के ख़िलाफ़ फतवा जारी किया था। उनका कहना था कि नुसरत ने न सिर्फ़ एक ग़ैर–मुस्लिम से शादी की है, बल्कि उन्होंने सिन्दूर और मंगलसूत्र भी धारण किया है, जो इस्लाम के ख़िलाफ़ है। उनका यह भी कहना था कि नुसरत हिन्दू देवी–देवताओं की पूजा कर रही हैं, जबकि अल्लाह के अनुयायियों को स्पष्ट निर्देश है कि वे अल्लाह को छोड़कर और किसी की इबादत न करें। उन्होंने जो कुछ किया है, वह हराम है। पर नुसरत इन सबकी परवाह नहीं करतीं। उन्होंने बार–बार यही कहा है कि वह पूरे भारत की प्रतिनिधि हैं।

नुसरत पति को लेकर दिल्ली में हज़रत निज़ामुद्दीन की दरगाह में जा चुकी हैं। और इस बार पति के साथ उन्होंने न केवल दुर्गा पूजा के

उत्सव में भाग लिया, बल्कि ईछामती नदी के किनारे दुर्गा प्रतिमाओं का विसर्जन देखने भी गयी थीं, जहाँ दोनों बंगाल की प्रतिमाओं का विसर्जन होता है। विसर्जन देखने जाने से पहले उन्होंने चालताबागान के पूजा पण्डाल में पारम्परिक सिन्दूर खेला में न सिर्फ़ भाग लिया, बल्कि यह कहा भी कि वह सभी धर्मों के लोगों का सम्मान करती हैं।

भारतीय उपमहाद्वीप में हिन्दू और मुसलमान पिछली कई शताब्दियों से एक साथ रह रहे हैं। इसके बावजूद उनमें साम्प्रदायिक सद्भाव का अभाव दिखाई देता है। बंगाली हिन्दू और बंगाली मुसलमान की संस्कृति एक होने के बावजूद बंगाली मुसलमान अरब की संस्कृति की नक़ल करना चाहते हैं, जबकि बंगाली हिन्दू उत्तर भारत की संस्कृति अपनाना चाहते हैं। बंगाली मुसलमान जहाँ अरबों की पोशाक धारण कर रहे हैं और हिन्दुओं से दूरी बनाकर चलना चाहते हैं, वहीं बंगाली हिन्दू तलवार लेकर रामनवमी के जुलूस में शामिल हो रहे हैं। बंगाली मुस्लिमों के पूर्वज हिन्दू ही थे।

भारत में मुस्लिमों के आगमन के बाद ख़ासकर निचले तबके के हिन्दुओं की एक बड़ी आबादी ने मुस्लिम धर्म स्वीकार किया। निचली हिन्दू जातियों का एक तबका पैसे और सम्मान के लालच में ईसाई हो गया। लिहाज़ा हिन्दू समाज को यह समझना होगा कि जाति प्रथा की ऊँच–नीच को ख़त्म कर और महिलाओं को समानाधिकार देकर ही वह ख़ुद को उदार समाज कह सकता है। जैसे नुसरत द्वारा अपनी माँग में सिन्दूर लगाने या देवी दुर्गा को पुष्पांजलि अर्पित करने पर मुस्लिम समाज को आपत्ति नहीं होनी चाहिए, वैसे ही पूजा मण्डप में अज़ान की आवाज़ सर्वधर्म समभाव का ही उदाहरण है।

समस्या यह है कि दोनों ही समुदायों में आज कट्टरवादियों की संख्या बढ़ रही है, जबकि समाधान साम्प्रदायिक सद्भाव में ही है। बंगाल में हिन्दू–मुसलमानों को अभी आनेवाली कई शताब्दियों तक एक साथ रहना होगा। हमें समझना चाहिए कि 21वीं शताब्दी हिंसा, भेदभाव और अलग–अलग होने के लिए नहीं, बल्कि सहिष्णुता और उदारता का परिचय देते हुए मिल–जुलकर रहने के लिए है।

14 अक्टूबर, 2019

ग़रीब देशों की लाचार बेटियाँ

सिर्फ़ बांग्लादेश की लड़कियाँ नहीं, एशिया और अफ्रीका के और भी अनेक देशों की लड़कियाँ घरेलू नौकरानी का काम करने के लिए पश्चिम एशिया के देशों में जाती हैं। इथियोपिया की एक लड़की शावला से कुवैत का एक परिवार रोज़ उन्नीस घण्टे काम लेता था। शावला वहाँ से निकल भागने के बारे में सोचती थी, पर वैसा नहीं कर पाती थी, क्योंकि उसका पासपोर्ट उस कुवैती परिवार के पास था। तंजानिया की एक लड़की आतिया कमाने के लिए ओमान गयी थी। वहाँ जिस घर में वह काम करती थी, वहाँ के लोग उसे पीटते थे। उसके साथ बलात्कार भी होता था। फिलीपींस की एक लड़की का शव एक ख़ाली फ़्लैट के फ़्रीजर में मिला था। उस फ़्लैट का मालिक एक कुवैती था। पैसे कमाने के लिए दूसरे देशों में जाने वाली ग़रीब लड़कियों की ऐसी कारुणिक कहानियाँ जब–तब सुनाई पड़ती हैं।

क़तर, संयुक्त अरब अमीरात और सऊदी अरब ने वादा किया था कि वे प्रवासी लड़कियों पर होने वाले अत्याचार को रोकने के लिए क़ानून बनायेंगे। वह क़ानून कहाँ है? प्रवासी श्रमिकों को कफाला नियम के मुताबिक़ वीज़ा दिया जाता है। कफाला की शर्त ही यह है कि मालिक की अनुमति के बग़ैर श्रमिक उनका काम छोड़कर नहीं जा सकते, एक घर का काम छोड़ दूसरे घर का काम नहीं पकड़ सकते और देश नहीं छोड़ सकते। इन श्रमिकों का पासपोर्ट उनके मालिकों के पास रहता है। श्रमिकों को जितने समय तक काम करने का हुक्म दिया जाता है, उन्हें उतने समय तक काम करना पड़ता है। काम न करने पर उन्हें दण्डित होना पड़ता है। अगर वे मालिक का घर छोड़कर भागते हैं, तो उन्हें गिरफ़्तार किया जाता है।

मृत्युदण्ड और एनकाउंटर से नहीं

हम क्या अपने दिल पर हाथ रखकर कह सकते हैं कि जितने लोग जेल में हैं, वे सब अपराधी हैं? जेल जाने वालों और यहाँ तक कि सज़ा पाने वालों में से भी कुछ लोग निरपराध होते हैं। ग़रीबी और असहायता के कारण बहुत लोग अच्छे वकील नहीं कर पाते। उनके हक़ में अदालती लड़ाई लड़ने वाला कोई नहीं होता। हमें यह सब कुछ पता है, लेकिन विषमता भरे समाज में यह सब देखने–सुनने के हम अभ्यस्त हो चुके हैं कि सबको न्याय नहीं मिलता। जबकि धनाढ्य और प्रभावशाली व्यक्ति कई बार अपराध करके भी बच जाते हैं।

बांग्लादेश में पिछले कई वर्षों से यह चलन ही हो गया है कि पुलिस मादक पदार्थों का कारोबार करने वालों को उनके घर से उठाकर मार देती है और प्रेस को बताती है कि वे एनकाउंटर में मारे गये हैं। पुलिस जिन लोगों को पकड़कर ले जाती है, क्या वे अपनी जेब में हथियार लेकर जाते हैं? पुलिस एनकाउंटर की सच्चाई के बारे में मुझे तब पता चला, जब एक बार मैंने ऐसे ही एक कारोबारी की पुलिस के जवानों के साथ बातचीत का वायरल हुआ वीडियो सोशल मीडिया पर देखा–सुना। दरअसल, उस कारोबारी को उसकी बेटी बार–बार फ़ोन कर रही थी कि वह कब लौटेंगे। एक बार पिता ने मोबाइल ऑन किया, पर वह जेब में ही रह गया। दूसरी तरफ़ से बेटी ने सुना कि पुलिसवाले उसके पिता को मार डालने की योजना बना रहे हैं। उसी दौरान उसने पिता के रोने और गोली चलने की आवाज़ सुनी। अगले दिन अख़बारों में उस कारोबारी के पुलिस एनकाउंटर में मौत की ख़बर छपी थी।

ऐसा नहीं है कि सभी एनकाउंटर सन्दिग्ध ही होते हैं। आतंकवादियों को ज़्यादातर मुठभेड़ों में ही मार डाला जाता है। लेकिन सरकार के शत्रुओं को या पुलिस के लिए असुविधाजनक कुछ लोगों को मादक

पदार्थों का कारोबारी या आतंकवादी बताकर मार डाला जाता होगा। जिस बांग्लादेश में गणतन्त्र की परवाह किसी को नहीं है, वहाँ ऐसा होना बहुत आश्चर्यजनक भी नहीं है। बांग्लादेश की तरह भारत में भी पुलिस एनकाउंटर की ऐसी घटनाएँ कई बार चर्चा में आती हैं। ऐसा ही एक एनकाउंटर पिछले शुक्रवार को हैदराबाद में हुआ। वहाँ एक महिला डॉक्टर के साथ सामूहिक दुष्कर्म करने के बाद जलाकर मार डालने के चार आरोपियों को, जो पुलिस हिरासत में थे, पुलिस ने एनकाउंटर में मार डाला। क्यों? पुलिस का कहना है कि वे उनके हथियार छीनकर उन पर हमला करते हुए भाग रहे थे। ऐसा होता है, लेकिन हैदराबाद एनकाउंटर में पुलिस का तर्क प्रथम दृष्टया बहुत विश्वसनीय नहीं लगता। ऐसा प्रायः होता नहीं है कि आरोपियों को घटनास्थल पर अपराध की कड़ियाँ जोड़ने के लिए ले जाया जाये और साथ में पुलिस के पर्याप्त जवान न हों। और आरोपी अगर भाग ही रहे थे, तो ऐसी परिस्थितियों में उनके पैरों में गोली मारने का नियम है, सीने में नहीं। वे आरोपी थे, लिहाज़ा पहले अदालत में उनका दोष साबित होने दिया जाता, फिर अदालत को ही तय करने दिया जाता कि वह उन्हें मृत्युदण्ड देती है या आजीवन कारावास की सज़ा। अदालत के अलावा किसी को यह फ़ैसला करने का अधिकार नहीं है। अगर पुलिस ही न्याय करने लगे, तो यह बहुत भीषण होगा। आजकल प्रायः ऐसे दृश्य देखने–सुनने में आते हैं कि सड़कों पर मामूली बात पर झगड़ते हुए कोई किसी की जान ले लेता है। यह बताता है कि हमारा समाज किस अराजकता की ओर बढ़ रहा है। लेकिन पुलिस द्वारा एनकाउंटर में मार डालना उससे भी भयावह है, क्योंकि निहत्थों की तुलना में हथियारों से लैस व्यक्तियों के पास हत्या करने की क्षमता ज़्यादा है।

गहराई से देखें, तो पूरे उपमहाद्वीप में ही वास्तविक अर्थों में गणतन्त्र नहीं है। लेकिन इसका मतलब यह भी नहीं है कि इसकी उपेक्षा ही की जाये। चाहे किसी भी तरह हो, गणतन्त्र को प्रासंगिक बनाये रखने के जतन करने ही होंगे। अगर ग़ैर–न्यायिक हत्याओं का सिलसिला शुरू हो जाये, तो यह गणतन्त्र को ताक पर रख देने जैसा ही होगा। बल्कि महिलाओं के ख़िलाफ़ अपराधों पर अंकुश लगाने के लिए भी व्यापक नज़रिया अख़्तियार करने की ज़रूरत है। आजकल ऐसे अपराधों पर फाँसी देने की माँग एक सुर में की जाने लगी है। लेकिन फाँसी जैसी सख़्त

सज़ा से कोई समाज नहीं सुधरता। आँकड़ों के आईने में देखें, तो जिन देशों में मृत्युदण्ड वैध है, वहाँ अपराधों की दर अधिक है। दूसरी ओर, जिन देशों में मृत्युदण्ड पर रोक है, वहाँ अपराधों की दर कम है।

यह बार–बार प्रमाणित हो चुका है कि मृत्युदण्ड का भय दिखाकर लोगों को अपराध करने से रोका नहीं जा सकता। बलात्कारियों को फाँसी देकर बलात्कार पर अंकुश नहीं लगाया जा सकता। इसके बजाय पुरुषों को बिल्कुल शुरुआत से ही घर में, बाहर, बस में, ट्रेन में, मॉल में–सर्वत्र यही शिक्षा देनी होगी कि पुरुष और नारी के अधिकार बराबर हैं, और महिलाओं के मानवाधिकार का हनन करने का हक़ किसी को नहीं है। यह भी कि नारी को दुर्बल समझकर उसके साथ बलात्कार करना, उसका शारीरिक शोषण करना जघन्यतम अपराध है। अच्छी शिक्षा मिलने से ही मनुष्य ज़िम्मेदार नागरिक बन सकता है। भय दिखाकर मनुष्य को अपराध से विरत करने की कोशिश के बजाय सुशिक्षित कर लोगों को आदर्शवान नागरिक बनाने का प्रयास करना आवश्यक है। दरअसल समाज में पुरुषवर्चस्ववाद को इतने भीषण तरीक़े से बढ़ावा दिया गया है कि उदार समझे जाने वाले समाजों में भी नारी–विरोध और नारी विद्वेष को आज स्वाभाविक माना जाने लगा है, जो बहुत चिन्तनीय है।

इस उपमहाद्वीप में आज जो लोग एनकाउंटर पर ख़ुशी से उछल रहे हैं, क्या गारंटी है कि उनमें से कुछ लोगों को भविष्य में अपराधी होने के सन्देह में गिरफ़्तार नहीं किया जायेगा, या एनकाउंटर में ख़त्म नहीं कर दिया जायेगा? जो लोग दूसरों के साथ हुए अन्याय पर ताली पीटते हैं, वे भूल जाते हैं कि भविष्य में उनके साथ अन्याय होने पर भी ताली पीटने वालों की संख्या कोई कम नहीं होगी।

09 दिसम्बर, 2019

❑❑